Sonja Kindler

IM SCHWARZWALD GEHT DER TOD UM

Schwarzwaldkrimi

Oertel+Spörer

Für meine Kinder Melanie und Steffen

Der Schatten der Hausnische schützte ihn. Bisher fiel niemandem der Mann auf, der an der Wand lehnte. Unablässig blickte er zur gegenüberliegenden Straßenseite hinüber. Ab und zu bewegte er seine Glieder, obwohl ihn die daunengefütterte Langjacke und die warmen Stiefel vor der gröbsten Kälte bewahrten, die Anfang Februar über dem Land lag. Immer wieder dehnte er seine verfrorenen Finger. Als er schon daran zweifelte, den richtigen Tag erwischt zu haben, bog der Möbelwagen mit Esslinger Kennzeichen in die Straße ein und hielt vor dem Haus, das er seit Stunden nicht aus den Augen ließ. Sofort war er hellwach. Zwei Packer stiegen aus und öffneten die Ladeklappe. Doch wo war sie? Angespannt hielt er die Luft an, suchte enttäuscht die Straße in der Richtung ab, aus der der Möbelwagen kam. Als ein blauer Golf um die Ecke bog, hinter den Männern zum Stehen kam, atmete er auf.

Ein dämonisches Lächeln erschien im Gesicht des heimlichen Beobachters, während ein Pärchen ausstieg und sich lachend zu den Möbelpackern gesellte.

Das ist sie also. Ines Sandner. Genau, wie auf dem Foto, obwohl …

Derart attraktiv hatte er sich die bisherige Hauptkommissarin aus Stuttgart nicht vorgestellt. Er bewunderte dieses fein geschnittene Gesicht, ihre makellose Figur, die er unter der dicken Winterkleidung allerdings nur erahnen konnte. Eigentlich wirkte sie jünger als achtunddreißig, als sie fröhlich lachend ihren Partner an die Hand nahm und Richtung Haus zerrte. Vielleicht lag es auch nur an der beigen Pudelmütze, unter der Strähnen ihres kurz geschnittenen, braunen Haares frech hervorlugten, die ihr diese Jugendlichkeit verlieh. Doch letztendlich half ihr das auch nicht – sein Plan stand fest. Keinen Millimeter würde er davon abrücken. Dafür hatte er viel zu lange auf diese Gelegenheit gewartet, zu viel Arbeit in die Vorbereitung gesteckt. Nun zog er es auch unerbittlich durch.

Er hoffte, dass sie vorerst nichts davon erfuhr, dass er es war, der die Fäden im Hintergrund zog. Er hatte dafür gesorgt, dass sie die Stelle hier bekam. Denn für das, was er plante, war der Raum Stuttgart einfach zu unübersichtlich. Innerlich beglückwünschte er sich zu diesem klugen Schachzug, schlug den Jackenkragen hoch und verschwand mit einem zufriedenen Lächeln.

Hey, Vorsicht junger Mann!«

Mit einem Lachen griff Ines Sandner mit beiden Händen in den Fahrradlenker. Große, dunkle Kinderaugen schauten sie erschrocken an.

»Ups, ich habe dich gar nicht gesehen.«

Die gestotterte Entschuldigung des sechsjährigen Jungen erheiterte Ines noch mehr. Neckisch zog sie am Kinnriemen seines Schutzhelmes.

»Ja, das habe ich gemerkt. Zukünftig solltest du ein bisschen besser darauf achten, ob dir jemand entgegenkommt, Max!«

Mit einem freundschaftlichen Klaps gab sie den Weg frei. Amüsiert registrierte sie sein Aufatmen. Immer noch lächelnd, betrat sie die Wohnung im dritten Stock, was ihrem Lebensgefährten Jan nicht verborgen blieb.

»Hast du im Lotto gewonnen?«

»Ach was! Mir lief nur gerade der kleine Max Henning über den Weg.«

Sie erzählte von dem Vorfall von eben, was Jan ebenfalls

auflachen ließ. Er fand es herrlich, dass seine Ines so gut gelaunt in den Feierabend ging. Das war nicht immer so, denn ihre Arbeit als Hauptkommissarin bei der Kriminalpolizei zeigte an manchen Tagen auch ihre Schattenseiten. Voller Liebe schloss er sie in seine Arme, wobei er sie fest an sich drückte.

Seine feinfühlige Art mit Menschen umzugehen, sorgte vor ungefähr einem Jahr dafür, dass Ines sich Hals über Kopf in ihn verliebte. Und das, obwohl sie sich nach ihrer gescheiterten Ehe mit Antonio Gomez geschworen hatte, dem männlichen Teil der Menschheit für eine Weile permanent aus dem Weg zu gehen. Das einzig Gute an dieser Beziehung war ihre gemeinsame Tochter Daniela.

Doch seinem vorbestimmten Schicksal konnte man nicht entkommen. Sie musste in Erinnerung an diesen Vorfall unwillkürlich lächeln. Einem unachtsamen Augenblick auf einer Rolltreppe war es zu verdanken, dass sie sich gefunden hatten. Doch Jans blitzschnelle Reaktion mit einem raschen Sprung über das Geländer, verhinderte damals größeres Unheil. Mit festem Griff half er ihr auf. Die Berührung versetzte ihren ganzen Körper in ein einziges kribbelndes Etwas. Und erst sein Blick aus diesen spitzbübisch lächelnden, graublauen Augen … sie war sofort gefangen. Obwohl es ihre Unachtsamkeit gewesen war, bestand er darauf, sie auf einen Kaffee einzuladen. So saß sie schließlich mit diesem gut aussehenden, sportlichen Mann in einem Café. Noch heute wunderte sie sich darüber, wie schnell sich ein Gefühl der Vertrautheit zwischen ihnen eingestellt hatte, so, als kannten sie sich schon seit Jahren. Sogar Danny war vom ersten Augenblick von ihm angetan.

»Bevor ich es vergesse, ich muss gleich noch mal kurz weg. Ein Kunde hat Probleme mit seiner Software«, riss Jan sie abrupt aus ihren Gedanken.

Als freiberuflicher IT-Spezialist und Softwareentwickler

konnte er glücklicherweise den größten Teil seiner Arbeit von zu Hause aus erledigen, aber manchmal ließ es sich eben nicht vermeiden, Außentermine wahrnehmen zu müssen.

»Kannst du das nicht telefonisch abklären?« Hoffnung lag in ihrer Stimme, denn sie hatte sich sehr auf einen gemeinsamen Abend gefreut. Doch insgeheim kannte sie die Antwort.

»Nein, tut mir leid. Dem ist das ganze System abgestürzt. Sein Computer macht keinen Mucks mehr. Das scheint eine schwierige Sache zu sein.«

»Schade. Sag mal, wo steckt eigentlich Danny?«

Suchend schaute Ines sich um. Jan zuckte hilflos mit den Schultern, während er einige Unterlagen in seine Aktentasche packte.

»Na hier, wo denn sonst!«

Aus dem hinteren Teil der Wohnung näherten sich schnelle, schlurfende Schritte, die plötzlich von einem deutlichen Poltern unterbrochen wurden, gefolgt von einem leisen, halb unterdrückten Fluch. Ein verstrubbeltes, langhaariges Mädchen erschien mit hochrotem Kopf im Raum.

»Kann vielleicht endlich jemand mal diesen blöden Karton neben der Garderobe wegräumen?«

Das Mädchen starrte die beiden vorwurfsvoll an, während sie demonstrativ humpelnd Ines begrüßte. Insgeheim musste Ines ihrer Tochter recht geben. Nun wohnten sie bereits ein halbes Jahr in Villingen, doch der Inhalt dieses Kartons hatte immer noch keinen festen Platz gefunden.

»Ich erledige das diese Woche noch. Ganz bestimmt! Nicht, dass in diesem Haushalt noch jemand durch meine Schuld den Tod findet.«

Jan zwinkerte Danny zu, während er nach seiner Jacke an der Garderobe griff. Die Aktentasche klemmte bereits unter seinem Arm.

»Wohin gehst du?«

Neugierig geworden, vergaß Daniela sogar, weiter zu humpeln.

»Zu einem Kunden«, antwortete Ines für Jan. »Und wir beide machen es uns jetzt gemütlich. Was hältst du davon?«

»Au fein,« kam es wie aus der Pistole geschossen. Über so viel Begeisterung schüttelte Jan amüsiert den Kopf. So schnell also arrangierten sich die beiden ohne ihn. Aber er verstand das schon. Schließlich kam es nicht oft vor, dass Danielas Mutter so früh wie heute zu Hause war. Ganz im Gegenteil. Oft musste sie sogar mitten in der Nacht los. Und dann gab es Tage, da sah Daniela Ines überhaupt nicht. Aber für solche Fälle gab es ja Gott sei Dank ihn und auch Danielas Oma. Jan umarmte liebevoll seine beiden Frauen. Ein kleines bisschen beneidete er die beiden um diesen intimen Abend. Er wäre nur zu gern ein Teil davon gewesen. Aber man konnte nun mal nicht alles haben. Die Türklinke schon in der Hand, drehte er sich noch einmal um.

»Ach ja, da fällt mir ein, für dich ist heute ein Brief angekommen. Er liegt im Wohnzimmer auf dem Sideboard.« Er zeigte in die Richtung und Ines nickte verstehend.

»Ich kümmere mich später darum. Das kann nichts Wichtiges sein.«

Daniela genoss es, zusammen mit ihrer Mutter Spaghetti Carbonara zu kochen. Selbst das Aufräumen der Küche nach dem Essen ging zusammen viel schneller von der Hand. Anschließend machten die zwei es sich im Wohnzimmer gemütlich, schauten ihren Lieblingsfilm ›Titanic‹, auch wenn er schon älter war.

Draußen vor dem Haus hörte man hin und wieder ein Auto vorbeifahren, aber das störte sie keineswegs. Viel zu selten hatten sie Gelegenheit, zusammen zu entspannen. Doch aufgewachsen mit dem Beruf ihrer Mutter, kannte Daniela es nicht anders. Allerdings hatte sich die Situation seit ihrem Umzug deutlich verbessert. Ines musste nun nicht mehr so viele Fälle gleichzeitig bearbeiten und deshalb auch nachts nicht so oft fort. Was für ein Glück, dass Jan durch einen seiner Kunden von der freien Stelle im Kriminalkommissariat Villingen hörte! Natürlich kam es auch weiterhin vor, dass sie einige Kilometer bis zu ihren Einsatzorten fahren musste, aber das kannte sie schließlich aus ihrer Zeit in Stuttgart. Der Unterschied bestand zumindest darin, dass ihr hier meistens ein nerviger Stau erspart blieb.

»Mama, willst du noch einen Film anschauen?«

Abrupt riss Danielas Stimme Ines aus ihren Gedanken. Mit leicht gerunzelter Stirn schüttelte sie den Kopf.

»Nein, lass mal. Das wird sonst zu spät für uns beide. Schließlich müssen wir morgen wieder früh raus. Lass uns doch einfach noch ein bisschen quatschen.«

Danny nickte. Ihre Füße baumelten über die Armlehne des Sofas, während der Kopf auf Ines Schoß ruhte. Ines strich Danny eine ihrer widerspenstigen Haarsträhnen aus dem Gesicht. Wieder einmal stellte sie fest, wie sehr Daniela doch ihrem Vater aus dem Gesicht geschnitten war: Die gleiche gerade geformte Nase, das Grübchen auf der rechten Wange, wenn sie lächelte und natürlich die widerspenstigen, lockigen und pechschwarzen Haare.

»Sag mal, mein Schatz, wie gefällt es dir hier eigentlich? Hast du dich schon eingewöhnt oder fehlt dir Stuttgart sehr?«

»I wo, hier ist es echt toll. Man kann so viel machen und ich habe schon ganz viele Freunde.«

»Freut mich, das zu hören. Vielleicht sollten wir mal eine kleine Party für deine Freunde schmeißen.«

Danny setzte sich auf und schaute Ines entgeistert an.

»Quatsch, so was tut doch kein Mensch. Das können wir an meinem Geburtstag machen. Das reicht.«

Energisch stemmte sie die Hände in ihre Hüften. Ihre Tonlage ließ keinen Widerspruch zu, weswegen Ines nur entschuldigend mit den Schultern zuckte.

»In Ordnung, wenn du meinst. Es sind schließlich deine Freunde.«

»Ja, meine ich. Übrigens, Oma hat mich gefragt, ob ich mit ihr dieses Jahr auf den *Schätzele – Markt* gehe.«

Aha, Themawechsel. Ines staunte, wie schnell das bei ihrer Tochter ging.

»Der ist aber erst im Oktober, Süße.«

»Echt? Was ist das eigentlich für ein Markt?«

»Nun, da gibt es viele Stände mit Süßigkeiten, Spielzeug, Bratwurst, Döner, Klamotten und so weiter, was es halt so an Marktständen gibt. Ach ja, und einen Rummel mit mehreren Fahrgeschäften ist wohl auch dabei.«

»Super. Also darf ich?«

»Ja sicher, wenn du willst.«

Ines hatte dagegen nichts einzuwenden. Sollten die beiden doch ihren Spaß haben. Sie konnte wirklich froh sein, ihre Mutter in der Nähe zu haben. Sie wohnte nur ein paar Straßen weiter und kümmerte sich liebend gern um ihr einziges Enkelkind, wenn Not am Mann war. Das erleichterte doch einiges.

»So, aber jetzt ist Feierabend. Ab ins Bad und dann ins Bett!«

Danny zog einen Schmollmund.

»Jetzt schon? Muss das wirklich sein? Es ist doch gerade so gemütlich.«

»Tut mir leid, mein Schatz, aber es wird allerhöchste Zeit. Schließlich ist morgen auch noch ein Tag.«

Sie gab ihrer Tochter einen freundschaftlichen Schubs. Daniela tat Ines den Gefallen und stand auf, um sich für die Nacht fertigzumachen, was nicht lange dauerte. So kam Ines recht bald in den Genuss des obligatorischen Gute-Nacht-Kusses ihrer Tochter. Schließlich zog sich Daniela in ihr Zimmer zurück. Ines begleitete sie nicht dabei. Danny mochte das nicht, denn schließlich war sie kein Baby mehr, wie sie ständig betonte. Aber Ines wusste auch so, dass Danny sich ins Bettzeug kuscheln würde, im Arm ihren alten, halb zerfledderten Teddy, den sie vor Jahren von ihrem Vater geschenkt bekommen hatte und in den Händen ein Buch, aus dem sie noch eine halbe Stunde lesen würde, bevor sie dann das Licht löschte und einschlief.

Ines seufzte. Sie wollte nur noch eben die Spätnachrichten anschauen und dann ebenfalls schlafen gehen.

Im Bett liegend kreisten ihre Gedanken um ihre Familie. Was für ein Glück! Jeden Tag wurde sie sich dessen bewusst. Sie musste an Jan denken. *Ob er seinen Kunden wohl zufriedenstellen konnte? Ach, wenn er doch jetzt nur neben mir liegen würde.* Sie stellte sich vor, wie er seine starken Arme um sie legte und sie an seinen athletischen Körper zog. Ein Schauer lief ihr den Rücken hinunter, als sie sich seine Liebkosungen vorstellte. Wie sie es hasste, alleine in dem großen Bett schlafen zu müssen. Er fehlte ihr einfach. Das war ihr letzter Gedanke, bevor sie in einen traumlosen Schlaf fiel.

Unauffällig starrte er zum dritten Stock hinauf. Nur ein minimaler Lichtstreifen fiel durch eine nicht richtig schließende Lamelle des Rollladens. Natürlich konnte er keine Menschenseele dort oben ausmachen. Doch das störte ihn nicht. Es reichte vollkommen aus, dass er wusste, wer sich dort im Moment aufhielt.

Ein Auto fuhr um die Ecke, fraß sich mit seinen Scheinwerfern durch die Dunkelheit der Straße, was ihn unwillkürlich einen Schritt tiefer in den nächtlichen Schatten der Hauswand treten ließ. Ohne dass ihn der Lichtkegel ergriff, fuhr das Auto in einigem Abstand an ihm vorbei. Ansonsten war es menschenleer um ihn herum. Nur leise drangen Geräusche aus den Nebenstraßen an sein Ohr. Geräusche, die zeigten, dass es außer ihm noch andere Menschen gab, die diese laue Sommernacht genossen.

Er schaute nach oben, wo in diesem Moment auch der letzte Schein durch die Ladenritze erlosch. Er ballte die Fäuste. Wie wäre es, wenn er nach oben ginge und dem Ganzen ein für alle Mal ein Ende bereiten würde? Ob seine Albträume dann wohl verschwanden? Vor der Ausführung schreckte es ihn nicht. Natürlich, sie war eine ausgebildete und kampferprobte Gegnerin. Aber das Überraschungsmoment lag auf seiner Seite, das sollte man nicht unterschätzen. Und kämpfen konnte er auch. Zudem hatte er selbst gesehen, wie ihr Lebensgefährte das Haus vor einiger Zeit verließ. Aus der Richtung war also keine Gefahr zu erwarten. Den Nachwuchs von Ines Sandner empfand er ebenfalls nicht als bedrohend, auch wenn er aus Erfahrung wusste, dass elfjährige Mädchen mitunter zu Furien mutieren konnten.

Nein. So einfach kommt sie mir nicht davon.

Die ganzen Jahre hatte er auf diesen Moment hingearbeitet. Nun würde er das Geplante auch durchziehen. Jeden einzelnen Moment wollte er auskosten. Diesen Entschluss gefasst, streckte er den Rücken durch und ließ zischend die Luft aus seinen Lungen entweichen, die er aus lauter Anspannung, ohne es zu merken, angehalten hatte. Lässig zog er sich die Schirmmütze tiefer ins Gesicht, als er in hundert Metern Entfernung einen Alten wahrnahm, der in gebeugter Haltung und mit schlurfendem Schritt eine nächtliche Runde mit seinem Dackel lief. Das veranlasste den Beobachter, die inzwischen wieder entspannten Hände in die Jeanstaschen zu stecken und seinen Posten aufzugeben. Unauffällig und ungesehen zog er sich über den Hinterhof des Hauses zurück. Ines Sandner war für ihn nun keine Fremde mehr. Vielmehr kannte er inzwischen ihre Gewohnheiten, ihre Vorlieben und Abneigungen, genauso wie ihre Freunde und Familienmitglieder. Es gab also keinen Grund, sie weiterhin zu beschatten. Nun war handeln angesagt.

Ines, genieße dein Leben, solange du es noch kannst.

Ines schrak hoch, zerrte das Kissen über die Ohren und ließ sich zurück auf die Matratze plumpsen. Doch es half nichts. Auch das Kissen verhinderte nicht, dass dieses nervtötende Gedudel zu ihr durchdrang. *Ach nein, was soll das denn jetzt? Was ist das für ein Lärm?* Langsam dämmerte ihr, dass sie im Bett lag. Auf dem Nachttisch vibrierte ihr Handy permanent zum Soundtrack aus *Twin Peaks*, der Kultserie der Achtzigerjahre. Es dauerte eine ganze Weile, bis Ines verschlafen nach dem Störenfried tastete. Auf dem Display leuchtete die Nummer ihres Kollegen Thomas Klausmann auf. *Mist! Kein gutes Zeichen.* Ihr blieb nichts anderes übrig, als den Anruf entgegenzunehmen.

»Ja?«

»Tut mir leid, wenn ich dich geweckt habe, aber du wirst deinen hübschen Hintern wohl oder übel aus den Federn hieven müssen. Wir haben eine Leiche.«

»Oh verdammt. Und das auf nüchternen Magen. Sag mal, wieso bist du um diese Zeit eigentlich schon so unverschämt munter?«

Sie schielte hinüber zu ihrem Wecker, doch ihre müden Augen ließen nur einen verschwommenen Blick zu. Ein heiseres Lachen drang aus dem Mikrofon.

»Nur kein falscher Neid. Aber beeil dich jetzt. Ich hole dich gleich ab.«

»Klar, bin schon auf dem Sprung. Danke für deinen Anruf.«

Das Handy am Ohr, schwang sie ihre Beine bereits über den Bettrand. Das lief nach ihren vielen Dienstjahren in dieser Situation schon automatisch ab. Während sie einen sehnsüchtigen Blick auf ihr noch warmes Bett warf, kam ihr Handy nicht so gut weg. Es musste für diese viel zu frühe Unterbrechung herhalten, zumal es auch Jan geweckt hatte. Er blinzelte ihr schlaftrunken zu, als er die Hand ausstreckte, um nach ihrem Arm zu greifen. Mit Leichtigkeit zog er sie zu sich herüber, was ihr sehr gefiel. Wie gerne wollte sie in sein verstrubbeltes Haar greifen. Und dann dieser wundervolle Körper! Sie wusste genau, wie weich sich seine Haut anfühlte. Sofort spürte sie, wie Erregung sie erfasste, als er spielerisch seine Finger über ihren Arm gleiten ließ. Sie hatte ihn heute Nacht gar nicht kommen gehört. Anscheinend war sie doch müder gewesen als gedacht. Aber jetzt, von Müdigkeit keine Spur mehr. Nein! Sie rief sich zur Ordnung. Und doch, vielleicht … nur ein kleines bisschen.

»Na, Frau Kommissarin, ruft die Arbeit?«

Jan spürte deutlich, wie Ines mit sich kämpfte. Und er tat nichts, um es ihr leicht zu machen. Zärtlich knabberte er an ihrem Ohr. Doch mit einem tiefen Seufzer stieg sie energisch aus dem Bett. Wenn sie nicht sofort aufstand, würde sie Jans Zärtlichkeiten nicht mehr widerstehen können.

»Tut mir leid, aber ich muss los. Es ist dringend. Vielleicht schläfst du noch etwas. Aber denk dran, dass Max nachher kommt.«

»Sicher. Ich freu mich doch schon auf den Tag mit den beiden Rackern.«

Vergnügt grinste er sie an, wartete ab. Doch Ines Entschluss stand fest. Sie küsste ihn noch einmal bedauernd auf die Stirn, um dann endgültig unter der Dusche zu verschwinden. Sie brauchte dringend eine Abkühlung.

Eine halbe Stunde später holte Thomas sie mit dem grauen Dienstwagen, Marke BMW, ab. Obwohl sie erst ein halbes

Jahr zusammenarbeiteten, fusionierten sie schon zu einem perfekten Team. Ines schätzte die humorvolle Art und den analytisch perfekten Sachverstand an ihrem Kollegen sehr. Als Single hätte ihr dieser gut gebaute Kommissar mit den dunkelblonden Haaren und den leuchtend blauen Augen schon gefährlich werden können. Und da zwischen ihnen nur ein Jahr lag, passten sie auch altersmäßig gut zueinander.

Es sollte ein langer Tag werden. Routiniert schauten sich die beiden Kommissare den Leichenfundort im Bad Dürrheimer Gewerbegebiet an. Wolfgang Meier, der kompetente Gerichtsmediziner aus Freiburg, mit schütterem, grauem Haar und Bauchansatz, ließ die beiden einen kurzen Blick auf die junge tote Frau werfen. Da die Spurensicherung mit ihren Leuten in den schicken, weißen Overalls alles im Griff zu haben schien, konnten Ines und Thomas mit den eigentlichen Ermittlungen beginnen, was jede Menge Laufarbeit zur Folge hatte. Aber das waren sie schließlich gewöhnt.

Völlig erschöpft erreichte Ines an diesem Abend schließlich die eigene Wohnung. Müde rieb sie sich die Augen und öffnete die Wohnungstür. Leise Musik wies darauf hin, dass jemand zu Hause sein musste. Jan, der das Türschloss gehört hatte, kam ihr im Flur entgegen.

»Schön, dass du da bist. Du siehst verdammt fertig aus. Komm, setz dich ins Wohnzimmer und lege die Füße hoch. Ich mache dir erst einmal einen Tee.«

Dankbar genoss sie mit geschlossenen Augen den Moment, als er sie mit einem zärtlichen Kuss verwöhnte. Genau das brauchte sie jetzt. Doch dann stutzte sie. Ungewöhnlich, dass ihr kleiner Wirbelwind nicht auf sie losstürmte, wenn sie zu einer relativ zivilisierten Zeit nach Hause kam.

»Wo ist denn Danny? Ist sie nicht da?«

»Keine Sorge, sie kommt gleich. Sie bringt nur Max nach Hause.«

Stimmt, er hatte den Tag mit den Kindern verbracht. Spitzbübisch blitzten ihre Augen ihn an. Fordernd wanderten ihre Hände unter sein Shirt und die Fingerspitzen erkundeten die gut trainierten Brustmuskeln. *Vielleicht konnten sie dort weitermachen, wo sie heute Morgen aufgehört hatten?*

»Hat alles geklappt? Waren die beiden mit deinen Kochkünsten zufrieden?«, fragte sie mit rauer Stimme, während ihre Hände nicht aufhörten, ihn zu streicheln.

»Natürlich, was glaubst du denn?« Auch seine Stimme wurde heiser. »Ich bin doch der geborene Pizzabäcker, wie du weißt.«

Er beugte sich hinab, knabberte an ihrem Ohr, glitt mit dem Mund weiter hinab, hauchte einen Kuss nach dem anderen der Silhouette des Muskelstreifens an ihrem schlanken Hals entlang, bis er an der Schulter ankam. Ines hielt die Augen geschlossen, das Blut rauschte in ihren Ohren. Ihr Herzschlag schnellte in die Höhe.

»Wie lange sind die Kinder schon fort?«

Voller Verlangen schaute sie ihn mit halb geschlossenen Augen an, küsste ihn leidenschaftlich auf den Mund. Und Jan handelte. Mit seinen kräftigen Armen trug er sie ins Schlafzimmer.

»Und, wie war es im Kino?«

Eng in seine Armbeuge gekuschelt, genoss Ines etwas später Jans Wärme. Verschwitzt, mit zerwühltem Haar, das in wirren Strähnen von ihrem Kopf abstand, wie die Antennen des alten Satelliten Sputnik, dabei umhüllt von seinem männlichen Duft, fühlte sie sich sicher und geborgen. Sie wischte seine widerspenstige Locke aus der Stirn, während seine Hand spielerisch ihre Wirbelsäule hinauf und hinab fuhr, was ein kribbelndes Gefühl in ihr hervorrief.

»Bei der Wärme wollten die Kinder lieber ins Schwimmbad. Also haben wir einfach kurzfristig umdisponiert. Aber was anderes: Dein Brief liegt immer noch ungeöffnet im Wohnzimmer.«

»Ach, das ist die Bestätigung meiner Anmeldung zum Klassentreffen nächste Woche. Darauf freue ich mich wirklich. Ich kann es kaum erwarten, die anderen nach so langer Zeit wiederzusehen.«

»Womöglich triffst du dort deine Jugendliebe wieder. Vielleicht sollte ich vorsichtshalber mitkommen?«

Er trat einen Schritt auf sie zu und legte mit neckischem Grinsen die Hand auf ihre Schulter. Sie legte ihre zärtlich obendrauf.

»Natürlich gab es damals einen Jungen, für den alle Mädchen schwärmten, mich eingeschlossen. Aber draus geworden ist dann doch nichts. Wer weiß, vielleicht ist er ja inzwischen dick und hässlich.«

»Deine Mutter hat sich auch gemeldet.« Seine Worte erreichten Ines bereits aus der Küche, da er endlich sein Versprechen einlösen wollte, ihr einen Tee zu servieren.

»Bestimmt wollte sie wissen, ob bei uns alles in Ordnung ist oder ob sie sich um Danny kümmern soll. Ob sie wohl jemals damit aufhört, sich wie eine Glucke zu benehmen?«

Sie hörte, wie Jan in der Küche mit dem Geschirr herumwerkelte. Trotzdem antwortete er ihr.

»Du musst sie verstehen. Sie meint es doch nur gut. Außerdem empfinde ich es als großes Glück, dass sie mit uns hergezogen ist. So ist Danny immer versorgt, auch wenn wir alle beide am Arbeiten sind.«

Doch Ines hörte ihn gar nicht mehr; sie war vor Erschöpfung eingeschlafen. Erst als Jan den fertigen Tee auf den kleinen Tisch stellte, erwachte sie wieder. Er setzte sich zu ihr und sie kuschelte sich verschlafen an ihn, während sie die

Tasse ergriff und den heißen Inhalt in sich hineinschlürfte. Beide schraken hoch, als es an der Tür klingelte.

»Wer ist das denn jetzt?«, fragte Ines, plötzlich hellwach. »Danny hat doch ihren eigenen Schlüssel, deshalb ...«

»... den sie aber leider vergessen hat«, vollendete Jan den Satz. »Ich habe ihn nämlich auf dem Schuhschrank entdeckt. Aber ruhe dich nur aus. Ich mach das schon.«

Schnell erhob er sich, um nachzusehen. Erstaunt registrierte Ines, wie fit er um diese Uhrzeit noch zu sein schien. Und das, obwohl für ihn die letzte Nacht nicht sonderlich viel Zeit zum Schlafen übrig ließ.

»Hallo Mama«, begrüßte Danny ihre Mutter, während sie außer Atem ins Wohnzimmer stürmte. »Entschuldigt, dass es etwas länger gedauert hat. Aber Max wollte mir unbedingt noch seine neue Rennbahn zeigen. Ich soll euch liebe Grüße von Frau Henning ausrichten. Und danke, dass Max hier sein durfte!«

»Ist doch selbstverständlich. Max ist bei uns jederzeit willkommen«, merkte Ines an.

»Habe ich ihr auch gesagt. Herr Henning darf morgen wieder nach Hause. Die Blinddarmoperation ist ohne Komplikationen gewesen. Anscheinend heilt alles bestens. Aber schonen muss er sich halt noch, sagt Maria.«

Jan und Ines freuten sich über diese guten Nachrichten. So, wie es aussah, konnten sie alle drei zusammen einen heimeligen Restabend verbringen. Und das taten sie dann auch, denn höchstwahrscheinlich würde Ines demnächst nicht viel Freizeit haben, wenn die Ermittlungen in ihrem neuen Mordfall erst einmal auf Hochtouren liefen.

Trotz ihres zeitigen Arbeitsbeginns saß Thomas bereits hinter seinem Schreibtisch.

»Du willst doch nicht etwa Überstunden sammeln, damit du früher ins Wochenende verschwinden kannst?«, flachste Ines, als sie den Raum betrat.

Doch Thomas, der Ines mit einem leichten Nicken begrüßte, winkte ab.

»Nee, eher anders herum. Mir fehlen noch ein paar Stunden, die ich jetzt unbedingt aufholen muss.«

»Ach ja, dein Sommerurlaub und deine Reise in den Norden. Ist schon blöd, wenn man nach Hause fliegen will, und dann das Flugpersonal streikt. Aber man fliegt auch nicht am selben Tag zurück, an dem man eigentlich wieder anfangen sollte zu arbeiten.«

Glucksend versuchte sie, ein Lachen zu unterdrücken.

»Ja, ja, spotte du nur. Warte nur, bis dir mal was Ähnliches passiert. Dann vergeht dir auch noch das Lachen.« Doch so ernst sich die Worte anhörten, seine Miene verriet, dass er ebenfalls nur im Spaß die beleidigte Leberwurst spielte.

Während sich Ines ihre Akten zurechtlegte und den Zettel mit den Nachrichten von eingegangenen Anrufen durchlas, näherte sich Thomas ihrem Schreibtisch. Neugierig sah sie auf.

»Ja?«

»Maier hat angerufen.«

»Der Pathologe?«

»Lass ihn das bloß nicht hören.«

»Wovon sprichst du?«

»Na davon, dass du ihn einfach nur *den Pathologen* genannt hast. Da ist er sehr empfindlich. Er hat schließlich elf lange Jahre lernen, studieren, assistieren und sich ausbilden lassen müssen, bis er da hingekommen ist, wo er heute ist. Ein ausgebildeter Gerichtsmediziner muss einiges mehr können als ein Pathologe, der in der Regel nur nach krankheitsbedingten Veränderungen im Körper sucht. Übrigens hat der auch großen Anteil bei Krebsdiagnosen. Aber nur ein Gerichtsmediziner ist in der Lage, Genaueres zu den Umständen zu sagen, die bei einem Menschen zu einem gewaltsamen Tod geführt haben. Wusstest du eigentlich, dass ein Gerichtsmediziner weitaus mehr Untersuchungen an lebenden Menschen durchführt, als an Toten?«

Langsam wurde es Ines zu viel. Schließlich lernten sie solche Fakten in der Ausbildung. Warum hielt er ihr jetzt hier und heute einen Vortrag über dieses Thema? Sie beschloss, die Sache abzukürzen.

»Geschenkt, ich weiß Bescheid. Häusliche Gewalt, Kindesmisshandlung, Übergriffe, Vergewaltigungen, und, und, und … Dass Maier Wert darauf legt, nicht einfach nur Pathologe genannt zu werden, kann ich verstehen, obwohl dieser Berufszweig auch wertgeschätzt werden muss. Aber die viele Arbeit, die in seiner Ausbildung steckt, sollte man schon anerkennen, oder nicht?«

»Stimmt genau. Übrigens, er ist mit der Leichenschau unserer Toten fertig. Simone Petzold ist ihr Name, wie inzwischen feststeht.«

»Na, dann lass uns mal sehen, was der werte Herr Maier für uns bereithält.«

Nach der Videoschaltung mit Wolfgang Maier blickte Ines aus dem Fenster neben ihrem Schreibtisch. Heute galt ihr Blick nicht der Natur. Sie schaute einfach ins Leere. Ihre Gedanken kreisten um Max Familie. Vielleicht sollten sie und ihre Tochter heute Abend mal bei den Hennings vorbeischauen. Sie würden den Hennings ihre Hilfe anbieten, wo Karl Henning doch erst heute aus dem Krankenhaus zurückkommen sollte. Das Klingeln des Telefons holte sie in die Gegenwart zurück. Thomas sah nicht einmal auf, als sie sich meldete, bekam aber jedes Wort mit.

»Ja, Sandner hier.«

Sie lauschte konzentriert ihrem Gesprächspartner, gab ab

und zu ein »Aha, ja verstehe« oder »Nein, das ist nicht nötig« von sich, um schließlich mit den Worten zu enden: »Ja, das geht in Ordnung. Vielen Dank und einen schönen Tag.«

»Wer war das?« Neugierig geworden schaute Thomas sie an.

»Die KTU. Sie fanden tatsächlich DNA-Spuren und Wollfasern. Das bedeutet?«

Thomas sah zur Zimmerdecke und verdrehte die Augen. »Bin ich Hellseher?«

»Arbeit, Herr Hauptkommissar. Also los. Lass uns Computerprogramme checken und Akten wälzen. Schließlich werden uns die Täter nie auf dem Silbertablett serviert. Zeig mal den Steuerzahlern, dass ihr Geld in dich gut investiert ist.«

Voller Energie und mit Feuereifer stürzte sich Ines in die Unterlagen. Schließlich wartete ihr Chef, Siegmund Willimsky, Kriminaloberrat des Kriminalkommissariates Villingen-Schwenningen, auf Ergebnisse.

Am darauffolgenden Morgen wachte Ines erstaunlicherweise recht gut erholt auf. Da sie gestern mal wieder länger arbeiten musste, beschloss sie, erst nach dem Mittagessen zu ihrer Dienststelle zu fahren. Sie drehte sich um und bemerkte den leeren Platz neben sich im Bett. Ihre Hand glitt prüfend über das Laken. Kalt. Das bedeutete, Jan musste schon vor längerer Zeit aufgestanden sein. Ein Blick auf den Wecker bestätigte das: Kurz nach acht. So spät schon? Sie setzte sich auf, zog die Bettdecke bis unter die Achseln hoch und lauschte. Kein Laut drang aus einem der Zimmer. Vermutlich schlief Danny noch. Das sollte sie auch ruhig. Schließlich waren Ferien.

Sie streckte sich noch einmal, bevor sie die Beine über die Bettkante schwang. Nach einer ausgiebigen Dusche schlich sie zu Danielas Zimmer. Sie liebte es, ihre Tochter mit strubbeligem Haar, tief schlafend in die Bettdecke eingewickelt, zu sehen. Doch sie wurde enttäuscht, denn im Zimmer stand nur ein verwaistes Bett mit zurückgeschlagener Daunendecke. Von ihrer Tochter keine Spur weit und breit.

»Gut, dann mach ich eben nur für mich Kaffee«, murmelte sie vor sich hin, während sie in die Küche schlurfte. Doch im selben Moment öffnete sich die Wohnungstür und ein gut gelaunter Jan mit einer strahlenden Danny im Schlepptau kamen hereinspaziert.

»Hey, Mom, du bist ja schon auf!« Danny schien nicht überrascht, obwohl sie ja nicht wissen konnte, dass Ines heute später zur Arbeit gehen würde.

»Wir waren beim Bäcker und haben Brötchen geholt. Riech mal, wie das duftet.«

Danny öffnete die Papiertüte und hielt sie Ines hin. Die beugte sich hinunter und atmete den Geruch von frisch Gebackenem genüsslich ein.

»Erst mal guten Morgen, meine Süße, aber hmm, du hast recht. Es gibt doch nichts Besseres, als den Tag mit so einem leckeren Frühstück anzufangen.«

Sie drückte Danny an sich und gab ihr einen Kuss. Jan stellte sich gleich dazu und spitzte seine Lippen. Auch er erhielt seine Belohnung.

»Ich wollte dich nicht wecken. Nachdem du gestern so spät heimgekommen bist, dachte ich mir, dass du den Schlaf gut gebrauchen kannst.«

Ines lächelte dankbar und küsste ihn ein weiteres Mal.

Beim Frühstück plauderten sie zwanglos über alles Mögliche: Danny über ihre Freunde, Jan erzählte von seinen Kunden und Ines fielen ein paar Anekdoten aus dem Umfeld ihrer Arbeit ein.

»Übrigens, bevor ich es vergesse Ines, du hast noch einen Brief bekommen.«

Er stand auf und holte einen Umschlag aus dem Flur. Kurzerhand riss Ines ihn auf, indem sie mit den Fingern in den Spalt am oberen Falz fuhr. Ein freundlich gestaltetes Blatt inklusive Ticket kamen zum Vorschein.

»Ach, das ist jetzt die Einlasskarte zu meinem Klassentreffen.«

Mit leuchtenden Augen schwenkte sie das Schriftstück voller Vorfreude in der Luft.

»Wann ist das denn?«, wollte Danny wissen.

»Am Wochenende. Die Bestätigung kam jetzt nur so spät, weil die Organisatoren nicht wussten, ob es mit den Räumlichkeiten klappt. Aber das habe ich dir doch schon längst erzählt.«

»Ich weiß. Ich wusste nur nicht mehr den genauen Termin. Bleibt es denn dabei, dass ich in der Zeit bei Papa und Susi bin?«

»Sicher. Das war doch abgesprochen, oder nicht?«

Stirnrunzelnd warf sie einen Blick in Richtung Jan und Danny.

»Aber klar doch«, beruhigte Jan. »Ich werde das Wochenende nutzen und daheim am PC arbeiten. Ich muss unbedingt ein neues Programm für einen Kunden optimieren.«

»Dann wäre ja alles geklärt, ihr zwei. Aber mir fällt da gerade etwas ein.« Ines wandte sich behutsam an ihre Tochter. »Was hältst du davon, wenn wir nachher nach Maria schauen? Ich habe mir überlegt, dass sie vielleicht unsere Hilfe gebrauchen kann, jetzt wo ihr Mann gerade erst aus dem Krankenhaus wieder zurück ist.«

Danny überlegte nicht lange.

»Das ist eine gute Idee. Jan, kommst du auch mit?«

»Nein, besser nicht. Ich glaube, ihr beide macht das lieber ohne mich. Ich muss sowieso leider wieder weg, denn die Arbeit ruft.«

Eine Stunde später saßen Ines und Danny bei Maria und Karl Henning vor einem liebevoll gedeckten Tisch im Wohnzimmer. Max hatte sich neben Danny gequetscht und ließ die Beine von der Couch herunterbaumeln. Unruhig schaukelten sie hin und her.

»Vielen Dank, Ines, dass ihr auf Max aufgepasst habt«, meinte Maria, während sie den dampfenden Kaffee in die bereitgestellten Tassen goss. Herrlicher Kaffeeduft verwöhnte die Nasen, wodurch Ines sofort Lust auf diese Koffeinspritze bekam, obwohl ihr Frühstückskaffee noch gar nicht so lange zurücklag.

»Du brauchst dich nicht zu bedanken. Du weißt doch, wie gern wir den kleinen Kerl haben. Er ist bei uns immer willkommen.«

»Wie hätte ich denn allein mit Jan die Pizza aufessen sollen?«, ließ sich Danny im Brustton der Überzeugung vernehmen.

Karl Henning, der noch ein bisschen blass um die Nase war, lachte und musste sich sofort den Bauch halten.

»Alles in Ordnung?« Maria hielt in der Bewegung inne, schaute ihn mit großen Augen an. Doch Karl beruhigte sie mit einer lapidaren Handbewegung.

»Kein Grund zur Sorge, nur beim Lachen ziehen die Muskeln im Narbenbereich noch ein wenig. Sag mal Ines, wie ich hörte, arbeitest du an einem neuen Fall?

»Woher weißt du das denn schon wieder?«

»Ob du es glaubst oder nicht, aber auch im Krankenhaus funktionieren die Buschtrommeln einwandfrei. Die arme Frau. Wisst ihr denn schon, wer es war?«

Er schaute Ines direkt an, die versuchte, den Mund nicht zu sehr zu verziehen. Schließlich sollte Karl nicht bemerken, dass sie sich ein bisschen über seine naive Art amüsierte.

»Tut mir leid, Karl, aber wir stecken noch mitten in den Ermittlungen. Leider darf ich dir darüber nichts erzählen.« Sie legte den Zeigefinger auf ihren Mund. »Außer, du könntest mir etwas Relevantes zur Aufklärung des Falles beitragen.«

»Nee, leider kann ich dir nicht weiterhelfen, Mädchen. Dachte ich mir schon, dass du so etwas sagen würdest. Ich wollte es trotzdem bei dir versuchen.«

Der Schalk blitzte aus seinen Augen. Schlagartig wurde Ines bewusst, dass er nur den Naiven gespielt hatte. *Was für ein Schauspieler. Na warte, es würde sich schon irgendwann eine Gelegenheit zur Revanche finden.*

»Können wir nicht endlich aufstehen?«, nörgelte Max. »Ich mag spielen und nicht über die tote Frau reden.«

Insgeheim musste Ines Max recht geben. Das war kein Thema für Kinder. Es wurde sowieso Zeit, dass sie sich mit ihrer Tochter verabschiedete. Schließlich sollte es nur eine kleine Stippvisite werden, um nach dem Rechten zu sehen. Und arbeiten musste sie ja auch noch. Sie nahm Karl und Maria das Versprechen ab, sich zu melden, falls sie Hilfe brauchten, egal ob zum Einkaufen, Putzen oder sonst was, als sie die Wohnung verließen.

Wieder zu Hause, bemerkten Danny und Ines die schon ziemlich fortgeschrittene Zeit. Ihre Überlegungen, ob sie sich etwas vom Italiener liefern lassen sollten, wurden durch ein energisches Klingeln an der Tür unterbrochen. Monika. Lachend schwenkte sie einen Einkaufskorb an ihrem Arm.

»Hallo ihr Hübschen. Mir lief vorhin Jan über den Weg und erzählte mir, dass ihr Maria besuchen wollt. Da dachte ich mir, ich überrasche euch und bring euch was Leckeres vorbei, falls das mit dem Kochen zeitmäßig nicht mehr so ganz klappt.«

Sie stellte den Korb auf den Tisch in der Küche, strich sich eine Strähne ihres knallroten Haares aus dem Gesicht und schaute vergnügt in die beiden Gesichter. Obwohl die sechzig gerade überschritten, strotzte Ines Mutter voller Energie. Danny entfernte neugierig das karierte Geschirrtuch, das den Inhalt des Korbes abdeckte und spickelte hinein.

»Wir sind hier nicht zu Hause bei Assauers. Bei mir darfst du nicht nur gucken, sondern auch anfassen. Hol es raus, bevor es kalt wird.«

Sie ließ sich das nicht zweimal sagen. Beherzt griff sie zu und förderte eine in Alufolie gewickelte, sehr warme Auflaufform zutage. Fast hätte sie einen Topflappen dafür gebraucht. Ines entfernte die Alufolie und zum Vorschein kam Monikas selbst gemachte Lasagne.

»Deck schnell den Tisch!« Ines schob Daniela sanft in die Nähe des Schrankes mit den Tellern.

Bald schon saßen die drei friedlich beisammen, mampften genüsslich vor sich hin, bis ihnen fast die Bäuche platzten. Nach dem Essen verzog sich Danny in ihr Zimmer. Sie wollte noch ein bisschen mit ihren Freunden über Facebook kommunizieren. Monika und Ines blieben indes noch ein bisschen sitzen.

»Wie geht es denn Maria?«, wollte Monika wissen.

»Natürlich ist sie sehr traurig, du weißt ja, dass ihr Vater vor Kurzem starb. Aber sie sieht nach vorne und tut nun die Dinge, die eben in solch einem Fall getan werden müssen. Vielleicht ist es ganz gut, dass ihr Mann auch noch etwas Pflege braucht. So hat sie nicht so viel Zeit zum Grübeln. Und außerdem gibt es noch Max. Ihm gegenüber will sie sich nach Möglichkeit nichts anmerken lassen.«

»Ich weiß, wie schwer so was ist. Als euer Vater starb, kam auch alles so plötzlich. Am liebsten hätte ich mich damals verkrochen. Ich wollte eigentlich niemanden sehen, nur für mich alleine trauern dürfen. Aber ihr wart ja auch noch da und noch so klein. Da blieb mir doch gar nichts anderes übrig, als mich um euch zu kümmern.«

»Ich kann mich kaum noch an Papa erinnern«, bedauerte Ines.

»Kein Wunder. Er war ja dauernd weg. Einsätze rund um die Uhr. Ohne Vorwarnung, immer auf Abruf. Das hat die Familie schon sehr belastet. Und als er dann bei diesem verdammten Einsatz ums Leben kam, mussten wir von einem Tag auf den anderen ganz ohne ihn klarkommen. Ich hatte gehofft, dass meine Kinder einmal einen ganz anderen Beruf ergreifen würden, aber dass du bei der Polizei gelandet bist, muss irgendwie in den Genen stecken.«

»Wie habt ihr euch eigentlich kennengelernt?«

»Och, ganz klassisch. Ich saß in einem Café. Allein. Er sah mich und kam an meinen Tisch. Wir unterhielten uns und merkten, dass wir über vieles gleich dachten. Wir lachten über dieselben Dinge. Dabei wollte ich nie in meinem Leben etwas mit einem verheirateten Mann anfangen.«

»Verheiratet? Er war verheiratet? Das wusste ich ja gar nicht. Das gab bestimmt Probleme.«

Monika nahm einen Schluck Tee, den sich die beiden inzwischen zubereitet hatten, und starrte aus dem Fenster. Sie schien mit ihren Gedanken weit weg zu sein, vermutlich in der Vergangenheit. Mit einem Lächeln auf den Lippen, noch etwas weltentrückt, fuhr sie fort.

»Ach so schlimm, wie es immer bei Rosamunde Pilcher und Co. erzählt wird, kam es gar nicht. Er und seine Frau hatten sich schon lange nicht mehr viel zu sagen. Wir heirateten gleich nach seiner Scheidung. Dich und deinen Bruder trug ich schon in mir. Es ist schon erstaunlich, dass das niemandem, trotz meiner schlanken Figur damals, auffiel.« Sie lächelte und Ines fühlte, wie glücklich ihre Mutter mit ihrem Vater gewesen sein musste.

»Hast du seine damalige Frau jemals kennengelernt?«

»Nein. Das wollte ich nicht. Ich wollte ihr nicht wehtun. Von mir aus hätten sie sich auch nicht unbedingt scheiden lassen müssen. Ich hätte deinen Vater trotzdem geliebt. Aber ich sah mal ein Bild von ihr.«

»Vermisst du ihn manchmal?«

»Machst du Witze? Natürlich vermisse ich ihn. In Gedanken ist er immer bei mir. Und ich stelle mir vor, wie er voller Stolz auf unsere Kinder und unsere Enkeltochter sieht.«

Noch lange an diesem Abend musste Ines darüber nachdenken, wie ihre Mutter voller Liebe über ihren Vater sprach. Sie bedauerte in diesem Augenblick sehr, dass sie ihn nicht besser kennenlernen konnte und er so früh aus seiner Familie gerissen wurde. Die Menschen nannten so etwas wohl Schicksal.

Lilien. Weiße Lilien. Was für wunderschöne Blumen. Und so voller Sinnlichkeit.

Er lachte in sich hinein. Das würde sie sicher rätseln lassen.

Ob sie erriet, was sie bedeuten sollen?

In asiatischen Ländern war weiß die Farbe des Todes: Weiße Blumen, weiße Gewänder. Aber in Europa symbolisierten sie eher die Liebe, weswegen sie oft bei Hochzeiten als Dekoration verwendet wurden. Doch auch bei Beerdigungen fanden sie ihren Einsatz auf Särgen und in Grabgestecken. Wie passend. Liebe und Tod. Optimaler ging es gar nicht. Genau das wollte er zeigen: Liebe und Tod.

Fast schon behutsam öffnete er den Briefumschlag, was ihm mit den Handschuhen schwerfiel, befüllte ihn. Dabei achtete er penibel darauf, keine verräterischen Spuren zu hinterlassen. Schließlich hatte er nicht umsonst alles bis ins letzte Detail geplant.

Ein Hochgefühl ergriff ihn, als er sich ihre Reaktion vorstellte. Würde sie die Gefahr sofort erkennen? Er hoffte nicht, wollte ihre Unwissenheit auskosten, es genießen, wenn die Erkenntnis sie plötzlich treffen würde.

Vergnügt rieb er sich die Hände, streifte die Jacke über. Den Brief verstaute er in einem frischen Gefrierbeutel, den er in seine Jackentasche steckte.

Dann verließ er das Haus. Die Jagd hatte begonnen.

Bestimmt nichts vergessen?« Ines schaute ihre Tochter fragend an.

»Nein. Und wenn, dann sicher nichts Wichtiges. Außerdem gibt es in Stuttgart genügend Einkaufsmöglichkeiten, sollte doch was fehlen«, erklärte Danny im Brustton der Überzeugung. »Mach dir also nicht so viele Gedanken!«

Ines musste Daniela recht geben. Schließlich kannte Danny Stuttgart wie ihre Westentasche. Immerhin hatten sie bis vor einem halben Jahr dort noch gewohnt. Und außerdem würde Antonio sich glücklich schätzen, wenn er Danny etwas kaufen konnte. Es gab für ihn nicht so oft die Möglichkeit, sein Kind zu verwöhnen. Aber das holte er in den letzten beiden Wochen der Ferien sicher nach.

Danielas Koffer platzte fast aus den Nähten und nur mit Jans Hilfe schafften sie es, ihn zu schließen.

»Zum Glück fährst du nicht mit dem Zug. Du würdest dir glatt einen Bruch an deinen Klamotten heben!«

Jan sah Danny breit grinsend in die Augen. Diese boxte ihn dafür im Spaß in die Seite. »Keine Ahnung hat der Mann! Eine Frau braucht nun mal genug Garderobe! Was weiß ich denn, was mein Vater alles mit mir unternehmen will?«

Stundenlang hätte Ines diesem Geplänkel zuhören können, doch ein Blick auf die Uhr zeigte ihr, dass Daniela sich besser beeilte. Höchste Zeit, dass sie fertig wurde. Antonio würde jeden Moment vor der Tür stehen. Im selben Moment klingelte es. Während Jan öffnete, trat er einen Schritt zurück, begrüßte Danielas Vater mit einem freundlichen: »Hallo, komm rein. Die Mädels sind schon ganz durch den Wind. Wird Zeit, dass hier wieder Ruhe einkehrt.«

Beide Männer kannten sich nun schon eine ganze Weile und achteten einander, was Ines ihnen hoch anrechnete.

»Und junge Dame, bist du so weit?«

Die langen schwarzen Haare, zweckmäßigerweise zu einem Zopf zusammengebunden, fielen ihm über die Schulter, als Antonio sich zu Danny hinabbeugte. Bevor er sie liebevoll an sich drückte, wischte er die Haare mit einer Handbewegung wieder zurück.

»Klar, es kann sofort losgehen.« Sie umarmte nacheinander Ines und Jan und flitzte, ohne sich noch ein weiteres Mal umzudrehen, zur Tür hinaus. Antonio schnappte sich den Koffer und stöhnte kurz auf, als er das Gewicht bemerkte.

»Hat sie Steine eingepackt?«

Von Jan kam nur ein Achselzucken.

»Sag Danny, sie soll anrufen, wenn ihr angekommen seid«, verlangte Ines von ihrem Ex-Mann.

»Das macht sie doch immer. Beziehungsweise, sie wird dir wohl eine WhatsApp schicken. Mach dir keine Sorgen, wir passen gut auf sie auf.«

Antonios Familie, die aus Susi, seiner Frau, und der achtmonatigen Emily bestand, freute sich schon sehr auf Danielas Besuch.

»Ich weiß. Trotzdem, erinnere sie daran. Nicht, dass sie es doch noch vergisst.«

Frauen. Antonio verzog den Mund, verzichtete aber aus gutem Grund auf eine weitere Argumentation. Ines würde sowieso nicht zuhören. Typisch Mutter eben. Er hoffte, an diesem Freitag ein bisschen schneller in Stuttgart anzukommen, als samstags. Am Wochenende verstopften meistens haufenweise Ausflügler die Autobahn 81. Sie mussten sich nur beeilen, um nicht in den Berufsverkehr zu geraten.

Ines und Jan stand ein ganz normaler Arbeitstag bevor. Daniela gut aufgehoben wissend, machten sich beide ans Werk.

Ines Computer wies bereits am frühen Morgen einen regen Mail-Verkehr auf. Sie enthielten Informationen von Spurensicherung, kriminaltechnischem Dienst und ersten Rechercheergebnissen. Mühsam arbeitete sie sich durch die digitalen Unterlagen. Beinahe fertig mit der Durchsicht, unterbrach das Eintreffen von Thomas ihre Arbeit. Gut gelaunt und scheinbar voller Energie schritt dieser, in Jeans und Lederjacke gekleidet, schwungvoll durch die Tür.

»Hallo, einen schönen guten Morgen, hübsche Frau. Wie ich sehe, bist du schon wieder voll bei der Arbeit. Hast wohl kein schönes zu Hause, oder?« Mit einem spitzbübischen Lächeln warf er seine Jacke über den Kleiderständer. Sein T-Shirt spannte leicht über der Brust, wodurch sein durchtrainierter Körper zur Geltung kam. Doch Ines schenkte diesem Umstand keinerlei Aufmerksamkeit.

»Gut, dass du kommst. Die ersten Ergebnisse sind eingetrudelt. Die Kollegen in Rottweil sind im Moment ziemlich im Stress und meinten, wir sollten uns das schon einmal anschauen.«

Äußerst interessiert stellte sich Thomas dicht hinter Ines und betrachtete die dargestellte Datei. Sie tippte mit dem Finger auf den Bildschirm, obwohl sie wusste, dass dieser das nicht so gut vertrug. Doch das interessierte Ines nicht. Thomas beugte sich über ihre Schulter, atmete den Duft ihres Parfums ein, während sie auf eine Mail deutete.

»Ich finde, wir sollten das hier mal überprüfen. Wir haben doch sonst im Moment keinen Anhaltspunkt. Sag mal, wo ist eigentlich unser Tausendsassa?« Ines sah sich im Raum um und wies auf den verlassenen Schreibtisch.

»Meinst du Peter? Peter Fuhrer, den Praktikanten?«

»Ja genau. Ich habe ihn heute Morgen noch gar nicht gesehen!«

»Kein Wunder, der sitzt in dem kleinen Büro hinten im Gang. Ich dachte mir, dort wird er nicht dauernd gestört und kann in Ruhe herumtelefonieren und recherchieren. Er überprüft für uns weitere Adressen, Telefonnummern, Namen und Alibis, die bisher im Fall Petzold aufgetaucht sind. Mal sehen, was dabei herauskommt.«

Peter tat Ines fast ein bisschen leid. Natürlich eine äußerst wichtige Aufgabe, denn auch durch Ausschlussverfahren kam man oft weiter. Aber man musste eben viel Zeit investieren und vor allen Dingen Geduld aufbringen. Und erst am Ende wusste man, ob ein lohnendes Ergebnis raussprang. Allzu oft kam auch gar nichts Verwertbares dabei heraus. Dann hieß es womöglich: *Satz mit X, war wohl nix.*

Als Thomas und Ines von ihren Außenrecherchen zurückkamen, hatte Peter in der Zwischenzeit ganze Arbeit geleistet. Zwar sah der Mittzwanziger mit dem modischen Haarschnitt ein bisschen blass um die Nase aus, Ines vermutete niedrigen Blutdruck aufgrund des Bewegungsmangels der letzten Stunden, doch er konnte nun mit einigen Ergebnissen aufwarten. Und so erfuhren die beiden Beamten, dass die tote Simone Petzold doch ein recht interessantes Zweitleben geführt hatte. Sie betrieb eine Art Escort-Service, was natürlich viel Spielraum für die verschiedensten Szenarios bereithielt. Namhafte Persönlichkeiten, darunter Politiker und Stadträte, zählten zu ihrer Kundschaft.

Ines zog die Stirn in Falten. Diese Information ließ einiges an Spekulationen zu.

»Möglicherweise liefert uns das gar keinen schlechten Ansatz. Schließlich haben diese Männer einiges zu verlieren.«

»Und ein klassisches Mordmotiv ist es auch.«

Ohne, dass sie es merkte, klopfte Ines angespannt mit

einem Stift rhythmisch auf die Tischplatte. Sie beauftragte Peter, die Adressen der Männer herauszufinden. Danach konnte er zusammenpacken und heimfahren. Thomas und Ines hatten noch einen Termin bei Siegmund Willimsky. Der Chef wollte sich die ersten Ermittlungsergebnisse erklären lassen. Erst danach würden auch sie nach Hause fahren können.

Auf dem Rückweg von Willimsky in ihr gemeinsames Büro blieb Thomas plötzlich stehen.

»Hast du noch Lust auf einen Absacker?«

»Heute nicht. Ich fahre doch morgen zu meinem Klassentreffen und da muss ich früh raus!« Ehrliches Bedauern sprach aus ihrer Stimme.

»Stimmt. Hatte ich gar nicht mehr dran gedacht. Wird sicher lustig!«

Man hörte ihm an, dass er ihr aufrichtig den Spaß gönnte. Beide wollten nur noch schnell ihre Computer herunterfahren, bevor sie ins wohlverdiente Wochenende verschwanden. Ines war gerade dabei die Tür zu schließen, als sie mitten in der Bewegung innehielt. Ihr Blick richtete sich auf einen wundervollen Blumenstrauß auf ihrem Schreibtisch. Weiße Lilien, liebevoll arrangiert in einer passenden Kristallvase, verströmten einen starken Duft.

»Na, wenn das nicht Liebe ist! Habt ihr Jubiläum oder so was?«

Ines war immer noch perplex.

»Nicht, dass ich wüsste! Ich weiß nicht …, ich bin ganz weg! Das hat Jan doch noch nie gemacht! Nicht mal zu Hause.« Sie konnte es einfach nicht fassen.

»Hat er eine Karte dazu gelegt?« Neugierig schielte Thomas in Richtung Blumen.

Entschlossen nahm Ines den Strauß näher in Augenschein. Mit den Fingern durchsuchte sie die Pracht, doch eine Karte oder etwas Ähnliches konnte sie nicht finden.

»Nichts!« Sie zuckte mit den Schultern.

»Vielleicht wollte er dich einfach überraschen und ist auf deine Reaktion gespannt.« Diese Erklärung hörte sich für Ines irgendwie logisch an. Aber egal. Sie würde ihn einfach nach dem Grund fragen. *Obwohl, war Liebe nicht Grund genug?*

»Trotzdem, jetzt erst einmal genug für heute und raus hier.« Entschlossen zog sie die Jacke über, während ihr Computerbildschirm sich verdunkelte.

»Willst du die Blumen nicht mitnehmen?«

»Nein, ich bin doch das Wochenende gar nicht da. Und dann der Geruch, was glaubst du, wie es zu Hause riecht, wenn die Lilien ihren Duft verströmen. Außerdem halten die relativ lang. Da kann ich mich noch nächste Woche dran erfreuen.«

»Ach, und bei uns im Büro können sie ruhig alles vollstinken oder wie sehe ich das?« Er tat erbost, doch sie wusste: alles nur Spaß. Sie boxte ihn in die Seite und ging zur Tür. Gut gelaunt warf sie ihm einen Handkuss zu, dann schwebte sie leichtfüßig und voller Vorfreude auf einen Abend mit Jan aus dem Raum.

Gedämpftes Licht empfing Ines bereits im Flur. Dabei schlug ihr wohlige Wärme entgegen und ein himmlischer Essensduft stieg ihr in die Nase. Sofort meldete sich der Magen mit einem knurrenden Murren. Die letzte Mahlzeit lag schließlich schon Stunden zurück. Jan hörte, wie sie die Tür aufschloss, und kam ihr entgegen. Erschöpft ließ sie sich gegen seine Brust sinken und genoss seine Hand, die sanft über ihr Haar strich. Dabei neigte er sich zu ihr hinab und hauchte voller Zärtlichkeit einen Kuss hinter das rechte Ohr. Auch wenn sie nicht erklären konnte, was er an ihren Ohren so außergewöhnlich fand, liebte sie es, wenn er an ihnen herumspielte und -knabberte, was in der Regel nicht ohne Folgen blieb.

»Mmh. Hier riecht's aber lecker«, murmelte sie mit geschlossenen Augen, während sie an ihm lehnte. Offensichtlich fand sie Gefallen an seinen Liebkosungen. Natürlich entging ihm das keineswegs, weswegen er in sich hineinlächelte.

»Liebes, setz dich an den Tisch. Es ist alles fertig.«

Vorsichtig löste er die Umarmung, wobei er sich gleichzeitig aufrichtete. Nun überragte er sie um nahezu einen ganzen Kopf, weshalb sie zu ihm aufsehen musste. Doch Ines wollte noch nicht aufhören. Sie hob die Arme, umschlang seinen Nacken und zog ihn noch einmal zu sich. Mit spitzbübischem Grinsen kam er ihrem Gesicht ganz nahe. Sie küssten sich lange, doch Jan befürchtete, wenn sie jetzt nicht stoppten, kam das Essen heute sicher nicht mehr auf den Tisch. Er umfasste ihre Handgelenke in seinem Nacken, zog sie nach vorne und schob Ines behutsam in Richtung Esszimmer. Auf dem festlich gedeckten Tisch brannten bereits Kerzen. Wie schön. Und so romantisch. Ein Candle-Light-Dinner, nur für sie beide.

»Ich dachte mir, wenn wir beide schon einmal allein sind, könnte ich dich auch mal ein bisschen verwöhnen. Mal sehen, uns fällt sicher noch so einiges ein, was wir mit diesem Abend anfangen.«

Für Ines hörte sich das fast nach einem Versprechen an. Deutlich spürte sie ein Kribbeln am ganzen Körper. Liebevoll rückte er ihr den Stuhl zurecht, um sie Platz nehmen zu lassen. Das schmeichelte ihr sehr. Doch plötzlich furchte sie die Stirn und griff sich an den Kopf.

»Mensch, Danny! Ich habe Danny völlig vergessen!«

Wie von der Tarantel gestochen, sprang sie auf. Doch er drückte sie zurück in das Stuhlkissen.

»Ich weiß, dein Handy … du hast es heute Morgen vergessen. Du hättest also gar nicht nachschauen können, ob sie dir eine Nachricht geschickt hat. Also bleib jetzt ruhig sitzen, ich hol es dir. Es liegt immer noch im Bad, wo du es heute Morgen abgelegt hast.«

Er verließ den Raum, um, wie versprochen, ihr Handy aus dem Badezimmer zu holen. Ines fiel es wieder ein. Sie hatte es nach dem Frühstück beim Schminken mit ins Badezimmer genommen und vermutlich in der Hektik um Dannys Abreise dann nicht mehr daran gedacht, es einzustecken.

Jan drückte es in ihre Hand. Nach dem Entsperren, ein kurzer Blick auf das Display. Tatsächlich, eine neue WhatsApp-Nachricht. Natürlich Danny. Und zwar vorbildlich. Die Nachricht war zwei Stunden nach der Abfahrt mit Antonio abgeschickt worden. Sie musste sie also gleich nach ihrer Ankunft in Stuttgart geschrieben haben.

Verdammt! Bin ich vielleicht eine schlechte Mutter? Warum habe ich nicht gemerkt, dass mir eine Nachricht von Danny fehlt? Vor lauter Ermitteln, Denken und Grübeln habe ich den ganzen Tag nicht ein einziges Mal an Danny gedacht.

Sie ärgerte und schämte sich zugleich.

»Was schreibt sie denn?«, wollte Jan wissen und holte sie damit aus ihren trüben Gedanken. »Hat alles geklappt?«

Ines las die Nachricht. Nach einer Weile schüttelte sie verärgert den Kopf.

»Stimmt was nicht?«

»Doch, alles in Ordnung. Sie sind wohlbehalten angekommen. Susi hat sie gleich das Baby füttern lassen, das fand sie ganz toll. Aber stell dir vor, Antonio hat ein neues Auto. Ein Mercedes Cabrio! Und er ist mit Danny mit offenem Verdeck gefahren! Klar, dass ihr das gefiel. Aber bist du nicht auch der Meinung, es ist ein bisschen zu kalt um diese Jahreszeit?«

»Ach was, er ist bestimmt nur ein kleines Stück so gefahren. Mach dir nicht immer so viele Gedanken, er wird schon wissen, was er tut!«

Er lachte sie beruhigend an. Sie seufzte. Hoffentlich stimmte das. Man wusste nie, wann bei Antonio die Künstlerseele durchbrach und er irgendwelche verrückte Sachen machte. Allerdings hatte er bis jetzt wirklich immer gut acht auf Daniela gegeben. Er liebte seine Tochter, und das merkte man auch.

»Nun entspann dich, jetzt erwartet dich ein vorzügliches Essen, und zwar aus Meisterhand«, versuchte Jan sie aufzumuntern und eilte in die Küche.

Einfach köstlich. Gebratener Lachs mit Feldsalat. Zum Nachtisch ein frisches, selbst gemachtes Tiramisu. Und es gab dazu einen trockenen Trollinger mit Lemberger, Ines Lieblingswein. Sie schloss die Augen, als sie kostete. Jan konnte wirklich gut kochen. Etwas, was er ihr voraushatte. Kochen war einfach nicht ihr Ding. Stundenlang am Herd stehen, in den Töpfen rühren und aufpassen, dass alles gelang. Und die viele Arbeit, nur, um in einem Augenblick alles wieder aufzuessen. Nicht zu vergessen, die bescheuerte Aufräumerei danach. Sie sah einfach keinen logischen Sinn darin. Doch wenn Jan, so wie heute, Lust aufs Kochen bekam und sich mit Töpfen und Pfannen austobte, erwartete sie immer ein unglaubliches Erlebnis. Er nannte das seinen Ausgleich zum Bürojob. Nun, wenn er das so wollte. Ines hielt ihn sicher nicht davon ab!

Als schließlich die Teller nach dem köstlichen Mahl in der Spülmaschine steckten, setzte er sich zu ihr, hob sein Glas.

»Auf uns!«

»Ja, auf uns.«

Klingend stießen die Weinkelche leicht aneinander. Jan konnte in Ines Augen einen gewissen Glanz erkennen, ohne zu wissen, ob dieser Glanz von der stimmungsvollen Atmosphäre herrührte oder vom Alkoholgehalt des Weines hervorgerufen wurde. Er beugte sich zu ihr und gab ihr einen liebevollen Kuss. Sie schaute ihn lange an.

»Danke.«

»Nichts zu danken. Ich freue mich, wenn es dir geschmeckt hat.«

Er fuhr mit seinem Finger zärtlich an ihrer Wange entlang.

»Ich meine nicht das Essen. Danke für die wundervollen Blumen.«

Mitten im Streicheln hielt er inne, krauste die Stirn.

»Die Blumen? Welche Blumen?«

»Na die, die heute Nachmittag auf meinem Schreibtisch standen.«

»Die Idee ist wirklich gut. Aber leider nicht von mir. Ich habe dir keine Blumen geschickt!«

Er schien wirklich überrascht zu sein. Ines beschlich ein komisches Gefühl.

»Aber woher sollten die denn sonst kommen?«

Ratlos blickte sie ihn an. Doch Jan konnte ihr nicht weiterhelfen.

»Vielleicht wollte sich jemand bei dir bedanken.«

»Und wer? So spontan fällt mir da niemand ein. Meine Mutter zum Beispiel verschenkt Blumen grundsätzlich nur persönlich. Und für Danny wären die viel zu teuer.«

»Wieso? Was sind es denn für Blumen?«

»Weiße Lilien, ein Riesenstrauß. Weißt du, was das kostet? Die verschenkt man nicht mal eben so zwischendurch an jemand, den man kaum kennt.«

»Vor allen Dingen, weil Lilien doch ein Sinnbild für die echte Liebe sind. Oh, Ines. Ich glaube, du hast einen heimlichen Verehrer!«

Er lachte. Doch Ines war nicht zum Lachen zumute. Sie konnte noch so viel überlegen, ihr fiel niemand ein. Möglicherweise wollte sie doch jemand ärgern. Etwas anderes konnte sie sich nicht vorstellen.

»Ach, du spinnst.« Sie knuffte ihn in die Seite und lächelte dabei. »Das soll uns nicht den Abend verderben. Ich will nicht weiter darüber nachdenken! Lass uns lieber ins Bett gehen!«

Dabei versprach ihr Blick, dass sie keineswegs müde war. Er nahm ihre Hand und zog sie hoch. Der Abend war gerettet.

Obwohl in der letzten Nacht nur wenig geschlafen, fühlte sich Ines erholt und ausgeruht. Jan lauschte beim Frühstück amüsiert den Erzählungen aus alten Schultagen. Deutlich hörte man die Vorfreude auf das Wochenende aus ihren Worten heraus. Sie wollte das Auto nicht mitnehmen. Wer konnte schon wissen, wie viel Alkohol später floss. Deshalb fuhr Jan sie bereitwillig zum Bahnhof.

Im Zug sitzend, dachte sie an die vergangenen Schuljahre. Sie freute sich wahnsinnig auf das Wiedersehen mit ihren alten Freunden und merkte, dass es vor Aufregung ein bisschen in ihr kribbelte. Beim Blick aus dem Fenster des Regionalexpresses genoss Ines die vorbeihuschende Landschaft. Sie konnte sich kaum sattsehen. Was für ein Unterschied zum stark verbauten Stuttgart. An den Bahnübergängen warteten die Menschen geduldig und winkten fröhlich den Bahnreisenden zu. Erste Blätterfärbung an den Laubbäumen kündigte bereits den nahenden Herbst an. Doch in der leicht bergigen Landschaft überwog das dunkle Grün der Fichten und Tannen. Ein plötzlich durch das Abteil gellender Pfiff ließ Ines automatisch zusammenfahren. Schlagartig befand sie sich im Halbdunkel. Finsternis herrschte vor den Fenstern, an der Decke brannte nur eine Notbeleuchtung. Sie fuhren durch einen von insgesamt zwölf kleineren Tunneln, die auf der etwas mehr als 25 Kilometer langen Strecke vor ihr lagen. Die Fahrt verging wie im Flug. Ines bedauerte es fast, als sie bereits nach einer knappen halben Stunde ihr Ziel erreichte. Doch bei der Einfahrt in den Triberger Bahnhof sah sie schon die ersten bekannten Gesichter. Eine große Freude darüber, sie alle wiederzusehen, ergriff sie. Ungeduldig riss sie an ihrer Reisetasche, die sich im Gepäcknetz verhakt hatte, hängte sich ihre Handtasche um und begab sich zum Ausgang.

»Hey, seht mal, wer da kommt!«

Eine üppige Blondine winkte wie wild in Richtung Ines und schwatzte dabei auf zwei weitere Frauen neben sich ein. Ines erkannte sie als die ewig gut gelaunte Doro. Eigentlich hieß sie Doris, doch alle ihre Freunde nannten sie eben nur Doro. Sie winkte zurück und stürmte auf die drei zu.

»Du hast dich überhaupt nicht verändert«, meinte die Zweite im Bunde, eine langhaarige Brünette. Richtig, das war Vera. Damals umschwirrten sie die Jungs wie die Motten das Licht. Doch ihre Entscheidung fiel zugunsten des stillen, aber ehrlichen Günthers aus.

»Du kennst ja sicher auch noch Christine, unsere Streberin.«

Vera stellte das mehr fest, als zu fragen, und zeigte auf Nummer drei.

»Natürlich. Ach, kommt her, ihr glaubt gar nicht, wie ich mich freue, euch zu sehen.«

Sie umarmten und drückten sich, strichen sich dabei freundschaftlich über den Rücken.

»Sind die anderen denn auch schon angekommen?«

»Teils, teils. Manuela, Gabi, Sven, Thomas, Andy und Claus haben wir schon getroffen. Sie warten am Treffpunkt vor den Wasserfällen auf uns. Der Rest wird sicher auch langsam eintrudeln. Aber komm, wir bringen erst mal dein Gepäck in Sicherheit. Das Hotel ist nicht weit.«

Resolut schnappte sich Doro ohne zu zögern Ines Gepäck. Christine zog die Augenbrauen hoch.

»Nicht weit? Das ist mindestens ein Kilometer.«

»Ja und? Ich habe ja nicht behauptet, dass Ines zu Fuß gehen soll. Ich fahr sie mit meinem süßen kleinen Mini schnell hin und kaum guckst du um die Ecke, sind wir schon wieder da.«

Ihre Mimik dabei löste allgemeines Gelächter aus. Ines fühlte sich pudelwohl. Gut gelaunt stieg sie zu Doro ins Auto. Die anderen würden sie nachher wieder treffen.

Nervös trat er von einem Bein auf das andere. Eigentlich fand er den Wagen ziemlich schnell. Doch nun musste er sich überlegen, wie er am besten an die Bremsleitung gelangte. Zuerst fand er es mehr als günstig, dass das Auto in einigem Abstand zur nächsten Laterne geparkt worden war. So konnte ihn niemand bei seinem Treiben beobachten. Aber leider nahm ihm die Dunkelheit auch die Sicht auf den Ort, an dem er zu hantieren hatte. Nun gut, mit seiner LED-Lampe sollte das keine Schwierigkeit sein. Allerdings erhöhte das die Gefahr, entdeckt zu werden, enorm. In einiger Entfernung nahm er ein paar Jugendliche wahr, die mit Bierflaschen in der Hand herumgrölten. Das bedeutete für ihn, weiter warten. Kein Problem, er hatte alle Zeit der Welt. Um nicht aufzufallen, stellte er die Sporttasche, die er über der Schulter trug, zwischen ein paar Büschen ab.

Mechanisch zog er eine Zigarette aus der Hemdtasche, die er dort für Notfälle deponiert hatte, und steckte sie in den Mund, obwohl er eigentlich schon vor Wochen mit dem Rauchen aufgehört hatte. Doch im Moment brauchte er einfach ein Ventil für seine innere Anspannung. Für einen kleinen Moment er-

strahlte ein kleiner Ausschnitt seines Gesichtes im Schein des aufflackernden Feuers, als er die Zigarette anzündete. Tief inhalierte er den beruhigenden Rauch. Aus dem nahen Clubheim drang Musik und Gelächter an sein Ohr. Er wusste, sie war auch dort, amüsierte sich, hatte Spaß. Doch das würde sich bald schlagartig ändern.

Mit einem zufriedenen Grinsen im Gesicht schnippte er die Kippe in den nächsten Gully. Die Jugendlichen waren inzwischen verschwunden. Nun konnte er ungestört das erledigen, was er sich vorgenommen hatte. Er holte seine Tasche aus dem Gebüsch und machte sich ans Werk.

Ines und ihre ehemaligen Mitschüler vergnügten sich im Vereinsheim des FC Triberg, wobei sie den Abend bei gutem Essen, Musik und Tanz ausklingen ließen. Sie blickten auf einen tollen Tag zurück. Jeder, der gekommen war, hätte diesen Tag keinesfalls versäumt haben wollen. Anstrengend zwar, aber mehr als lohnend. Wie zum Beispiel der faszinierende Blick auf die tobenden und schäumenden Wassermassen der Triberger Wasserfälle, die donnernd in mehreren Kaskaden in die Tiefe stürzten. Dabei spürten sie die Feuchtigkeit der Gischt, die als leichter Nebel in ihre Gesichter geweht wurde. Man fühlte sich dabei der Natur so nah, so richtig lebendig eben. Auch der anschließende Besuch im Schwarzwaldmuseum hinterließ einen bleibenden Eindruck. Mit all den Dingen, die man mit dem Schwarzwald in Verbindung bringt: Alte Trachten, Wissenswertes über das Schwarzwälder Brauchtum, nicht zu vergessen die obligatorischen Kuckucksuhren und, was für Ines den absoluten Höhepunkt darstellte, diese riesigen, musikalischen Wunderwerke! Große mechanische Orchestrien, die wie riesige

Schränke aussahen. Und der Clou: Sie funktionierten! Insgesamt gab es so viel zu sehen, dass Ines und ihre Schulfreunde nicht aus dem Staunen herauskamen. Als Abschluss bummelten sie noch durch die vielen Andenkenläden am Rande der sich den Berg hochschlängelnden Straße. Das hatte Karo, die eigentlich Karolina hieß und seit ein paar Jahren hier lebte, wirklich gut organisiert.

Jetzt, am Abend, freuten sich alle auf ein bisschen Ruhe und Geplauder nach dem erlebnisreichen Tag in den Räumlichkeiten des Vereinsheimes des FC Triberg. Absolut ideal. Mit seinen vierzig Sitzplätzen im Hauptraum auch völlig ausreichend für die Gruppe. Die Raucher konnten draußen auf der Terrasse ihrem Laster frönen.

Der engagierte Ein-Mann-Unterhalter spielte am Keyboard und sang leichte Popmusik dazu. Zum Glück nicht zu laut, sodass sich niemand anschreien musste. Schließlich gab es ja auch viel zu erzählen. Wer tanzen wollte, ließ sich nicht davon abhalten.

Ines unterhielt sich ein wenig mit Sven, dem die Mädchen damals in Scharen hinterherliefen, Ines eingeschlossen. Nach all den Jahren hatte er noch nichts von seinem Charme eingebüßt.

»Und, hast du inzwischen die Richtige gefunden?« Mit Spannung erwartete Ines die Antwort. Er lächelte versonnen. Stolz schaute er ihr ins Gesicht, nahm einen Schluck aus seinem Weinglas, ließ sich Zeit mit der Antwort.

»Oh ja! Ich bin schon seit sechs Jahren verheiratet. Wir haben sogar zwei zuckersüße Kinder«, erzählte er voller Stolz und mit glänzenden Augen, aus denen pures Glück zu leuchten schien. Seine Hand fuhr sekundenschnell in die Innentasche des Sakkos, um ein Bild herauszuziehen. Strahlend legte er es vor Ines hin.

»Das freut mich für dich.«

Aufrichtig lächelte Ines ihn an. Schließlich konnte sie aus

eigener Erfahrung seine Gefühle nachvollziehen. Unverständlich, wie manche Menschen freiwillig auf Familie und Kinder verzichten konnten.

»Und du?«

»Nun, ich bin geschieden, habe eine tolle Tochter und einen neuen Mann in meinem Leben.«

»Das hört sich zumindest nicht nach einem langweiligen Leben an.«

»Nein, definitiv nicht. Ich habe es mir so ausgesucht und bin sehr glücklich dabei.«

»Dann wünsche ich dir, dass es ewig so bleiben möge.«

Darauf hob er sein Glas, prostete ihr zu und nahm einen kräftigen Schluck.

»Danke. Werde mein Bestes dafür tun. Was treibst du eigentlich beruflich?«

»Ich bin Unternehmensberater. Freiberuflich. Wird ganz gut bezahlt. So kann ich mir meine Zeit frei einteilen und dafür sorgen, dass meine Familie nicht zu kurz kommt. Und du? Ich hörte, du bist jetzt bei der Kripo. Ist das nicht sehr stressig?«

»Stimmt schon. Aber auch sehr vielseitig und nie langweilig. Ich könnte zum Beispiel auf keinen Fall einem Acht-Stunden-Bürojob nachgehen. Dabei würde ich eingehen wie eine Primel, die man vergessen hat zu gießen.«

Sie lachte und Sven stimmte ein. Die beiden fachsimpelten noch ein bisschen, sprachen über Anekdoten aus ihrer Schulzeit und verbrachten fast den gesamten Abend miteinander. Nur hin und wieder gesellte sich der eine oder andere für eine gewisse Zeit dazu und beteiligte sich an den Erinnerungen. Als spät in der Nacht alle nach und nach in ihr Hotel gingen, verabredeten sich Sven und Ines noch für ein gemeinsames Frühstück, bevor sie Morgen wieder alle nach Hause fuhren.

Aber am nächsten Tag wartete Ines vergeblich auf Sven.

Vermutlich steckte ein dazwischengekommener Termin dahinter. Schade eigentlich.

Sonntagmittag erreichte Ines wieder den Ausgangspunkt der Reise. Sie wunderte sich, dass Jan sie nicht abholte. Er wusste doch, wann ihr Zug in Villingen einfuhr. Sie hatten alles haarklein abgesprochen. Allerdings war es durchaus möglich, dass ein Kunde dringend seine Hilfe in Anspruch nehmen musste. Das konnte sie ihm eigentlich nicht zum Vorwurf machen. Trotzdem, *hätte er nicht wenigstens anrufen können?* Wohl oder übel musste sie sich ein Taxi rufen.

Sie bezahlte den Taxifahrer, stieg aus und ließ sich von ihm die Tasche aus dem Kofferraum geben. Im Treppenhaus begegnete ihr die alte Frau Wintermantel aus der Wohnung über ihr. Obwohl ihr das Treppensteigen sichtlich schwerfiel, grüßte sie freundlich lächelnd. Ines verkniff sich die Frage, ob ihr die neue Hüfte noch Beschwerden machte, da sie Gefahr lief, bis zur Dunkelheit festgehalten zu werden. Ines schloss die Haustür auf, warf die Tasche achtlos in den Flur und schleuderte die Schuhe von den Füßen. Welche Wohltat!

Als sie sich gerade in der Küche ein Mineralwasser holte, hörte sie, wie jemand die Tür aufschloss. Jan kam zurück. Da Tasche und Schuhe im Flur herumlagen, wusste er sofort um ihre Anwesenheit. Mit breitem Grinsen betrat er die Küche. Wie sehr er sich freute, zeigte die Umarmung während der Begrüßung. Ein leidenschaftlicher Kuss, der ihr fast den Atem raubte, unterstrich dies noch.

»Schön, dass du wieder da bist. Tut mir leid, dass du vergeblich auf mich gewartet hast. Bist du mir böse?«

Sie schüttelte den Kopf.

»Sicher ist dir etwas Wichtiges dazwischengekommen.«

»Maria musste dringend mit Max zum Kinderarzt. Max klagte über starke Bauchschmerzen. Da wir ihr unsere Hilfe angeboten hatten und sie tatsächlich fragte, ob ich sie fahren könnte, wollte ich ihr den Wunsch nicht abschlagen«, argumentierte Jan. Entschuldigend hob er dabei die Hände.

»Das ist schon in Ordnung. Ich bin froh, dass sie unsere Hilfe annimmt. Und, was sagt der Arzt?«

Jan winkte ab.

»Alles halb so schlimm. Max hat einfach zu viel Schokolade gegessen und nun Verstopfung. Der Arzt schrieb ein Rezept für krampflösende Tropfen. Damit müsste bald wieder alles in Ordnung sein. Und du, wie war dein Klassentreffen? Hat es dir gefallen?«, fragte er sie interessiert und gab ihr einen weiteren Kuss.

»Es war herrlich. Außergewöhnlich und wunderschön. Ich musste wirklich staunen, wie viele meiner Freunde sich überhaupt nicht verändert haben!«, lachte sie.

»Freut mich. Ist doch immer interessant zu erfahren, was die ehemaligen Schulkameraden inzwischen alles erreichten, nicht wahr? Und dein ehemaliger Schwarm? Ist er auch gekommen?«

»Ja sicher. Sven ist inzwischen ...« Doch weiter kam sie nicht. Das Telefon im Wohnzimmer läutete. Sie machte Anstalten, hinüberzulaufen, doch Jan hielt sie fest und lenkte sie in Richtung Küche.

»Lass mal. Ich mach das schon. Trink du erst mal dein Wasser und entspann dich. Es war bestimmt anstrengend.« Dankbar ließ sie ihn gewähren. Aber kurz darauf kam er mit dem Telefon in der Hand zurück in die Küche.

»Tut mir leid. Aber da will dich jemand sprechen. Eine Doro, wenn ich richtig verstanden habe.«

»Doro? Das ist eine meiner ehemaligen Schulfreundinnen. Ob ich was vergessen habe?«

Jan zuckte mit den Schultern. Klar, woher sollte er auch wissen, was Doro wollte. Ines meldete sich und hörte aufmerksam zu. Ihre Augen wurden immer größer, ihr Gesicht immer blasser und sie presste die Lippen fest aufeinander. Jan begriff sofort, dass es sich um schlechte Nachrichten handeln musste. Nach dem Ende des Gesprächs gab sie Jan das Mobiltelefon zurück. Ihre Hand zitterte leicht.

»Ich glaube, ich brauche jetzt erst einmal einen Schnaps.«

Kalkweiß starrte sie ihn an. Jan brachte ihr den Schnaps und sie stürzte ihn herunter wie ein Alkoholiker.

»Was wollte diese Doro?« Besorgnis lag in seiner Stimme. Ines setzte sich auf einen Stuhl. Sie sah ihn mit feuchten Augen an.

»Sven hatte einen Unfall!«

»Du meinst, dieser Sven, der euch Mädels damals allen den Kopf verdreht hat?«

»Genau der. Deshalb war er heute Morgen nicht beim Frühstück. Da lag sein Auto schon als Schrotthaufen mitten in der Pampa.«

Sie wischte sich eine Träne aus dem Augenwinkel. Auch wenn sie Sven viele Jahre nicht gesehen hatte, so fühlte sie doch eine gewisse Traurigkeit. Man kannte sich eben trotzdem näher.

»Wie ist das passiert?«

Behutsam streichelte er den Arm. Tief erschüttert konnte sie ihm diese Frage nicht richtig beantworten.

»Doro meint, er verlor die Kontrolle über seinen Wagen und ist eine Böschung hinabgestürzt. Dabei überschlug sich das Auto mehrmals. Sven konnte nur noch tot geborgen werden. Ob technisches Versagen vorlag, zu viel Alkohol im Spiel war oder es sich um einen menschlichen Fehler handelte, muss die Polizei laut Doro erst noch abklären.«

Er nahm sie in den Arm und führte sie ins Wohnzimmer. Zusammen setzten sie sich auf das Sofa.

»Das tut mir sehr leid. Das muss für dich sehr schockierend sein, nachdem ihr gestern alle noch viel Spaß zusammen hattet.«

Ines begriff das Ganze noch gar nicht richtig. Vor einem Augenblick strotzte sie noch voller Lebensfreude und Glück über das Erleben am Wochenende. Und dann, von einer Minute zur anderen, änderte sich für Svens Familie alles. Die armen Kinder. Plötzlich standen sie ohne Vater da. Tiefe Traurigkeit erfüllte sie. Sie brachte im Augenblick kein weiteres Wort mehr heraus. Jan zog sie beschützend fester in seine Arme. Beruhigend strich seine Hand über ihren Rücken. Er machte das, was er immer tat, wenn sie ihn brauchte: Er war einfach für sie da.

Kaum hatte Ines am Montagmorgen das Büro betreten, stach ihr der Lilienstrauß sofort ins Auge. Der starke Duft, den er im ganzen Raum verteilte, drückte ihre eh schon miese Stimmung auf einen Tiefpunkt. Selbst in einem Blumenladen roch es nicht so extrem. Grußlos ging sie an Thomas vorbei und schnappte sich den Strauß samt Vase. Schnell eilte sie zur Tür hinaus, die sie mit einem kräftigen Tritt öffnete, da ihre Hände die Vase hielten. Die Tür schwang hinter ihr zurück und fiel geräuschvoll zu. Thomas schaute ihr ratlos hinterher. Doch bevor er noch richtig wusste, wie ihm geschah, kam Ines bereits zurück. Energisch entledigte sie sich ihrer Steppjacke und warf sie achtlos über die Stuhllehne.

»Ich wünsche dir auch einen schönen Morgen. Hoffe, dein Wochenende war genau so toll, wie du es dir vorgestellt hattest.« Thomas sarkastischer Unterton nach dieser Aktion war nicht zu überhören.

Ines schritt zum Fenster, öffnete es weit und atmetet tief

die kalte Morgenluft ein, bevor sie sich an ihren Kollegen wandte.

»Tut mir leid. Aber diese Blumen machen mich ganz irre! Diesen Gestank hält doch kein Mensch aus. Trotzdem hallo und guten Morgen.«

Entschuldigend hob sie die Hände und warf sich entnervt in ihren Stuhl.

»Schon gut. Aber Jan hat es doch sicher nur gut gemeint.«

»Die Blumen sind nicht von Jan!«

»Sind sie nicht?«

Die Überraschung stand ihm wie ein Fragezeichen ins Gesicht geschrieben.

»Nein!«

»Aber von wem dann?«

»Keine Ahnung. Die müssen auf jeden Fall ein Vermögen gekostet haben. Aber ich habe jetzt einfach keinen Nerv, über so etwas Unwichtiges nachzudenken. Wenn derjenige, der mir die Blumen geschickt hat, mir wirklich hätte eine Freude machen wollen, dann wäre es doch das Mindeste gewesen, eine Karte beizulegen, oder etwa nicht?«

Herausfordernd schaute Ines ihren Kollegen an. Doch dieser schien ebenfalls kein großes Interesse daran zu haben, über diese Sache nachzudenken. So zuckte er nur kurz mit den Schultern. Ines machte eine wegwerfende Handbewegung.

»Lass uns an die Arbeit gehen und etwas Sinnvolles tun. Wir müssen schließlich einen Fall klären. Und fürs Rumhängen werden wir nicht bezahlt!«

»In Ordnung, wenn du meinst. Du bist der Boss. Im Übrigen haben wir noch einen Fall vom Kriminaldauerdienst übertragen bekommen. Scheinbar glauben die Kollegen, wir verfügen noch über freie Kapazitäten oder sind nicht ausgelastet.«

»Wie das denn? Die sind doch sonst nicht so spendabel!«

»Anscheinend herrscht bei denen ein hoher Krankenstand. Tja, die erste Grippewelle rollt!«

»Und um was geht es da?«

»Ein Verkehrsunfall bei Triberg.«

Ines Magen zog sich im gleichen Augenblick zusammen. Sie spürte, dass etwas Unangenehmes auf sie zukam.

»Aber dafür ist doch die Verkehrspolizei zuständig!«

»In diesem Fall nicht. Der Fahrer kam dabei ums Leben, und wie sich herausstellte, ist an den Bremsleitungen manipuliert worden.«

Ines mieses Gefühl verstärkte sich. Etwas sagte ihr, dass es sich hier um einen besonderen Verkehrsunfall handelte. Sven! Es konnte sich nur um Sven handeln. Die Wahrscheinlichkeit, dass zur selben Zeit noch ein Unfall in der Nähe von Triberg stattgefunden haben sollte, lag nahezu bei null. Sie wurde leichenblass, was Thomas sofort auffiel.

»Ines? Alles in Ordnung?«

Sie schüttelte den Kopf. Ihre Stimme erstarb zu einem Flüstern. Thomas verstand sie beinahe nicht mehr.

»Der Tote heißt Sven Molander, nicht wahr?«

»Stimmt. Woher weißt du das?«

»Ich kenne, Entschuldigung, ich kannte ihn. Er war auf unserem Klassentreffen. Ich habe dir letzte Woche von ihm erzählt.«

»Du meinst, es handelt sich bei dem Unfallopfer tatsächlich um euren Klassencasanova? Das ist echt krass. Aber wie kommt es, dass du schon im Bilde bist?«

Mit zitternden Händen goss Ines sich ein Glas Mineralwasser ein und nahm einen tiefen Schluck. Langsam beruhigte sie sich wieder.

»Ich bekam einen Anruf von einer Freundin, dass Sven tödlich verunglückt ist. Am selben Ort, verstehst du? Wo befindet sich der Wagen jetzt?«

»Nun, die Verkehrspolizei hat eine Werkstatt unter Vertrag, die ein Gutachten bei Verkehrsunfällen erstellt, um einen technischen Defekt als Unfallursache ausschließen oder gegebenenfalls auch nachweisen zu können.«

»Das ist mir auch klar. Aber ich meine, wo ist er jetzt, nachdem die Manipulation an den Bremsschläuchen festgestellt wurde?«

»Weil aus diesem Grund ganz schnell ein einfacher Unfall zum Tötungsdelikt aufgestiegen ist, ist der Wagen nun unterwegs ins technische Labor der Kriminaltechnik in Zimmern bei Rottweil. Die nehmen das Auto ganz gründlich auseinander. Darauf kannst du Gift nehmen. Vielleicht finden die dort alle wichtigen Hinweise und brauchen uns bei der Aufklärung überhaupt nicht.«

Ines hoffte es inständig. Aber aus Erfahrung wusste sie, dass es im Leben nicht so einfach zuging.

Heute standen langwierige Befragungen zum Fall Simone Petzold bevor. Gegen Mittag unterbrachen sie für eine einstündige Pause. Ines nutzte die Gelegenheit und rief Danny auf dem Handy an. Danny war total aufgeregt. Es dauerte eine ganze Weile, bis Ines ihrem Kauderwelsch entnahm, dass es um Antonios neuen Wagen ging. Weg. Gestohlen. Einfach so. Kopfschüttelnd lauschte sie den Worten ihrer Tochter. Wie konnte denn so etwas passieren? Obwohl … Dass sich bestimmte Banden auf ganz spezielle Automarken und -typen spezialisierten, wusste inzwischen jedes Kind. Und Stuttgart bildete da keine Ausnahme. Antonios Wagen war nun mal speziell. Aber vermutlich ersetzte ihm die Versicherung den Verlust. Sie hoffte das zumindest. Doch im Moment beruhigte sie erst einmal ihre Tochter, indem sie versprach, sich mit ihren Kollegen in Stuttgart in Verbindung zu setzen. Die konnten mal die Augen ein bisschen für sie offenhalten. Wozu hatte man schließlich Freunde? Und außerdem schuldete ihr so mancher von ihnen noch einen Gefallen. Sie beendete das Gespräch mit Danny in der Gewissheit, sie zufriedengestellt und wieder normal durchatmend am anderen Ende der Leitung zurückzulassen. Nun stand einem entspannten Fortgang der Ferien nichts mehr im Wege. Sie dagegen durfte sich noch ein bisschen mit den Antworten der Männerbekanntschaften von Simone Petzold herumschlagen. Seufzend schlenderte sie zurück zu den Verhörräumen.

Die Alibis entpuppten sich tatsächlich als wasserdicht. Mitten in ihren Überlegungen, wie sie nun weiter vorgehen sollten, stand Thomas, der gerade ein Telefongespräch beendete, auf und kam mit äußerst ernstem Gesichtsausdruck auf sie zu. Bei ihr schrillten die Alarmglocken.

»Gibt es Neuigkeiten?«

»Ja, aber nicht im Fall Petzold, sondern im Fall Molander.«

Daher wehte also der Wind. Kein Wunder, dass er so angespannt blickte. Schließlich wusste er, wie sehr ihr dieser Fall aus persönlichen Gründen an die Nieren ging. Sie atmete tief durch.

»Dann raus damit! Ich werde schon nicht aus den Latschen kippen.«

»Also gut. Zurückhalten bringt schließlich auch nichts. Ich sprach eben mit den Kollegen aus Rottweil. Die fanden noch an der Unfallstelle etwas im Wagen, das ich nicht einzuordnen weiß. Irgendwie mysteriös, die Sache.«

»Was denn? Nun sag schon, rumdrucksen hilft auch nicht weiter. Wurde etwas gefunden, dass vielleicht darauf hindeutet, dass er nicht alleine im Wagen saß?«

»Nein. Das ist es nicht. Im Kofferraum lag ein sorgfältig deponierter Strauß weißer Lilien! Die Kollegen entdeckten sie noch am Unfallort!«

Sie hielt unweigerlich die Luft an. In ihrem Hirn liefen die Zellen auf Hochtouren.

»Du sagtest *sorgfältig deponiert.* Du meinst doch nicht etwa, sie wurden nach dem Unfall dort hineingelegt?«

»Doch, genau das. Die Blumen waren völlig unversehrt und das in einem Auto, das sich mehrfach überschlug. Eigentlich hätten sie kreuz und quer im Kofferraum liegen müssen.«

»Aber dann müsste jemand beobachtet haben, wie er die Böschung hinabstürzte.« Kalte Schauer liefen ihr den Rücken herunter. Sie zog die Augen zu Schlitzen zusammen, bemühte sich, das Ungeheuerliche zu begreifen.

»Das bedeutet ja, dass dieser Jemand den Unfall erwartete. Das kann nur einer gewesen sein, nämlich derjenige, der die Bremsen lahmlegte.«

»Der Meinung bin ich auch. Was mich aber beunruhigt, sind die Blumen.«

»Bist du sicher, dass es weiße Lilien sind?«

»Das hat der Kollege jedenfalls gesagt. Ich glaube nicht, dass es Zufall ist, dass dir dieselben Blumen geschickt wurden. Zweimal Lilien, an zwei verschiedenen Orten, für zwei Menschen, die sich kannten. Ein bisschen viel Zufall, findest du nicht? Es kann ja durchaus sein, dass der Täter Sven Molander nur verletzen wollte und der tödliche Unfall eigentlich nicht geplant war. Trotzdem musste er damit rechnen, dass das unter Umständen passieren kann. Und außerdem hätten ja noch mehr Menschen in dem Wagen sitzen können.«

»Du meinst also, der mögliche Täter hat einfach billigend in Kauf genommen, dass jemand zu Schaden kommt?«

»Oder sie. Bremsschläuche manipulieren könnte auch eine technisch begabte Frau. Es muss sich nicht ausschließlich um einen männlichen Täter handeln.«

Das stimmte. Für diese Tat brauchte man keine besonderen Kräfte oder Fertigkeiten, die nur einen Mann dafür infrage kommen ließen. Sorgenfalten bildeten sich auf Thomas Stirn.

»Auf jeden Fall scheint hier jemand ziemlich tief in Wut geraten zu sein. Solche Menschen sind unberechenbar. Und ich glaube einfach nicht, dass es Zufall ist, dass du ausgerechnet weiße Lilien auf deinem Schreibtisch vorgefunden hast. Weiße Lilien sind nämlich nicht nur sinnbildlich ein Zeichen höchster Liebe, sondern …«, hier machte Thomas eine kleine Pause, »… sie werden auch Todesblumen genannt. Eigentlich, weil sie als Zeichen der Liebe über den Tod hinaus gelten, aber das kann man auch anders sehen. Sie sind jedenfalls an vielen Beerdigungen zu finden.«

»Und eine andere Interpretation meint, sie seien das Symbol für Reinheit, Unschuld und Jungfräulichkeit. Na, vielen Dank. Das bringt uns also nicht wirklich weiter, auf der Suche nach einem Motiv. Aber was könnten Sven und ich denn gemeinsam haben, dass jemand so wütend auf uns ist und sogar den Tod eines Menschen in Kauf nimmt? Schließlich sahen wir uns seit fast zwanzig Jahren nicht mehr! Vielleicht sind die Lilien ja doch nicht von derselben Person.«

Unsicher verschränkte sie die Finger ineinander. Auf Antwort wartend, blickte sie ihm in die Augen.

»Ich habe keine Ahnung. Aber wir dürfen das auf keinen Fall ausschließen. Ist vielleicht einer eurer alten Klassenkameraden nicht gut auf den Rest der Klasse zu sprechen? Hat einer beim Treffen gefehlt? Wäre das ein Ansatzpunkt?«

Er hoffte sehr, sie könnte diese Frage bejahen. Doch Ines fiel in dieser Richtung nichts Auffälliges ein.

»Natürlich sind nicht alle gekommen. Aber es gab in meiner ganzen Schulzeit keine so extremen Vorkommnisse, dass irgendeiner auf Rache oder Vergeltung aus sein könnte.«

»Trotzdem, eure Schulzeit ist im Moment die einzige Gemeinsamkeit, die auffällt. Da sollten wir ansetzen, solange wir nichts Besseres haben.«

»Na gut, wenn du meinst. Dann schlage ich allerdings vor, dass wir rüber nach Rottweil fahren. Möglicherweise gibt es von den Kollegen noch den einen oder anderen Tipp für uns.«

»Gute Idee. Rottweil wollte uns zwar den Bericht sowieso im Laufe des Tages zukommen lassen, aber es schadet sicher nicht, persönlich mit den entsprechenden Kriminaltechnikern zu sprechen. Im Fall Petzold kommen wir im Moment sowieso nicht weiter. Da können wir uns genauso gut um diese mysteriöse Sache kümmern. Vor allem, weil die Kollegen ja um unsere Mithilfe gebeten haben.«

Auf dem Weg zu ihrem Dienstwagen kam den beiden Kripoleuten mit schnellem Schritt ein Beamter des örtlichen Polizeipostens entgegen. Schnurstracks hielt er auf Ines zu.

»Ach, Frau Sandner, zu Ihnen wollte ich gerade.«

»Zu mir? Was ist denn los?«

Erstaunen lag in ihrer Stimme. *Sollte es doch noch Fortschritte in ihrem momentanen Fall geben?*

»Wir haben vor zehn Minuten eine Meldung bekommen, dass der Mercedes eines gewissen Antonio Gomez gefunden wurde. Die Kollegen aus Stuttgart meinten, sie wollten darüber informiert werden.«

Aha, also doch nicht Simone Petzold. Die Neuigkeiten betrafen ihr Privatleben.

»Stimmt, wo ist der Wagen denn aufgetaucht?«

»In Konstanz. Nichts kaputt, alles noch tipptopp. Selbst der Schlüssel steckte noch. Wahrscheinlich haben ein paar Jungs eine Spritztour damit unternommen.«

Ungläubig schaute Ines den Polizisten an.

»Der Schlüssel steckte noch? Heißt das etwa, Antonio hatte den Schlüssel stecken lassen, als das Auto geklaut wurde?«

Die Schultern entschuldigend hochziehend, bestätigte der Kollege diese Vermutung mit einem bedauernden Nicken.

»Sieht ganz so aus.«

Sie konnte es nicht fassen. *Typisch Antonio! Immer wieder*

passierten irgendwelche unmöglichen Sachen, nur weil ihr Ex nicht richtig überlegte. Oder hatte es etwas damit zu tun, dass er als Künstler alles mit anderen Augen sah? Irgendwie um die Ecke dachte, ohne Rücksicht auf die Folgen? Ines fand auf diese Frage keine Antwort.

»Wenn die Untersuchung des Wagens fertig ist, wollen Sie ihm dann selber sagen, wo er das Auto abholen kann, oder sollen das die Kollegen übernehmen?«

»Ich glaube, es ist besser, ich halte mich da raus. Lassen Sie alles seinen normalen Gang gehen.« Das Blut in ihrem Inneren kochte gewaltig. Nur gut, dass Antonio ihr jetzt nicht gerade über den Weg lief. »Ich fürchte, ich wasche ihm sonst ganz gewaltig den Kopf.«

»Kein Problem Frau Sandner. Geht in Ordnung.«

Freundlich grüßend zog er wieder ab. Thomas hielt sich bei der ganzen Geschichte dezent im Hintergrund. Er wollte nicht aus Versehen in Ines imaginäres Schussfeld geraten, denn die Blicke, die sie gerade von sich gab, waren geeignet, jeden einzuschüchtern, der auch nur in ihre Nähe trat.

Langsam, ganz langsam zog sich das Netz zu. Alles lief so, wie er es sich vorgestellt hatte. Na ja, nicht ganz. Der Tod dieses Molanders war einfach Pech gewesen. Sicher, er hatte damit rechnen müssen. Und wenn er ehrlich war, berührte ihn das herzlich wenig. Irgendwie hatte er insgeheim gehofft, dass vielleicht Ines Sandner mit im Wagen säße, wenn es zu einem Unfall kam. Doch so, wie es aussah, konnte er weiter seinen Spaß mit ihr haben.

Sie schien langsam zu begreifen, dass die Ereignisse mit ihr in Zusammenhang stehen mussten. Doch einfach wollte er es ihr nicht machen. Er hatte bereits den nächsten Schritt einge-

leitet. Hoffentlich versaute dieser Ganove, den er angeheuert hatte, die Sache nicht. Dieser nächste Schritt würde die sonst so toughe Hauptkommissarin vielleicht ein bisschen Panik verspüren lassen. Er wollte, dass sie zitterte, sich ängstigte. Bis sie merken würde, was wirklich los war, würde es zu spät sein.

Mmh, riecht das gut.« Mit geschlossenen Augen schnupperte Ines in die Luft. Max, der auf einem Küchenstuhl vor dem Herd kniete und selig die Spaghetti im Topf umrührte, strahlte sie an. Jan stand daneben und bereitete die Soße zu. Er zwinkerte Ines verschwörerisch zu, während sie ihn auf die Wange küsste.

»Danny soll ja merken, dass wir sie vermisst haben. Liebe geht schließlich durch den Magen.«

Und allzu lange mussten sie auch nicht mehr auf das fehlende Familienmitglied warten. Tatsächlich erreichten Antonio und Danny die Wohnung pünktlich. Voller Mutterliebe strich Ines ihrem Kind über den Kopf, küsste und herzte sie, auch wenn Danny das eigentlich nicht so mochte. Und wenn sie es auch nicht zugab, es tat gut, vermisst zu werden.

Ines Zorn auf Antonios Nachlässigkeit war inzwischen verraucht und so blieb er noch zum Essen. Es wurde ein lustiges Essen. Und sie dankte im Stillen dem lieben Gott dafür, dass sie es geschafft hatten, wahre Freunde zu bleiben.

Während die Kinder nach dem Essen zum Spielen verschwanden, saßen die drei Erwachsenen noch einen Augenblick zusammen. Antonio wollte bald zurückfahren. Doch Ines spürte, dass ihn irgendetwas quälte. Freundschaftlich stupste sie ihn in die Seite.

»So still? Wo bleibt dein spanisches Temperament? Ist doch noch mal alles gut gegangen. Du hast deinen Wagen wieder. Noch mal Glück gehabt. Und das nächste Mal, bist du hoffentlich schlauer!«

Sie lachte gut gelaunt und strahlte ihn an. Von Ärger keine Spur mehr. Doch Antonio saß da wie ein Häufchen Elend. Er griff wortlos in sein Jackett und holte einen Briefumschlag heraus. Diesen drückte er Ines in die Hand. Unsicher nahm sie das Kuvert entgegen.

»Was ist das?«

»Schau es dir an. Fand ich im Handschuhfach, als ich den Wagen abgeholt habe, beziehungsweise kurz darauf.«

Vorsichtig öffnete Ines den Umschlag. Sie fasste hinein und betrachtete den Stapel Bilder. Sie schaute sich jedes einzelne Foto genau an. Ihr Blick hatte jeden Ausdruck von Fröhlichkeit verloren. Jan wurde stutzig. Als sie die Bilder auf den Tisch legte, nahm er sie in die Hand. Er wollte wissen, was Ines Laune so schlagartig verdarb. Und dann wurde ihm einiges klar. Die Bilder zeigten Danny. Danny mit Ines, Danny mit Antonio, Danny mit Monika, Danny in der Schule, beim Einkaufen, im Schwimmbad. Irgendwer war ihr seit Wochen auf Schritt und Tritt gefolgt.

»Wer?«

Nur dieses eine Wort brachte Ines hervor. Doch Antonio konnte ihr keine befriedigende Antwort geben.

»Ich weiß es nicht. Ich weiß nicht einmal, wie die dahin gekommen sind. Als ich den Wagen abholte, sagten mir deine Kollegen, sie hätten den Wagen gründlich untersucht. Also gehe ich davon aus, dass sie alles, was wichtig sein könnte, auch gesichert haben, oder etwa nicht?«

»Davon kannst du hundertprozentig ausgehen. Erzähl weiter.«

»Also, ich bin zur nächsten Tankstelle gefahren, zapfte den Tank voll und ging bezahlen. Als ich wieder im Wagen saß, öffnete ich das Handschuhfach, um die Quittung reinzulegen. Dabei entdeckte ich die Fotos.«

Er machte eine Pause, knetete die Hände.

»Zum Glück habe ich das Cabrio alleine abgeholt. Danny hätte mir den Schreck sicher angemerkt. Bis jetzt weiß sie nichts davon.«

»Das ist auch gut so. Kann ich den Brief behalten? Ich würde ihn gerne untersuchen lassen.«

Ernst schaute sie ihm ins Gesicht. Antonio fiel ein Stein vom Herzen.

»Ich hoffte so sehr, dass du dich der Sache annimmst. Ich wusste nur nicht, ob du das in deiner Position kannst!«

»Warum sollte das nicht gehen? Weil Danny meine Tochter ist? Keine Sorge, das ist absolut selbstverständlich. Ich kann dir nicht sagen, was hier gespielt wird. Wenn es sich nur um einen Spanner handeln würde, hätte er die Fotos sicher nicht in diesem Auto deponiert. Ich glaube, jemand wollte, dass du sie findest. Deshalb bitte ich dich, in der nächsten Zeit gut auf deine Familie aufzupassen.«

»Das brauchst du mir nicht extra erklären. Die Bilder haben mir einen großen Schrecken eingejagt.«

Später, als Max längst zu Hause war und Antonio sich bereits auf dem Weg nach Stuttgart befand, setzte sich Ines mit ihren Kollegen in Verbindung. Die versprachen ihr, den Umschlag so schnell wie möglich auf Fingerabdrücke zu untersuchen, aber sie dämpften ihre Erwartungen. Zu viele Menschen hatten ihn inzwischen berührt. Trotzdem wollten sie einen Vergleich zu den Abdrücken ziehen, die in Antonios gestohlenem Wagen gefunden worden waren. Denn diese ließen sich einem kleinen, Stuttgarter Ganoven zuordnen. Hatte er was mit den Bildern zu tun? Bestand eventuell ein Zusammenhang zwischen diesen Bildern und den gefundenen Blumen? Es lag auf der Hand: Irgendjemand hatte sie im Visier! Erst die Blumen, dann die Fotos. Aber warum? Ines wusste keine Antwort darauf. Rache? Könnte sein, denn schließlich ging keiner ihrer Kundschaft freiwillig hinter

Gittern. Aber gedroht hatte ihr bisher niemand. Auf jeden Fall würde sie es sich nicht nehmen lassen, morgen an der Vernehmung des Verdächtigen, dessen Fingerabdrücke das System ausgespuckt hatte, teilzunehmen. Doch dafür musste sie nach Stuttgart fahren. Sie hatte bereits mit den ehemaligen Kollegen dort Kontakt aufgenommen. Eine schlaflose Nacht lag vor ihr.

Bereits um sechs Uhr in der Früh befand sich Ines auf dem Weg nach Stuttgart. Großzügigerweise, sozusagen als kleiner Freundschaftsdienst, wurde Ines erlaubt, im Vorraum des Vernehmungszimmers der Befragung des mutmaßlichen Autodiebes beizuwohnen. Da Antonio den Wagen in Stuttgart als gestohlen gemeldet hatte und der vorläufig Festgenommene auch aus der Gegend stammte, waren die Kollegen aus diesem Bezirk natürlich auch zuständig.

Ines blickte durch die von innen verspiegelte Scheibe, wodurch der Beschuldigte sie nicht sehen konnte. Das Gesicht sagte ihr nichts. Der Mann machte den Eindruck eines üblichen Kleinganoven. Sie konnte sich nur sehr schwer vorstellen, dass dieser Mensch eine Bedrohung für sie oder ihre Lieben darstellen sollte. Aber das Aussehen oder der Charme, beziehungsweise der fehlende Charme eines Mannes, sagte rein gar nichts über seinen Charakter aus. Als Ines seufzte, warf ihr der uniformierte Beamte, der neben der Tür zum Vernehmungsraum stand, einen kurzen Blick zu. Nervös kratzte sie sich am Handgelenk.

Endlich öffnete sich die Tür zum Flur und ihr ehemaliger Kollege, Hauptkommissar Moritz Höppner, erschien auf der Bildfläche. Ines hob eine Braue, als sie die Veränderung bei ihm bemerkte. Sie musste zugeben, die raspelkurzen, hellblonden Haare standen ihm außerordentlich gut. Da auch ihn mit seinen 53 Jahren allmählich die allseits bekannten Geheimratsecken das Leben erschwerten, tat er das, was am ratsamsten schien. Denn durch diesen Schnitt fielen sie kaum noch auf. Ganz im Gegenteil, das passte ausgesprochen gut zu seinem immer noch bestens trainierten Körper. Mit fast schon jugendlichem Schwung kam er trotz seines Alters freudig strahlend auf sie zu und begrüßte sie mit einem für ihn typischen, viel zu kräftigen Händedruck. Obwohl darauf vorbereitet, zuckte sie dennoch zusammen, als er ihre Hand umfasste.

»Hallo Ines. Schön dich zu sehen. Hoffentlich kriegen wir was aus dem Burschen heraus, das uns, und somit auch dir, hilft.

»Ja, das wünsche ich mir auch. Aber ich kann mir nicht vorstellen, dass er etwas mit den Bildern zu tun hat. Das sieht mir nach größerem Kaliber aus.«

»Vermutlich hast du recht. Es spricht leider viel dafür. Nun musst du mich entschuldigen, die Pflicht ruft. Wie du siehst, ist sein Anwalt auch schon da.«

Er zeigte auf den grauhaarigen Mann, der neben dem Festgenommenen saß und permanent auf ihn einredete. Bedauernd schaute Moritz sie an, bevor er das Verhörzimmer betrat.

Natürlich konnte Harry Klein, so der Name des Autodiebes, aufgrund der nachgewiesenen Fingerabdrücke seine Anwesenheit im Innenraum des Fahrzeuges nicht leugnen. Trotzdem schaffte es niemand, ihm zu beweisen, dass er tatsächlich das Auto stehlen und weiterverkaufen wollte. Er beharrte darauf, unterstützt durch seinen Rechtsbeistand, lediglich eine Spritztour unternommen zu haben. Die Fotos sah er angeblich noch nie. Fingerabdrücke konnten von ihm auf dem Umschlag tatsächlich nicht nachgewiesen werden. Dieser war einfach durch zu viele Hände gegangen. Doch Ines wurde den Eindruck einer gewissen Nervosität seitens Harry Klein nicht los, als es um diese Bilder ging. Schon fast aggressiv wies er jede Kenntnis weit von sich. Genau das machte ihn verdächtig. Da stimmte etwas nicht. Ein flaues

Gefühl lag ihr im Magen. Moritz musste ihn schließlich gehen lassen, es bestand keine Fluchtgefahr. Wegen des Autodiebstahls würde er sich aber noch verantworten müssen.

Moritz und Ines tranken anschließend noch einen Espresso in der Cafeteria.

»Schade, ich hätte gerne mehr für dich erreicht.«

»Lass mal. Damit musste ich rechnen. Aber hattest du nicht auch das Gefühl, er weiß mehr, als er zugibt?«

»Sicher, nur ein Gefühl reicht eben nicht. Da macht unsere Rechtsprechung nicht mit. Vermutlich gab ihm jemand den Auftrag, diesen Umschlag zu deponieren. Er kassiert das Geld und fertig. Es kann sogar gut sein, dass der Diebstahl des Cabrios gar nicht eingeplant war. Nachdem dein Antonio aber seinen Schlüssel stecken ließ, konnte er wohl der Versuchung nicht widerstehen.«

»Weißt du, was ich denke? Solche kleinen Gauner wie der, die spielen doch nicht den Laufburschen für jedermann! Kann man da nicht ansetzen?«

In Ines keimte Hoffnung auf, doch Moritz musste sie enttäuschen.

»Der macht für Geld fast alles, und zwar für fast jeden. Das hilft uns nicht weiter. Aber wir werden ihn trotzdem zur Sicherheit ein bisschen im Auge behalten. Mehr kann ich leider nicht für dich tun. Jetzt bist du ganz umsonst den langen Weg hergefahren.«

»Ach was. Ich fand es herrlich, die alte Heimat und liebe Freunde wiederzusehen.« Sie verabschiedeten sich herzlich voneinander, bevor sie den Rückweg in Angriff nahm. Ines war kein Stück weitergekommen.

Da sie sich nun schon einmal in Stuttgart befand, disponierte sie kurz entschlossen um. Sie ließ es sich nicht nehmen, noch schnell bei Antonio vorbeizuschauen.

Überrascht öffnete Susi mit der kleinen Emily auf dem Arm die Tür.

»Oh, hallo Ines. Ist was passiert?«

Mit angehaltenem Atem hielt sie die Tür weit auf, damit Ines eintreten konnte. Dem kleinen Sonnenschein mit der Hand über die allmählich sprießenden Locken fahrend, schlug Ines einen lockeren Ton an.

»Nein, nein. Aber ich hatte beruflich hier zu tun, da wollte ich es mir nicht nehmen lassen, kurz *Hallo* zu sagen. Ist Antonio da?«

»Ja, hinten in seinem Atelier. Moment, ich hole ihn.«

»Ach lass nur«, winkte Ines freundlich lächelnd ab. »Ich kenn doch den Weg.«

»Wunderbar. Hast du Lust auf einen Kaffee? Ich wollte mir gerade einen aus der Maschine lassen.«

Eigentlich nach dem Espresso mit Moritz noch genug Koffein intus, wollte sie jedoch die Gelegenheit nutzen, kurz mit Antonio ein paar Worte unter vier Augen wechseln zu können. Deshalb stimmte sie zu.

Während Susi in der Küche werkelte, betrat Ines im hinteren Teil des Hauses Antonios Reich. Lächelnd schaute sie ihm einen Augenblick zu, wie er hingebungsvoll den Pinsel schwingend die Farbe auf der Leinwand verteilte. Doch schließlich riss sie sich von dem Anblick los, und besann sich, weswegen sie hier war.

»Hallo Antonio.«

Kräftiger, und zugegebenermaßen auch ein bisschen barscher, als beabsichtigt, kamen die Worte über ihre Lippen. Erschreckt fuhr Antonio herum, wobei sein Zopf leicht die frisch bemalte Leinwand streifte und aus einem roten Fleck einen roten Streifen fabrizierte. Schuldbewusst biss sich Ines auf die Lippe. Doch Antonio blieb das kleine Malheur verborgen.

»Mensch Ines, musst du dich so anschleichen? Ich hätte fast einen Herzinfarkt bekommen.«

»Entschuldige mal! Ich bin hier ganz normal hereinspaziert. Du hast vor lauter Malerei bloß keine Notiz davon genommen. Ich kann doch nichts dafür, wenn du in anderen Sphären weilst.«

»Was machst du eigentlich hier?« Er runzelte die Stirn. »Die Fotos? Du hast was herausbekommen, oder?«

Schnell legte er den Pinsel auf die Seite und wischte sich die Hände an einem vollgekleckstem Baumwolltuch ab.

»Nicht ganz. Aber wir haben den Autodieb gefasst. Allerdings streitet der ab, die Fotos zu kennen.«

»Und, glaubst du ihm?«

»Selbst, wenn ich ihm das nicht abkaufe, kann ich nicht beweisen, dass er lügt.«

»Verstehe. Dann ist also immer noch alles offen. Entweder er war's oder jemand anderes. Na toll.«

»Stimmt genau, und das bringt mich auf den Punkt. Wir wissen nicht, mit wem wir es zu tun haben. Handelt es sich um einen harmlosen Stalker oder steckt da vielleicht viel mehr dahinter? Antonio, du darfst unter keinen Umständen deine Familie auch nur einen Augenblick alleine lassen. Ist das klar?« Ihre Augen blitzten und duldeten keinen Widerspruch.

»Sicher, das habe ich schon kapiert.«

»Ach ja? Dann lass auch keine Schlüssel mehr im Wagen stecken, schließ die Haustür immer gut ab, keine gekippten Fenster über Nacht, begleite Susi beim …«

»Jetzt mach mal halblang! Wenn ich sag, ich pass auf, dann tue ich das auch. Rede nicht mit mir, wie mit einem Dreikäsehoch.«

Ines lagen schon ein paar scharfe Worte auf der Zunge, als Susi in der Tür erschien.

»Wo bleibt ihr denn? Habt ihr euch verquatscht? Ich dachte, wir wollten Kaffee trinken.«

Ihr entging nicht, wie sich Ines und Antonio verärgerte Blicke zuwarfen. Doch Ines sah ihren Vorsatz, Antonio noch einmal ins Gewissen zu reden, als erfüllt an. So hakte sie sich versöhnlich bei ihm unter. Gemeinsam folgten sie Susi, die erleichtert feststellte, dass sich die Situation zwischen den beiden wieder entspannte.

Obwohl Ines erst am späten Nachmittag Villingen erreichte, ließ sie es sich nicht nehmen, nach ihrer Rückkehr aus der Landeshauptstadt noch im Büro vorbeizuschauen. Verwaiste Räume erwarteten sie. Vermutlich befand sich Thomas schon in seinem verdienten Feierabend. Sie schaute ein paar Papiere auf ihrem Schreibtisch durch. Doch sie konnte nichts wirklich Neues darunter entdecken.

Es klopfte und als sie den Kopf hob, lehnte Peter lächelnd am Türrahmen.

»Aha, wieder zurück. Ich habe die Ermittlungsergebnisse auf den neuesten Stand gebracht.« Er zeigte auf den Computer.

»Habe ich gesehen, danke. Sag mal, wo ist eigentlich Thomas?«, fragte Ines, die ihren Kollegen vorhin schon vermisst hatte.

»Der musste zum Zahnarzt. Schien ganz schön Schmerzen zu haben!«

Peter ließ seine weißen Zähne aufblitzen, weshalb Ines ihm scherzhaft mit dem Finger drohte.

»Weißt du was, dann machen wir für heute auch Schluss. Es war ein anstrengender Tag. Lass uns morgen weiter ermitteln!«

Das musste Ines Peter nicht zweimal sagen. Schließlich kam er selten früh aus diesem Gebäude raus.

Auf dem Nachhauseweg besorgte Ines drei Döner. Sie hatte jetzt einfach Bock auf diese türkische Schnellimbissvariante, um es mal mit den Worten ihrer Tochter auszudrücken. Gefüllt mit Lammfleisch und viel frischem Gemüse redete sie sich ein, dass diese Brottaschen doch eigentlich gar nicht so ungesund seien. Und außerdem machten sie satt. Sie parkte das Auto in der Tiefgarage. Während sie durchs Treppenhaus lief, sah sie durch die kleinen Fenster an der Außenwand, wie Max draußen glücklich mit seinem Ball herumtollte.

Beim Öffnen der Wohnungstür kam ihr Danny entgegen. Die Dönertüte zauberte ein breites Grinsen auf ihr Gesicht.

»Hey, cool«, meinte Daniela, denn der starke Duft, der der Tasche entstieg, verriet ihr den Inhalt. Gut gelaunt gab sie Ines einen Kuss und entriss ihr das Essen. Ines schaute sich suchend um.

»Ist Jan nicht da?«

»Nö. Schon wieder weg. Kann spät werden. Dann hat er eben Pech gehabt. Essen wir seinen eben auch auf.«

In Dannys Augen eine klare Sache, Einspruch zwecklos. Sie linste auf den Taschenaufdruck, schaute hinein.

»Hast du die aus Bad Dürrheim mitgebracht?«

»Ja, sicher. Dort sind sie doch am besten! Wenn schon Fast Food, dann bitte mit Niveau!«

»Die Döner in Stuttgart schmecken nicht halb so gut.«

»Ich weiß. Aber nun sind wir ja hier und nicht in Stuttgart! Komm, lass uns den Tisch decken. Ich habe einen Mordshunger!«

Auf den weißen Tellern, umgeben von Gläsern und geblümten Servietten, konnte der schlichte Döner mit jedem 5-Sterne-Essen mithalten. Konkurrenzlos. Zwischen den einzelnen Bissen schimpfte Danny über ihren Mathelehrer, ansonsten schien sie aber mit der Schule ganz zufrieden. Ines freute sich, dass Daniela sich hier so gut eingelebt hatte.

Doch plötzlich: lautes Motorengeräusch und quietschende Reifen. Die beiden fuhren unwillkürlich erschreckt zusammen. Dann folgte ein dumpfes, aber auch irgendwie schepperndes Geräusch. Fast gleichzeitig stürmten Ines und Daniela ans Fenster, um nachzusehen, was da passiert sein mochte. Doch bis auf Menschen, die zusammenliefen, konnten sie nichts Genaueres erkennen. Ein ungutes, nicht erklärbares Gefühl trieb sie auf die Straße. Es standen bereits viele Leute herum, die miteinander tuschelten oder sich erschrocken die Hände vors Gesicht hielten. Energisch rufend lief Ines in die Menge, bahnte sich einen Weg durch die Menschen.

»Bitte machen Sie Platz, lassen Sie mich durch! Ich bin Polizistin!«

Daniela folgte in ihrem Windschatten, ohne dass Ines es wahrnahm. Schon sehr bald stand sie am Ort des Geschehens. Fassungslos starrte Ines auf das Bild, das sich ihr bot. Der kleine Max lag blutüberströmt am Boden, ein Bein dabei seltsam verdreht, die Augen geschlossen. Seine Mutter kniete bebend und bitterlich weinend neben ihm, während sie seine Hand hielt und ihm zärtlich über die Wange strich. Ines kniete sich nieder, um dem Jungen den Puls zu fühlen. Routiniert griff sie nach dem kleinen Handgelenk, presste Daumen und Zeigefinger an die betreffenden Stellen. Der Puls schlug flach und unregelmäßig. Aber Max lebte.

»Der Krankenwagen kommt gleich!« Einer der Passanten lieferte, schüchtern und sichtlich geschockt, diese Information, in der Hand ein Handy haltend. Dankbar nickte Ines ihm zu, als plötzlich eine Stimme hinter ihr wisperte:

»Nein, lieber Gott, nicht Max! Bitte, bitte nicht!«

Sie drehte sich um und sah ihre Tochter mit vor Entsetzen geweiteten Augen auf den schwer verletzten Freund starren. Mit einem dicken Kloß im Hals erhob sich Ines. Behutsam schloss sie Daniela in die Arme.

»Doch mein Schatz, aber er lebt. Das ist jetzt das Wichtigste. Der Rettungsdienst ist unterwegs. Gleich wird ihm geholfen. Wir können leider im Moment nicht viel für ihn tun. Wir wissen nicht, wie schwer er verletzt ist. Vielleicht ist seine Wirbelsäule betroffen. Deshalb dürfen wir ihn jetzt unter keinen Umständen bewegen!«

Sie fuhr dem Kind, dem nun die Tränen in wahren Sturzbächen übers Gesicht liefen, mit der Hand tröstend durchs Haar. Dabei zitterte ihre Hand und sie konnte nur schwer verbergen, wie ihr zumute war. Ein Mann legte dem Kleinen eine Rettungsdecke über, um ein Auskühlen zu verhindern.

»Wir müssen uns um seine Mutter kümmern, bis der Notarzt kommt.«

Ines schaute Daniela direkt in die verweinten Augen. Das Mädchen nickte tapfer. Mitfühlend beugte sich Ines zu der weinenden Frau hinüber, legte ihr einen Arm um die Schultern und hielt sie einfach nur fest. Zum Glück trafen Notarzt und Rettungswagen relativ schnell ein. Max Mutter bekam eine Spritze zur Beruhigung und wurde zusammen mit ihrem Sohn ins Krankenhaus eingeliefert.

Inzwischen tauchte auch die Polizei auf, die Passanten befragte und den Unfall protokollierte. Einige der Beamten kannte Ines. Sie erfuhr von ihnen, dass Max beim Spielen und Herumtollen wohl der Ball auf die Straße rollte. Er musste hinterhergerannt sein, ohne auf den Verkehr zu achten. Deshalb übersah er ein Auto, das ihn frontal erfasste. Dabei wurde er mehrere Meter durch die Luft geschleudert. Wie immer in solchen Fällen, gab es unterschiedliche Zeugenaussagen. Laut erstem Zeugen sollte Max direkt in das Auto hineingerannt sein. Ein anderer sagte aus, das Kind wäre plötzlich vor Schreck stehen geblieben. Und ein dritter meinte sogar, der Junge sei schuldlos, denn Max hätte sich schon lange auf der Straße befunden, als das Auto überhaupt erst losfuhr. Auch bei Farbe und Fabrikat des Wagens gab es keine Einigkeit. Von Blau über Grau und Schwarz, eine Frau behauptete sogar felsenfest, dass es Rot gewesen sei, war alles vertreten. Unumstößliche Tatsache aber blieb, dass sich der Unfallfahrer aus dem Staub gemacht hatte. Unmöglich, dass er den Aufprall nicht bemerkt haben sollte. Somit handelte es sich nachweislich um Fahrerflucht und schwere Körperverletzung. Sie konnten froh sein, dass der Junge noch lebte. Es blieb abzuwarten, ob aus der Körperverletzung eventuell noch Totschlag wurde.

Armes Ehepaar Henning! Zuerst der Tod von Maria Hennings Vater, dann die Operation ihres Mannes Karl und nun dieser schreckliche Unfall. Fröstelnd fasste sie nach dem Arm ihrer Tochter und führte sie zurück zum Haus. Was für eine Wendung des so schönen Nachmittages. Ach, wenn doch jetzt nur Jan da gewesen wäre! Seine starke Schulter zum Anlehnen hätte ihr jetzt gutgetan. So blieb ihr nichts anderes übrig als sich zusammen zu reißen und dafür zu sorgen, dass Daniela mit der Situation klarkam.

Verdammt, verdammt, verdammt!« Das Adrenalin schoss in ungeahnten Höhen durch seinen Körper, durchflutete die Adern bis in die letzte Fingerspitze. Sein Puls raste, in den Ohren rauschte das Blut, der Atem ging stoßweise. Krampfhaft umklammerte er das Lenkrad, zwang sich mit Gewalt dazu, das Fahrzeug mit angepasster Geschwindigkeit durch die Straßen zu lenken.

Schließlich erreichte er einen verkehrsberuhigten Bereich. Noch zweimal bog er ab, dann befand er sich auf einem Waldparkplatz. Nass geschwitzt hielt er an, legte den Kopf auf die Arme, die auf dem Lenkrad ruhten. Langsam beruhigte sich der Herzschlag, die Geräusche der Umgebung drangen nach und nach wieder in sein Bewusstsein.

Seine Atmung nahm allmählich wieder eine normale Fre-

quenz ein. Wie ein Gewitter rasten die Gedanken in seinem Kopf. Zuerst das Theater in Stuttgart und nun das hier. Konnte es sein, dass er die Kontrolle verlor? Hatte er zu viele Möglichkeiten, Wahrscheinlichkeiten, Zufälle nicht einkalkuliert?

Noch einmal ließ er das gerade Erlebte Revue passieren. Hatte er das wirklich getan? Deutlich sah er den kleinen Jungen mit der hellblauen Jacke mit einem dumpfen Knall auf seiner Motorhaube aufschlagen und im hohen Bogen auf die Straße krachen.

Was war nur in ihn gefahren? Andererseits, durfte er sich diese Chance entgehen lassen? Der Bub hätte alles zunichtemachen können. Wütend schlug er mit der Hand aufs Armaturenbrett. Warum musste dieser Rotzlöffel letztens auch ausgerechnet dann in die Garage kommen, als er mit den Lilien hantierte? Und ausgerechnet heute, als er sich nur eben mal den Wagen ausleihen wollte, da lief er ihm schon wieder über den Weg. Die Kommissarin durfte auf keinen Fall davon erfahren. Als der Ball auf die Straße rollte, war die Gelegenheit günstig. So ein Glücksmoment würde sich nicht noch einmal wiederholen.

Irgendwie tat es ihm leid. Er mochte den Jungen eigentlich. Aber dieses Kind hatte durch seine Neugierde das Recht zu leben verwirkt. Hoffentlich war die Sache erledigt. Nun musste er nur noch das Auto wieder zurückbringen, bevor es vermisst wurde.

Am nächsten Tag erfuhr Ines, dass Max im Koma lag, mit inneren Verletzungen und einer Menge Knochenbrüche. Zum Glück bestätigte sich der Verdacht einer eventuellen Wirbelsäulenverletzung nicht. Trotzdem schlimm genug. Noch konnte niemand voraussagen, ob der kleine Kerl wieder hundertprozentig hergestellt werden könnte oder ob mit Folgeschäden zu rechnen sei. Maria, die sich inzwischen einigermaßen gefangen hatte und nicht stationär im Krankenhaus bleiben musste, wechselte sich mit Karl an Max Krankenbett ab. Sie sorgten dafür, dass ihr kleiner Sonnenschein keine Minute allein sein musste. Ines und ihre Familie fühlten sich in diesen Tagen absolut hilflos. Sie konnten nichts anderes tun, als hoffen und beten.

Obwohl Ines genug zu tun hatte, hakte sie in den nächsten Tagen immer wieder bei ihren Kollegen vom Verkehrsdienst nach. Sie wollte nicht eher Ruhe geben, bevor der Unfallfahrer feststand. Die Beamten gaben ihr auch bereitwillig Auskunft, was Ines sehr schätzte. Schließlich ging sie die Sache genau genommen ja nichts an. Sie kannte eben nur zufällig das Unfallopfer. Aber, wie in den meisten Fällen, dauerte eben alles seine Zeit und Geduld zählte nicht gerade zu ihren Stärken.

Dafür nahm der Fall in Bezug auf Antonios Autodieb eine neue Wendung. Ines befand sich gerade im Flur auf dem Weg zur Cafeteria, als Thomas aus dem Büro stürmte. Suchend schaute er sich um. Als er sie erblickte, kam er mit schnellen Schritten und ernstem Blick auf sie zu. Böses ahnend schaute sie ihm entgegen.

»Gibt es Neuigkeiten?«

»Kann man wohl sagen. Du warst doch in Stuttgart und hast diesen Harry Klein bei der Vernehmung gesehen.«

»Ja, stimmt. Aber es ist nichts Greifbares dabei rausgekommen.«

Tiefstes Bedauern und Resignation lag in ihrer Stimme.

»Das wird sich auch nicht ändern. Die Kollegen haben ihn heute Morgen aus dem Fluss gefischt.« Thomas machte eine Pause, wartete auf ihre Reaktion. Wortlos und sichtlich geschockt blickte sie zu ihm herüber, gespannt darauf, was sie nun erfahren würde.

»Irgendjemand schlug ihm den Schädel ein und warf ihn anschließend ins Wasser. Vielleicht Streitereien unter Kriminellen, du weißt, er ist kein unbeschriebenes Blatt. Möglicherweise hat er sich einfach mit den falschen Leuten angelegt! Nun ermittelt dort das Morddezernat. Dein ehemaliger Kollege, dieser Moritz Höppner, schickte gerade eine Nachricht an uns. Er will uns deswegen gleich anrufen. Ich dachte mir, da solltest du dabei sein.«

»Gut gemacht, Herr Kollege.« Sie klopfte ihm grinsend auf die Schulter und drehte sich energisch um. Die Cafeteria gab es zu einem späteren Zeitpunkt schließlich auch noch. Beim Betreten ihres gemeinsamen Büros wurden sie vom penetranten Klingeln des Telefons begrüßt.

»Sandner, Mordkommission«, meldete Ines sich. Eine wohlvertraute Stimme drang an ihr Ohr.

»Hallo Ines, Moritz hier. Hast du meine Mail bekommen?«

»Wollte ich gerade lesen, aber jetzt hängst du mir erst einmal am Ohr«, scherzte sie, während sie aufblickte und Thomas zu sich herüberwinkte. Er kam der Aufforderung sofort nach.

»Warte mal kurz, Moritz. Ich schalt den Lautsprecher ein, dann kann Hauptkommissar Klausmann gleich mithören.« Sie drückte einen Knopf und ein Knacken aus dem Lautsprecher zeigte ihnen, dass die Verbindung nun stand.

»So, alles klar. Du kannst nun fortfahren.«

»In Ordnung. Also, wie ihr schon wisst, fanden wir Harry Klein heute Morgen. Ein Jogger hat ihn entdeckt. Später wurde dann festgestellt, dass ein schwerer Schlag auf den Kopf für sein Ableben sorgte. Sah ziemlich übel aus. Muss ein sehr schwerer Gegenstand gewesen sein.« Er machte eine Pause und holte tief Luft. Ines brannte immer noch dieselbe Frage unter den Nägeln.

»Antonios Wagen beziehungsweise der Diebstahl desselben spielt dabei aber keine Rolle, oder?«

Moritz ließ sich Zeit mit der Antwort. Ines befürchtete das Schlimmste. Sicherlich bekam sie gleich eine Antwort, die sie eigentlich nicht hören wollte. Und so war es auch.

»Wir wissen es nicht genau. Wir fanden in der Innentasche seiner Jacke ein Foto, und zwar so eines, wie du sie uns gebracht hattest.«

»Du meinst, er hatte ein Foto von Danny bei sich?«

Ines Puls schnellte in die Höhe. Auch Thomas schien, um eine Nuance blasser um die Nase zu werden. Sie bemerkte, dass sich dessen Körper versteifte, während sie darauf warteten, dass Moritz die Katze aus dem Sack ließ.

»Korrekt! Es zeigt deine Tochter zusammen mit ihrem Vater. Beide betreten gerade ein Haus mit etwas zweifelhaftem Ruf.« Wieder entstand eine Pause.

»Kannst du nicht genauer werden?«

Ines hielt dieses Spiel nicht länger aus. Sie wollte jetzt die Fakten hören, und zwar klar und deutlich, eine nach der anderen.

»Also, es sieht so aus, als hätten die beiden ein stadtbekanntes Stundenhotel besucht. Den Grund kennen wir nicht. Das kriegen wir noch heraus. Außerdem steckte ein Streichholzbriefchen in Harrys Hosentasche. Es stammt aus einem beliebten Künstlertreff, in dem auch dein Ex-Mann aus- und eingeht. Auf der Rückseite des Streichholzheftchens war Antonios Name und Adresse vermerkt. Es handelt sich dabei zweifelsfrei um Harrys Handschrift. Das Heftchen ist ihm also nicht untergeschoben worden. Es scheint ganz so, als wollte er ganz gezielt Kontakt zu deinem Mann aufnehmen.«

»Und du meinst, dieses Bild hat etwas damit zu tun?«

»Solange ich keinen anderen Anhaltspunkt habe, gehe ich davon aus.«

»Glaubst du, dass dieses Foto aus derselben Serie stammt wie die anderen?«

»Natürlich muss eine genaue kriminaltechnische Untersuchung das noch bestätigen. Aber ich persönlich bin überzeugt, dass dem so ist.«

Ines war ratlos. Sie konnte sich das nicht erklären.

»Aber wie ist Harry denn da rangekommen? Als die Fotos in Antonios Wagen deponiert wurden, da war er doch sicher schon längst wieder in Stuttgart. Du darfst nicht vergessen, der Wagen wurde in Konstanz gefunden! Zwar hat Harry Klein ihn dort hin kutschiert, aber sicher nicht darauf gewartet, dass Antonio den Wagen bei der zuständigen Polizeibehörde abholt, ihm dann folgt und die Bilder unterjubelt, oder etwa doch?«

Moritz hatte dafür im Moment auch keine Erklärung, aber es war sein Job, das herauszufinden.

»Nun, eine Möglichkeit wäre«, versuchte er so vorsichtig wie möglich aufzuzeigen, »dass er zumindest irgendwie seine Finger im Spiel hatte. Kannst du dich noch an seine Nervosität bei der Vernehmung erinnern?«

Oh ja, das sah Ines direkt vor sich.

»Ich denke, er kannte zumindest die Bilder und ist irgendwie an eines herangekommen. Vielleicht wollte er Antonio erpressen. Er könnte ihm gedroht haben, dir zu erzählen, wo Antonio mit Daniela hingegangen ist. Da Antonio sowieso schon Angst um seine Familie hatte und er nun glaubte, die mögliche Bedrohung stünde direkt vor ihm, könnte er einfach ausgerastet sein und Harry im Affekt erschlagen haben«, versuchte Moritz, eine glaubhafte Erklärung abzugeben.

»Und wie erklären Sie sich, dass er Antonio Gomez Adresse auf dem Streichholzbriefchen notierte?«, hakte Thomas ein. Doch Ines wusste die Antwort.

»Ich denke, Moritz geht davon aus, dass Harry vor dem Künstlertreff auf Antonio wartete. Vermutlich erfuhr er irgendwie, dass er sich dort öfters aufhält. Als er aber dort nicht auftauchte, ist Harry hineingegangen, hat sich irgendeine Geschichte ausgedacht, warum er nach Antonio sucht. Muss wohl sehr überzeugend gewesen sein, denn am Schluss hatte er die Adresse.«

Moritz stimmte ihr zu. Natürlich handelte es sich nur um eine Annahme, aber sie lag im Bereich des Möglichen. Deshalb musste man ihr auch nachgehen. Doch Thomas blieb skeptisch.

»Und dann? Er ist doch nicht hingefahren und hat geklingelt?«

Moritz ließ sich Zeit, bevor er antwortete. Er schien unsicher.

»Wer weiß. Alles ist möglich. Er könnte geklingelt und ihn unter einem fadenscheinigen Vorwand weggelockt haben. Oder er wartete vor seinem Haus auf ihn und ist ihm dann gefolgt. Auf jeden Fall könnte es durchaus sein, dass die beiden in Streit geraten sind, wobei dann Harry umkam.«

Ines schüttelte vehement den Kopf, winkte gleichzeitig mit der Hand ab.

»Ich kann das nicht glauben. Selbst wenn Antonio wütend geworden wäre, er könnte nie im Leben einen Menschen umbringen.«

Doch Moritz blieb dabei.

»Wer weiß schon, was ein Mensch in einer Ausnahmesituation tut. Wir dürfen uns nicht von Gefühlen leiten lassen. Es muss allen Möglichkeiten nachgegangen werden. Vielleicht ist es wirklich komplett anders gelaufen. Hoffen wir, dass uns dein Ex etwas in die Hand geben kann, dass uns alles in einem anderen Licht sehen lässt. Auf jeden Fall bleibt mir nichts anderes übrig, als ihn zu uns ins Dezernat herzubeordern. Das weißt du selbst. Mal sehen, was dabei herauskommt.«

Ines war Profi genug, um das einzusehen. Trotzdem blieb da ein unangenehmes Gefühl. Es gab für Ines nicht den Hauch eines Zweifels, dass sich alles aufklärte. Sie beendeten das Telefongespräch. Ines entschied sich dafür, der Vernehmung ihres Ex-Mannes nicht beizuwohnen. Erstens änderte das nichts an der Situation, zum anderen half sie niemanden damit. Antonio konnte mit Harrys Tod einfach nichts zu tun haben! Trotzdem wollte sie wissen, was er zum Henker noch mal mit Danny in diesem elenden Haus zu suchen gehabt hatte! Aber was ihr noch mehr Sorgen machte, waren diese Fotos. Sie konnte einfach nicht einschätzen, inwieweit eine Gefährdung ihrer Familie damit zusammenhing. Es gab einfach noch zu wenige Erkenntnisse, dafür aber umso mehr *Wenn* und *Aber*. Ob sie mal mit Willimsky reden sollte? Schließlich besaß ihr Chef reichlich Erfahrung in seinem Beruf. Doch sie wollte ihn nicht unnötig belästigen. Der Mann hatte in seiner Position wirklich genug um die Ohren. Sie würde erst einmal abwarten, was Thomas sehr begrüßte, den sie in ihre Überlegungen mit einbezog.

Noch eine ganze Weile versuchte Ines, die Ermittlungsarbeit in ihrem aktuellen Fall weiterzuführen. Zu guter Letzt beendeten Thomas und Ines den Arbeitstag, ohne wirklich weitergekommen zu sein. Kein Wunder, denn Ines fehlte nach dem Anruf aus Stuttgart einfach die Konzentration. Zu viele Dinge gingen ihr im Kopf herum. Sie beschloss, später ihre Mutter anzurufen, weil sie die nächste Zeit sichergehen und dafür sorgen wollte, dass Daniela keine Minute alleine sein würde. Selbstständig und unabhängigkeitsliebend, wie das Mädchen nun einmal war, musste Ines zu einem Trick greifen. Daniela sollte glauben, ihre Oma brauche ihre Gesellschaft. Zuversichtlich, dass das klappen würde, verließ Ines das Gebäude. Sie lenkte sich noch mit einem kleinen Einkaufsbummel ab, um auf andere Gedanken zu kommen. Ständig musste sie an Max denken, was sie traurig stimmte. Kurz entschlossen lenkte sie ihre Schritte zum Parkhaus, wo ihr kleiner Wagen stand. Erst nach mehreren Startversuchen sprang er endlich an. Sie wusste, dass eine neue Batterie fällig war. Aber leider fehlte ihr bisher die Zeit, das in Angriff zu nehmen. Als der Motor schließlich lief, schlug sie direkt die Richtung zum Krankenhaus ein.

Ich verstehe nicht, warum Oma mich von der Schule abholen soll! Was soll ich denn meinen Freundinnen erzählen? Wir gehen doch sonst auch immer zusammen.«

Trotzig schob Daniela ihr Kinn nach vorne. Dieser Widerstand kam für Ines ganz unerwartet. Verschwörerisch wandte sie sich ihrer Tochter zu:

»Es geht ja auch nicht um dich, sondern um Oma. Sie hat sich beschwert, dass sie dich so wenig sieht. Und weil Jan nachher für ein paar Tage weg muss, kümmert sich Oma eben um uns. Lass ihr doch die Freude.«

»Na gut«, maulte Danny. »Ausnahmsweise. Aber nur, damit Oma nicht eingeschnappt ist.« Ines wuschelte ihr durchs Haar. »Sehr gut. Ich wusste, du verstehst. Bist eben doch meine Große.«

Ines holte tief Luft. Noch einmal gut gegangen. Zum Glück, denn sie fühlte sich sehr erschöpft und hatte keine Lust für lange Diskussionen. In ihrem Kopf befanden sich noch die Bilder des kleinen Max, wie er reglos und bleich, umgeben von piepsenden Maschinen und unzähligen Schläuchen, die in seinem Körper steckten, inmitten der weißen Kissen lag, mehr tot als lebendig. Frau Henning, die Ines am Krankenbett antraf, beruhigte sie einigermaßen. Laut Aussage der Ärzte hätte Max das Schlimmste überstanden. Sie ließen den kleinen Jungen aber noch für eine Weile im künstlichen Koma, um dem geschundenen Körper die nötige Ruhe zu verschaffen. In ein paar Tagen würden sie ihn aufwecken und dann sollte Max die Kraft haben, mithilfe von Medikamenten weiter um seine Genesung zu kämpfen. Allerdings bestand dann immer noch die Möglichkeit, dass er sich an einiges nicht mehr erinnern könnte. Doch das blieb erst einmal abzuwarten.

Jan, auf dem Weg zu seinem Kunden, ließ sich von einem Taxi zum Züricher Flughafen bringen, da er sein Auto nur ungern dort stehen lassen wollte. Als Daniela sich auf dem Weg Richtung Schule befand, machte sich auch Ines auf, um ihren Mini in der Tiefgarage aufzusuchen. Ihr kleines Vehikel wartete still an seinem Platz auf sie. Und still blieb es auch. Sie konnte den Zündschlüssel noch so oft drehen, wie sie wollte, er gab keinen Mucks von sich. Hatte die Batterie nun doch ihren Geist ganz aufgegeben oder lag der Fehler ganz woanders? Ines besaß zwar viele Fähigkeiten, aber von Autotechnik hatte sie keine Ahnung. Sie schimpfte laut vor sich hin, sodass sich eine Frau, die ebenfalls in ihr Auto stieg, kopfschüttelnd abwandte. Wie gerne hätte sie jetzt fachmännisch die Motorhaube geöffnet, an irgendwelchen Schläuchen oder Schrauben herumgefummelt und damit ihren fahrbaren Untersatz wieder zum Laufen bekommen. Stattdessen musste sie überlegen, was sie tun konnte, um an ihren Arbeitsplatz zu kommen. Sollte sie sich ebenfalls ein Taxi rufen? Oder sich von Thomas abholen lassen? Vielleicht konnte der auch gleich mal nach ihrem Auto schauen, schließlich eilte den Männern im Allgemeinen der Ruf voraus, sich mit Autos auszukennen. Doch dann kam ihr eine andere Idee: Jans Wagen stand doch ein paar Parkplätze weiter. Er hatte bestimmt nichts dagegen, wenn sie ihn sich auslieh. Schließlich brauchte er sein Auto die nächsten Tage nicht. Genial, das war die Lösung. Sie holte die anderen Autoschlüssel aus der Wohnung und grinste. Mit blinkenden Lichtern und einem laut vernehmlichen Klick öffnete sich der dunkelblaue Golf, als sie die Taste für die Zentralverriegelung drückte. Ines stutzte. Irgendwie strahlte der

Scheinwerfer auf der Beifahrerseite die weiße Garagenwand nicht so hell an, wie er eigentlich sollte. Sie lief um den Wagen herum, um sich das genauer anzuschauen und erstarrte. Das Glas des Scheinwerfers war zersplittert und fehlte teilweise. Das Birnchen funzelte nur noch vor sich hin und der Kotflügel zeigte neben tiefen Kratzern auch eine Beule. Ines schluckte. Jan hatte nichts von einem Unfall erzählt.

Was zum Teufel bedeutet das? Sie bückte sich hinunter und betastete die demolierte Stoßstange. Ein kleines, hellblaues Stück Stoff klemmte zwischen Stoßstange und Karosserie. *Warum sah sie genau in diesem Augenblick die Jacke vor sich, die Max bei seinem Unfall trug?* Mit einem Schlag verschwand Ines gute Laune. Das konnte doch nicht sein, oder? Jan würde doch nicht den kleinen Max anfahren und dann verschwinden. Das glaubte sie einfach nicht. Aber andererseits wusste sie aus beruflicher Erfahrung, dass man sich nicht von Gefühlen leiten lassen durfte. Sie musste Gewissheit haben. Deshalb zog sie ihr Handy aus der Tasche und informierte die Kriminaltechnik. Es sah ganz danach aus, dass sie sich nun keine Sorgen mehr machen musste, wie sie wohl zur Arbeit käme.

Zur selben Zeit, als Jans Auto Millimeter für Millimeter genauestens unter die Lupe genommen wurde, stand Monika Sandner vor dem Gymnasium am Romäusring und wartete auf ihre Enkelin. Sie befand sich etwas abseits und schaute interessiert den vielen Schülern zu, die schwatzend und lärmend, größtenteils gut gelaunt, aus dem Gebäude strömten. In dieser Menschenflut jemanden ganz Bestimmten zu entdecken war äußerst schwer. Doch Monika hatte keine Bedenken, dass Daniela sie finden würde. Ihre leuchtend rote Kurzhaarfrisur würde schon dafür sorgen.

Sie musste nicht lange warten. Danny kam zusammen mit zwei Freundinnen auf sie zugelaufen. Die Mädchen begrüßten Monika und gingen dann ihren eigenen Weg.

Danny stellte sich auf die Zehenspitzen, wobei ihr Pferdeschwanz lustig tanzte, umarmte ihre Oma und schmatzte ihr einen Kuss auf die Backe.

»Hallo Oma! Wartest du schon lange?«

»Nee, halb so wild. Und, wie war es in der Schule?«

»Na ja, schön ist was anderes. Aber passt schon. Wenigstens haben wir heute nicht so viel Hausaufgaben bekommen. Dann können wir beide was zusammen machen.«

Erwartungsvoll schaute sie Monika an. Die nickte.

»Super. Ich wollte mit dir sowieso etwas besprechen.«

»Aha, und was?«

Neugierig geworden, was nun kommen sollte, wartete sie auf eine Erklärung. Doch ihre Oma winkte ab. Sie hakte sich bei Daniela unter und zog sie in Richtung Auto.

»Das können wir beim Essen besprechen. Jetzt fahren wir erst einmal nach Hause.«

Und wie auf Kommando knurrte Dannys Magen. *Ob Oma wohl wieder was Leckeres gekocht hatte?* Im Gegensatz zu ihrer Mutter handelte es sich bei Monika nämlich um eine begnadete Köchin.

Die Kripobeamten hatten inzwischen einen kleinen Erfolg zu verbuchen. Durch Peters unermüdlichen Rechercheeinsatz kristallisierte sich langsam ein Verdächtiger heraus. Die neuen Erkenntnisse reichten sogar aus, dass Richterin Evelyne Breuer ihnen einen Beschluss genehmigte, um eine ins Visier der Ermittler geratene Wohnung durchsuchen zu dürfen.

Thomas zwinkerte Ines verschwörerisch zu, als während der Durchsuchung ihr neues Diensthandy losplärrte. Aufmerksam lauschte sie dem Anrufer, stellte lediglich eine Zwischenfrage und stieß Thomas an, nachdem sie das Telefon wieder eingesteckt hatte.

»Komm, wir überlassen der Spurensicherung jetzt hier das Feld, denn wir müssen zurück zur Dienststelle.«

»Warum? Ist etwas passiert?«

»Nicht direkt. Die Kollegen haben Jan am Flughafen abgefangen. Er wartet im Vernehmungsraum auf uns.«

Es stand außer Frage, dass sie unmöglich Jans Vernehmung übernahm. Dazu stand er ihr zu nah, mal davon abgesehen, dass sie es auch gar nicht durfte. Die Zuständigkeit dafür lag bei einer anderen Abteilung. Aber es konnte niemand etwas dagegen haben, wenn sie außerhalb des Raumes bei seiner Vernehmung zusah. Doch dazu brauchte sie Thomas als seelischen Beistand. Sie hoffte, dass er begriff, wie es in ihr brodelte, während sie am Ärmel seiner Jacke zog und mit einem Kopfnicken zur Tür wies. Peter beobachtete, wie sie die Wohnung zusammen verließen. Doch Ines beachtete ihn gar nicht. Sie wusste, dass die Kollegen sich um ihn kümmern würden. Scheinbar sah er das genauso, denn mit einem Achselzucken drehte er sich um und widmete sich wieder seinen Aufgaben.

Zum Glück wurden Dannys Hoffnungen erfüllt. Monikas Küche entstieg ein herrlicher Duft, als sie das kleine Häuschen der Villinger Vorstadt betraten. Schnuppernd hielt Daniela ihre Nase in die Höhe. »Mmh, lecker! Du glaubst gar nicht, was ich für einen Kohldampf schiebe, Omi!«

»Das will ich doch hoffen. Schließlich habe ich keine Lust, allein am Tisch zu sitzen, wenn du schon mal da bist.«

Monika hängte ihre Jacke an die Garderobe, ging in die Küche und schielte in den Backofen. Der Tisch war bereits gedeckt.

»Du kannst schon mal den Salat umrühren«, meinte sie zu ihrer Enkelin. »Ich hole in der Zwischenzeit den Auflauf aus dem Ofen.«

Daniela machte sich sofort ans Werk, während Monika ein paar Topfhandschuhe überstülpte und einen heißen Brokkoliauflauf, dem auch noch ein frisches Kartoffelgratin folgte, aus dem Backofen hievte. Daniela lief das Wasser im Mund zusammen und kurz darauf saßen die beiden gemütlich am Tisch. Monika konnte ein Schmunzeln nicht unterdrücken, als sie ihre Enkelin beobachtete, die mit großem Appetit den Auflauf in sich hineinschaufelte.

»Wolltest du nicht etwas mit mir besprechen?«, holte Daniela sie aus ihren Gedanken, weiter kauend, während sie sich den nächsten Happen in den Mund schob.

»Stimmt. Also pass mal auf: Morgen will mich meine Freundin Angela aus Stuttgart besuchen. Du kennst Angela doch noch, oder?«

»Klaro. Das ist doch die mit dem lustigen Hut.« Daniela dachte dabei an den letzten Sommer, als Angela Brinkmeier einen breitkrempigen Strohhut mit einem riesigen Gesteck künstlicher Wiesenblumen obendrauf trug. Dabei wippten bei jedem Schritt Angelas dunkelblaue Glockenblumen vor ihrem rechten Auge lustig hin und her.

»Genau die. Ich dachte mir, wir beide könnten sie zusammen vom Zug abholen.«

Die Frage beantwortete Danny mit einem freudigen Nicken, da der soeben gefüllte Mund nichts anderes zuließ. Monika zwinkerte Daniela zu, die lachen musste. Das Freizeitprogramm für den morgigen Tag war gerettet.

Ines fühlte sich schrecklich. Mit zitternden Knien betrat sie das Gebäude und folgte automatisch Thomas in die oberen Stockwerke, wo sich auch der Raum befand, in dem Jan verhört werden sollte. Das Unwohlsein verstärkte sich noch, als sie ihren Lebensgefährten durch die verspiegelte Scheibe am Verhörtisch sah. Ines Mund fühlte sich trocken an, auch schlucken half nichts.

»Alles in Ordnung?«

Besorgt berührte Thomas Ines freundschaftlich an der Schulter. Doch sie wischte seine Hand genervt beiseite.

»Es geht schon. Schließlich weiß ich, dass er es nicht gewesen sein kann, oder?« Thomas konnte einen kleinen Hauch von Zweifel aus ihrer Stimme heraushören. Beide wussten, dass man in ihrem Beruf manchmal mit solch unangenehmen Situationen, wie Ines nun eine bevorstand, konfrontiert wurde. Da musste Ines durch. Fakt blieb nun einmal, dass es sich bei Jans Auto definitiv um den Unfallwagen handelte, der den kleinen Max anfuhr. Da lagen eindeutige Ergebnisse der kriminaltechnischen Untersuchungen vor. Zudem konnten im Inneren des Wagens keine Spuren von einer fremden Person nachgewiesen werden. Ines wusste nicht, wie viel Zeit ihre Kollegen investiert hatten, schon ihr zuliebe, aber sämtliche Fingerabdrücke wurden mithilfe von Vergleichsproben irgendjemanden zugeordnet. Da gab es natürlich die von Jan und seiner Familie, also Ines und Danny, aber auch der kleine Max selbst wurde schon öfters in Jans Auto mitgenommen. Dann natürlich Karl und Maria. Ines konnte sich noch gut daran erinnern, dass Jan Maria nach Karls OP durch die Gegend fuhr. Aber auch die Abdrücke von Monika, Thomas sowie mehreren Freunden der Familie. All diese Menschen saßen zu irgendwelchen Gelegenheiten irgendwann in diesem dunkelblauen Golf. Ines hatte sich stundenlang das Hirn zermartert, um alle aufzulisten und auch wirklich keinen zu vergessen. Also blieben eigentlich nur zwei Möglichkeiten offen: Entweder, eine dieser Personen hatte am Steuer gesessen oder der Fahrer musste Handschuhe getragen haben. Ines glaubte, dass der zweite Fall wohl am wahrscheinlichsten war. Sie starrte wie gebannt durch die Scheibe und beobachtete, wie ein Kollege Jan befragte. Thomas drückte einen Knopf am Pult vor ihnen und schaltete damit den Lautsprecher ein, der es ihnen gestattete, Fragen und Antworten mitzuhören.

Der Beamte im Raum ließ sich von Jan dessen Personalien akustisch bestätigen, sprach Datum und Grund der Befragung in ein Mikrofon und wandte sich dann freundlich seinem Gegenüber zu. Alles wurde mit einer Digitalkamera mitgeschnitten.

»So Herr Westermann. Sie wissen, warum Sie hier sind. Bitte erklären Sie mir, wo sie sich zum Zeitpunkt des Unfalls aufhielten.«

Jan schwieg. Er machte nicht einmal den Versuch einer Erklärung.

»Bitte! Also, noch einmal die Frage: Wo befanden Sie sich am fraglichen Tag?«

Doch Jan schwieg weiter. Ines blieb beinahe das Herz stehen. Das konnte doch nicht wahr sein! Warum gab er denn keine Antwort? Er hatte an diesem Tag doch einen wichtigen Kunden besucht. Zumindest glaubte sie, dass Daniela ihr das gesagt hätte. Am liebsten wäre sie in den Raum gestürzt, um ihn anzuschreien. Anscheinend verkannte er die Situation. Ohne Alibi stand ein schlimmer Verdacht im Raum, dem die Kollegen nachgehen mussten. Schließlich sprach augenscheinlich alles gegen ihn: Der Schaden am Auto, die Lackspuren und das zersplitterte Glas seines Scheinwerfers am Unfallort, der Stofffetzen. Der Beamte, der Jan gegenübersaß, öffnete eine Akte.

»Hier steht, dass Sie einen Kundenbesuch im Rahmen ihrer Arbeit als Computerspezialist getätigt haben«, meinte er ernst.

»Stimmt nicht ganz.« Aha, endlich kam ein Laut aus Jans Mund. »Ich habe an dem Tag etwas anderes gemacht.«

»Ja dann lassen Sie mal hören«, forderte der Mann Jan auf.

Jan schüttelte den Kopf. »Tut mir leid, Privatsache. Hören Sie, das mit dem kleinen Max, war ich nicht. Er ist wie ein eigenes Kind für mich. Ich könnte das nie tun. Außerdem habe ich überhaupt keinen Grund dazu. Wozu sollte das denn gut sein? Finden sie lieber den Kerl, der sich meinen Wagen für so einen Mist ausgeliehen hat, anstatt unschuldige Menschen anzuprangern, auch wenn ich nicht mit einem Alibi dienen kann.«

Seine Stimme ließ deutlich seinen Ärger und tiefe Erregung erkennen. Doch der Beamte auf der anderen Seite ließ sich nicht aus der Ruhe bringen.

»Ihr Golf wurde nicht aufgebrochen. Also gehen wir auch nicht von einem Diebstahl aus.«

»Sie wissen genau so gut wie ich, dass es für Profis immer eine Möglichkeit gibt, ein Auto zu öffnen. Vielleicht besaß derjenige ja einen Ersatzschlüssel oder Generalschlüssel oder was weiß ich.«

»Sicher, die Möglichkeit besteht. Trotzdem könnten genauso gut Sie gefahren sein. Außer, Sie können uns ein glaubhaftes und vor allen Dingen nachprüfbares Alibi liefern.«

Doch Jan schüttelte nur den Kopf. Erst als Ines zischend Luft in ihre Lungen ließ, merkte sie, dass sie die letzte Minute die Luft angehalten hatte. Was war denn in ihren Lebensgefährten gefahren? Warum gab er denn keine befriedigende Antwort? Was konnte es denn so Geheimnisvolles geben, dass er seinen Aufenthaltsort nicht preisgeben wollte? Und das hieß doch auch, dass er sie bezüglich des Kunden angelogen hatte. Warum? Sie verstand das einfach nicht.

Thomas legte seine Hand beruhigend auf ihre Schulter.

»Das wird sich sicher aufklären. Aber vielleicht solltest du ihm erst einmal einen Anwalt besorgen. Den wird er auf alle Fälle brauchen.«

Fast schon automatisch nickte sie. Gut. Sie würde sich also zunächst um einen Anwalt kümmern, das heißt, wenn

Jan das überhaupt wollte. Im Moment war sie sich über gar nichts mehr sicher. Sie hoffte darauf, dass Jan ihr sehr bald eine plausible Erklärung für das alles lieferte. Sie atmete tief durch. Das brachte sie hier nicht weiter. Am liebsten hätte sie das Zimmer gestürmt, um Jan eigenhändig zu ohrfeigen, ihn wach zu rütteln und zu fragen, was mit ihm los war. Sie ballte die Hände, spürte, wie die Nägel ins Fleisch ihrer Handflächen eindrangen. Das Klingeln des Telefons in ihrer Tasche holte sie aus ihren Überlegungen in den Alltag zurück. In ihrem aktuellen Fall gab es eine Wende, um die sie sich kümmern musste. Ines versuchte, ihre privaten Gefühle zu unterdrücken und sich gedanklich auf ihren Job zu konzentrieren. Gemeinsam mit Thomas verließ sie den Raum. Nebenbei wollte sie den Anwalt anrufen. Vielleicht konnte dieser Jan doch noch zur Vernunft bringen. Sie hoffte es inständig.

Als Ines bei Monika eintraf, merkte diese sofort, dass etwas nicht stimmte.

»Alles in Ordnung?«, fragte sie deshalb und schaute ihrer Tochter abwartend ins Gesicht. Ines schüttelte den Kopf. Monika nahm daraufhin an, dass es sich um irgendeinen Vorfall im Rahmen von Ines täglicher Polizeiarbeit handelte.

»Wo steckt denn Danny?«, wollte Ines von ihrer Mutter wissen. Die zeigte auf die Küche, der ein herrlicher Kuchenduft entströmte. Doch den nahm die Kommissarin in diesem Augenblick überhaupt nicht wahr, gingen ihr doch gerade ganz andere Dinge im Kopf herum. Mit Monika im Schlepptau, betrat Ines den Raum. Sofort wurde sie mit einer herzlichen Umarmung von ihrer Tochter begrüßt. Daniela freute sich, ihre Mutter zu sehen, umarmte sie herzlich. Ines wischte dem Kind das Mehl von der Wange und schlang voller Liebe die Arme um das Mädchen. Doch es half alles nichts, sie hatte eine Aufgabe zu erledigen. Also beschloss sie, die schlechten Nachrichten ihrer Familie lieber gleich beizubringen. Sie ließ ihre Tochter los, griff nach deren Hand. Ernst schaute sie die beiden an und bedeutete ihnen, sich zu setzen. Es fiel ihr sichtlich schwer, zu erklären, welch schlimmer Verdacht im Raum stand.

»Das wird sich alles aufklären, mein Schatz. Du glaubst doch nicht eine Sekunde daran, dass Jan etwas damit zu tun hat, oder?«

Monika bezog inbrünstig Stellung für ihren Schwiegersohn in spe. Danny nickte. Für sie waren die Neuigkeiten so erschreckend, dass sie erst mal keinen Ton herausbrachte.

»Ich hoffe, du hast recht. Aber warum will er denn partout nicht damit herausrücken, was er stattdessen gemacht hat? Wo in Gottes Namen liegt denn das Problem?«

Ines fasste es immer noch nicht. Erst als sie Monikas aufgerissenen Mund und die großen Augen sah, wurde ihr bewusst, was sie soeben ausgesprochen hatte. *Erwartete sie von ihrer Mutter allen Ernstes eine Antwort auf diese Frage? Woher um Himmels willen sollte denn diese eine Antwort nehmen? Vielleicht aus den Rippen schneiden? Ach, was für ein Chaos. Hoffentlich klärte sich bald alles auf.*

Monika hatte sich schon wieder gefasst. Beruhigend versuchte sie, auf Ines einzureden.

»Mach dir nicht so viele Sorgen. Er wird schon seine Gründe haben. Warte erst einmal ab, gib ihm eine Chance, bevor du ihn verurteilst. Aber ich habe auch noch eine kleine Neuigkeit zu verkünden.«

Verschwörerisch blinzelte sie zu Danny rüber, die das mit einem leicht angedeuteten Grinsen kommentierte. Ines stöhnte.

»Mein Bedarf an Überraschungen ist für heute eigentlich schon gedeckt.«

»Mama, die Überraschung ist auch nicht für dich, sondern für Oma.«

Ines blieb skeptisch, weshalb Danny fortfuhr.

»Oma und ich holen morgen Frau Brinkmeier vom Zug ab!«

»Brinkmeier? Angela kommt dich besuchen?«

Monika nickte.

»Ja, ich habe sie seit letztem Sommer nicht mehr gesehen und freue mich deshalb riesig.«

»Das ist wirklich prima«, fand Ines, dabei legte sie ihre Hand auf Dannys Kopf und wuschelte ihr durchs Haar.

»Das wird sicher lustig. Aber jetzt erst einmal Abmarsch nach Hause für uns beide.«

Daniela holte ihre Schulsachen aus dem Wohnzimmer, umarmte ihre Großmutter, dass dieser fast die Luft wegblieb. Die paar Straßen gingen sie zu Fuß. Frische Luft war jetzt genau das, was Ines brauchte.

Jan hielt sich bereits in der Wohnung auf, als sie ankamen. Daniela trat mit gemischten Gefühlen durch die Haustür, als sie ihn bemerkte. Doch er begrüßte sie wie immer liebevoll. Ein Zeichen dafür, dass sich nichts an seinem Verhältnis zu ihr geändert hatte. Natürlich ging er davon aus, dass sie inzwischen von Ines alles Wichtige wusste. Die Begrüßung zwischen Ines und Jan fiel dafür umso kühler aus. Es lag eine fühlbar schlechte Stimmung in der Luft. Ines begriff seine Handlungsweise nicht, was sie ihn auch deutlich spüren ließ. Trotzdem versuchte Jan erst gar nicht, sein Tun zu erklären. Ganz im Gegenteil.

»Ich glaube, es ist besser, ich schlafe heute bei einem Freund. Ich muss über einiges nachdenken.«

Er packte eine Tasche mit allem Nötigen. Mit vor der Brust gekreuzten Armen sah Ines ihm dabei zu, die Lippen fest aufeinandergepresst. Nur mühsam beherrschte sie sich. Doch tief in ihrem Inneren focht sie einen schweren Kampf.

Sollte sie ihre ganze Wut herausschreien? Ihm erklären, dass man in einer Partnerschaft offen und ehrlich miteinander umging? Etwas, was eigentlich selbstverständlich sein sollte. Doch sie schwieg. Wortlos sah sie zu, wie er sein Gepäck in die Hand nahm, sie noch einmal stumm und traurig ansah, als er an ihr vorbeischritt. Was immer der Grund für sein Verhalten war, sie wollte warten, bis Jan sich von ganz alleine dazu bereit fühlte, ihr alles zu erklären. Aber sie hoffte inständig, dass dieser Fall schnell eintrat.

Danny empfand es als eine Wohltat, dass sie am nächsten Tag nach der Schule direkt zu Monika konnte. Zu Hause war die Stimmung auf dem Tiefpunkt. Sie spürte, dass ihre Mutter Jan vermisste, auch wenn Ines demonstrativ ein fröhliches Gesicht aufsetzte. Danny entging nicht, wie ihre Mutter schon am Morgen zu ihren Migränetabletten griff. Die Anspannung der letzten Tage forderten ihren Tribut. Doch Daniela tat so, als bemerke sie nichts. Gut gelaunt trat die Elfjährige Monika gegenüber, als diese sie abholte.

Zusammen standen sie bald am Bahnsteig, konnten die Ankunft des Zuges kaum erwarten. Mit ihnen warteten eine Menge Leute. Daniela sah eine Gruppe Kinder, die neben ihren Schultaschen standen und Paninibildchen austauschten. Ein älterer Herr saß Zeitung lesend auf einer der Bänke. Ein Pärchen versuchte sich gerade am Fahrkartenautomaten. Es schien Schwierigkeiten mit dem Wechselgeld zu geben. Die meisten Menschen aber standen einfach abwartend in der Nähe der Bahnsteigkante.

Endlich ertönte das erlösende Plärren des Lautsprechers an der Bahnsteigüberdachung. Eine blecherne Stimme kündigte die Einfahrt des Regionalexpress aus Karlsruhe an.

»Omi, der Zug kommt!«

Aufgeregt und zappelig näherte sich Daniela der Bahnsteigkante. Sie machte sich ganz lang, in der Hoffnung, den einfahrenden Zug als Erste zu entdecken.

»Ja, ja, schon gut. Ich freu mich ja auch.«

Monika lächelte. Langsam spürte auch sie ein Kribbeln im Bauch. In die Menschenmenge am Bahnsteig kam Bewegung. Die Leute ergriffen ihre Taschen und Koffer, eilten zu den voraussichtlichen Halteplätzen ihrer Waggons. Alle bereiteten sich auf die Ankunft des Zuges vor. Aufgeregtes Stimmengewirr und Fußgetrappel bestimmten nun die Geräuschkulisse.

»Ich seh ihn, ich seh ihn!«

Triumphierend hüpfte Daniela unruhig in die Luft, zeigte dabei auf den schnell herannahenden Zug. Monika hätte es ihr am liebsten nachgemacht, doch das schickte sich nicht für eine Dame in ihrem Alter. Am Ende verknackste sie sich womöglich noch den Fuß. Nein, darauf konnte sie wirklich gerne verzichten.

Nur noch wenige Hundert Meter. Hinter Monika und Daniela drängten Leute vorbei. Der Lärmpegel schwoll aufgrund der einfahrenden Diesellok und des beginnenden Bremsvorganges, der die Räder des Schienenfahrzeugs aufkreischen ließ, deutlich an. Schon erreichte die Lok den Beginn des Bahnsteigbereichs, da spürte Daniela einen Schubs von hinten. Sie ruderte wie wild mit den Armen, konnte aber nicht verhindern, dass sie das Gleichgewicht verlor. Sie wäre ins Gleisbett gefallen, direkt vor den einfahrenden Zug, wenn nicht geistesgegenwärtig eine junge Frau sie gerade noch an ihrem Rucksack hätte packen und zurückziehen können. Bei dieser Aktion landeten beide nebeneinander auf dem harten Betonboden des Bahnsteigs. Im selben Moment spürten sie den Fahrtwind des einfahrenden Zuges, der kurz darauf zitternd zum Stehen kam.

Während Daniela fluchend auf die Füße kam, blieb Monika fast das Herz stehen. Leichenblass wandte sie sich ihrer Enkelin zu.

»Ist alles in Ordnung mit dir? Hast du dich verletzt?«

Danny schüttelte den Kopf. Sie klopfte sich den Dreck von ihrem Parka.

»Ne, alles gut. Irgend so ein Blödmann hat mich angerempelt!«

Daniela konnte noch gar nicht richtig begreifen, welches Glück sie gerade gehabt hatte. Fassungslos schaute Monika zu der jungen Frau, die gerade aufstand und sich das Knie hielt. Ihre Jeans war durch den unglücklichen Sturz an dieser Stelle zerfetzt, Blut sickerte durch den Stoff. Monika half ihr beim Aufstehen.

»Mein Gott! Wissen Sie, was Sie da gerade eben getan haben? Ohne Sie wäre meine Enkelin jetzt tot!« Monika schluckte. Doch die Frau winkte beschwichtigend ab.

»Das war einfach ein Reflex. Ich konnte gar nicht anders. Aber ich verstehe nicht, warum dieser Mann das getan hat.«

»Was für ein Mann? Und was soll der getan haben?«

»Na der, der ihre Enkelin mit Absicht vor den Zug stoßen wollte.«

»Das war Absicht? Und sie haben das beobachtet?«

Fassungslos starrte Monika Danielas Retterin an.

»Ja sicher. Zuerst hat er ganz vorsichtig an ihrem Rucksack rumgefummelt und plötzlich gab er dem Mädchen einen Stoß.«

»Und dann?«

»Na dann ist er ab. Ich habe nicht weiter nach ihm geschaut. Leider war ich zu beschäftigt.«

Sie grinste entschuldigend und zeigte auf Daniela. Monika verstand.

»Können Sie ihn beschreiben?«

»Leider nicht. Der hatte so einen Hoodie an und sich die

Kapuze über den Kopf gezogen. Da war nichts vom Gesicht zu erkennen. Das Einzige, was ich sagen kann, ist, dass es definitiv ein Mann war. Und ich schätze ihn vielleicht so um die vierzig.«

Inzwischen hatte sich eine Menschentraube um die drei gebildet. Der Vorgang war nicht unbeobachtet geblieben. Einige tuschelten, andere suchten schnell das Weite, nachdem sie sich davon überzeugt hatten, dass es hier nichts Aufregendes mehr zu sehen gab. Als dann auch noch zwei Streifenpolizisten auftauchten, die inzwischen vom Bahnhofspersonal alarmiert worden waren, verflüchtigte sich die restliche Gruppe sehr schnell.

Inzwischen stieß auch Angela dazu. Monika hatte durch die Ereignisse überhaupt nicht mehr an sie gedacht. Bevor sie ihre Freundin richtig begrüßen konnte, nahmen die Polizisten sie in Anspruch. Genau ließen sie sich die Vorkommnisse erklären. Angela wich alle Farbe aus ihren sonst so rosigen Wangen, als sie die ganze Geschichte hörte. Sie zog Daniela zu sich und legte ihr die Arme beruhigend um die Schultern. Erschöpft lehnte sich das Kind an sie und sog den Duft von *Kölnisch Wasser* ein. Monika schaute nun die junge Frau an.

»Ich weiß ja nicht, wie eilig sie es haben, aber würden Sie eventuell gegenüber der Polizei eine Aussage zu Protokoll geben, was hier passiert ist?«

»Sicher. Hoffentlich kriegen sie den verdammten Mistkerl.«

Schnaufend stützte er die Hände in leicht gebückter Haltung an die Mauer. Sein Atem ging stoßweise. Energisch schob er die Kapuze vom Kopf, um weniger aufzufallen. Nun fiel er unter den anderen Joggern, die ihm hin und wieder begegneten nicht mehr auf. Mit geballten Fäusten rannte er weiter. Hätte ihm in diesem Augenblick jemand direkt in sein Gesicht geblickt, wäre der tief sitzende Zorn in den zu Schlitzen zusammengezogenen Augen nicht zu verbergen gewesen. Er wollte endlich Vergeltung. Vergeltung für all die schlimmen Dinge, die in seinem Leben passiert waren. Die Wut in seinem Inneren fraß ihn auf, suchte nach einem Weg, an die Oberfläche zu gelangen.

Warum musste diese dumme Kuh das Kind zurückziehen?

Scheinbar war er doch nicht so gut im Improvisieren, wie er dachte. Dabei hätte das die Gelegenheit sein können. Erst konnte er sein Glück kaum fassen, als er erfuhr, dass Daniela Sandner mit ihrer Oma am Bahnsteig stehen würde. Was für eine Chance! Es gab nichts Besseres, als mitten in einem großen Menschengewühl zuzuschlagen. Der Einzelne wurde selten richtig wahrgenommen. Das Restrisiko hatte er gerne auf sich genommen, ein kleiner Kick musste einfach sein. Schon sah er die Bilder des zerquetschten und zerrissenen Kinderkörpers vor sich, hörte das Wehklagen der Oma. Und erst die Kommissarin. Mann, wie wäre die am Boden zerstört gewesen. Er hätte der ganzen Familie auf einmal geschadet. Der Familie, die sein Leben zerstört hatte. Aber er hatte es vermasselt, indem er das Handeln dieses Drecksweibes nicht vorausgesehen hatte. Ob sie ihn beschreiben konnte? Vermutlich nicht. In diesen Hoodies sahen doch alle gleich aus. Doch eines war nun für ihn klar: Jetzt wurde es ernst. Ines täte gut dran, sich warm anzuziehen, denn sie war der Inbegriff von allem, was er hätte sein können. Doch sie hatten es nicht zugelassen. Das sollten sie büßen. Sie alle. Ausnahmslos. Die nächsten Schritte befanden sich schon in seinem Kopf.

Ines fühlte sich ausgelaugt. Vermutlich machte sich der Schlafmangel der letzten zwei Wochen bemerkbar. Die Auswertung der Überwachungskameras des Bahnhofsgeländes erbrachten keine neuen Ergebnisse. Man sah Dannys *Bahnsteigschubser* nur ganz kurz von hinten, dazu noch im Gemenge der vielen Reisenden. Alles in allem ließ das keine Identifikation des Täters zu. Sie mussten wohl davon ausgehen, dass es sich mit an Sicherheit grenzender Wahrscheinlichkeit um denselben Mann handelte, der Ines ins Visier genommen hatte. Bisher gab es keine neuen Spuren von ihm. Keine neuen Blumen, keine Bilder, keine Mails oder Anrufe, keine ungewöhnlichen Vorkommnisse. Einfach nichts. War alles nur ein Spiel gewesen, um Ines zu erschrecken? Willimsky entpuppte sich in dieser Zeit als vorbildlicher Chef. Ohne zu zögern, stimmte er dem zusätzlichen Personalaufwand zu. Er setzte alle Hebel in Bewegung, gewährte Ines vorbehaltlos Unterstützung auf allen Ebenen. Dazu gehörte auch Personenschutz für Daniela und Monika. Absolut nicht selbstverständlich, in Zeiten von Personaleinsparungen und Kostensenkungen.

Monika kümmerte sich weiterhin um Daniela. Auch, weil Ines nun eine Menge Überstunden schieben musste und sie sichergehen wollte, dass Daniela jemand Vertrauten um sich hatte, bei dem sie sich zudem noch geborgen fühlte.

Jan wohnte inzwischen wieder bei ihnen. Eines Morgens stand er in der Tür, denn er besaß noch seinen Hausschlüssel. Schließlich hatte Ines ihn nicht rausgeworfen. Es war ganz allein seine Entscheidung gewesen, sich eine Auszeit zu nehmen. Die Überraschung stand ihm deutlich ins Gesicht geschrieben, als Ines ihm entgegentrat.

»Du bist zu Hause?«

Unsicherheit klang aus seiner Stimme. Ines vermutete, aus Angst davor, wie sie wohl reagieren könnte. Dabei entging ihr nicht die Reisetasche, die neben ihm stand. Nun, so einfach würde sie es ihm nicht machen.

»Wie du siehst. Hast du dich dazu entschlossen, doch wieder einzuziehen?« Mit verschränkten Armen verstellte sie ihm den Weg.

»Bitte, Ines. Gib mir noch eine Chance. Ich weiß, das war absoluter Bockmist von mir. Aber manchmal kann man eben nicht aus seiner Haut.«

»Ach, wirklich? Kann *Mann* nicht oder will *Mann* nicht?« Angriffslustig stand sie vor ihm, blitzte ihn an, jederzeit für ein Wortgefecht bereit.

»Lass mir einfach ein bisschen Zeit, in Ordnung? Außerdem geht es nicht nur um uns. Wir müssen auch an Daniela denken. Was glaubst du, wie sie sich fühlt, so zwischen den Fronten?«

Pluspunkt für dich. Dieses Argument gab bei Ines den Ausschlag, den Weg freizugeben. Doch ihre Anerkennung, ihre Aufmerksamkeit, die musste er sich erst neu erarbeiten. Das würde ihn einiges an Anstrengung und Überzeugungskraft kosten. Ines war sich nicht sicher, ob er das hinbekam.

Doch er strengte sich enorm an, benahm sich fürsorglich und aufmerksam, zeigte, dass ihm Danny und Ines viel bedeuteten. Deshalb bereute Ines es nicht, ihm diese Chance, ein wichtiger Teil dieser Familie zu bleiben, gegeben zu haben. Doch im Moment trennten sie noch Welten. Sie spürte, wie die Wut wieder in ihr aufflammte, als sie daran dachte, wie er ein paar Tage später reagierte, als sie ihn erneut zur Rede stellte, in der Hoffnung, endlich Antworten zu bekommen.

»Warum hast du mir gegenüber mit keiner Silbe erwähnt, dass du ein hieb- und stichfestes Alibi hast, verdammt? Was sollte diese blöde Lüge von wegen *einen Kunden betreuen*?«

»Weil ich nichts Unrechtes getan habe, was eigentlich gerade du wissen solltest. Dass dein Kollege meinem Alibi nachgehen muss, verstehe ich schon, aber du? Was ist mit Vertrauen? Ich dachte, du kennst mich in- und auswendig.

Glaubst du wirklich, ich hätte dem kleinen Max auch nur ein Haar krümmen können? Max ist für mich fast wie ein eigenes Kind.«

Mit geballten Fäusten stand er da, während die Ader an seinem Hals bedenklich anschwoll. Trotzdem wollte Ines das so nicht stehen lassen.

»Was ist so schlimm daran, zu erzählen, dass du zu dem Zeitpunkt des Unfalls gar nicht in der Stadt warst? Das hätte uns allen viel Arbeit erspart.«

»Weil es, verdammt noch mal, niemanden etwas angeht, wenn ich das Grab meiner Mutter besuche.«

»Nur, dass dieses Grab nicht eben um die Ecke liegt, sondern in Brandenburg. Zum Glück konnte sich der Taxifahrer an dich erinnern und bestätigte dein Alibi. Sonst würdest du jetzt wahrscheinlich im Knast schmoren.«

Inständig hoffte sie darauf, er würde endlich einsehen, was für einen Mist er sich da geleistet hatte.

»Und wenn schon. Ich wäre schnell wieder draußen gewesen, schließlich habe ich nichts verbrochen.« Seine Wut schien verraucht, machte einer greifbaren Resignation Platz, die Ines nicht einzuordnen vermochte.

»Mensch Jan, hilf mir doch, dich zu verstehen. Wie soll ich für dich Verständnis aufbringen, wenn du mir nicht endlich die Gründe für dein Verhalten erklärst, verflucht noch mal«, versuchte sie, ihn aus der Reserve zu locken. Doch vergebens.

Er hob den Kopf, schaute flehend in ihre Augen.

»Bitte Ines, dräng mich nicht. Eines Tages erfährst du alles. Aber im Moment bin ich einfach noch nicht so weit.«

Dabei wendete er sich von ihr ab, um wortlos das Haus zu verlassen, was nicht gerade dazu beitrug, ihre Wut verrauchen zu lassen. Obwohl es ihr natürlich in der Seele wehtat, ihn so zu sehen. Ohne Zweifel litt er wie ein Hund. *Aber warum redete er dann nicht mit ihr? Gegen ihn war eine Aus-*

ter eine Quasselstrippe. Sie wollte ihm so gerne helfen, aber er musste es auch wollen. Gemeinsam fanden sie sicher eine Lösung. Weglaufen schien ihr jedenfalls nicht der richtige Weg zu sein.

Wenigstens klärte sich die Sache mit Antonios Besuch in diesem ominösen Hotel. Der Besitzer hatte frisch renoviert und in diesem Zuge auch die Zimmer mit neuen Wandbildern ausstatten lassen. Moritz informierte sie telefonisch darüber, dass diese Bilder allesamt tatsächlich aus Antonios Werkstatt stammten. Durch diesen guten Verkauf konnte er sich überhaupt erst das Cabrio leisten, dass er dann voller Stolz seiner ältesten Tochter präsentierte. Das Foto zeigte die beiden, als sie den Scheck abholten. Dabei kam Daniela nur mit den Büros in Kontakt, denn der offizielle Hotelbetrieb lief erst am Abend. Ines fiel ein Stein vom Herzen. Sie freute sich ehrlich für Antonio, denn diesen Erfolg gönnte sie ihrem Ex-Mann von Herzen. Außerdem verfügte er über ein absolut glaubhaftes Alibi für den Zeitraum, als Harry Klein ermordet wurde, was auch noch den letzten, verbliebenen Verdacht ausräumte.

Doch trotz dieser Entwicklungen wollte sich bei Ines keine Hochstimmung einstellen. Auch dass sie erhebliche Fortschritte in ihrem Ermittlungsfall zu verbuchen hatten und quasi vor der Auflösung standen, änderte nichts daran. Sie schaute aus dem Fenster ihres Büros und hing ihren Gedanken nach. Die letzten beiden Wochen gab es keine weiteren Bedrohungen gegenüber ihrer Familie. *Konnte man vorsichtig aufatmen?* Doch das schien ihr unwahrscheinlich. Sie vermutete lediglich eine kleine Verschnaufpause vonseiten des Täters, aus welchem Grund auch immer. Als Thomas voller

Schwung ins Zimmer schneite, wurde sie jäh aus ihren Gedanken gerissen.

»Komm, lass uns Feierabend machen. Wir haben die letzte Zeit genug Überstunden geschoben, da können wir auch mal früher abzischen.«

Ines fühlte sich ziemlich müde. Deshalb stimmte sie ihm sofort zu.

»Sag, mal, könntest du unseren Dienstwagen aus der Werkstatt abholen? Ich habe noch einen dringenden Termin.« Hoffnungsvoll suchte Thomas den Blick seiner Kollegin.

»Klar, kein Problem. Ich wollte sowieso noch zu meiner Mutter, liegt also quasi auf dem Weg. Und ich brauch keine öffentlichen Verkehrsmittel benutzen.«

Schelmisch grinsend packte sie ihre Tasche und nahm die Jacke vom Garderobenständer.

»Oh, ist dein Mini immer noch in Reparatur?«

»Nee. Mit dem gab's den Super-GAU. Der Kleine ist nur noch ein Fall für die Schrottpresse.«

Bedauernd zuckte sie mit den Schultern. Thomas schien überrascht zu sein.

»Ich hätte nicht gedacht, dass eine neue Batterie den Wert deines Minis übersteigt.«

»Leider lag es doch nicht nur an der Batterie. Aber frag mich nicht nach technischen Einzelheiten. Ich habe von dem Zeug keine Ahnung. Doch der Mechaniker hat mir glaubhaft erklärt, dass die Reparatur nicht mehr lohnt. Nun muss ich mich erst mal nach einem neuen fahrbaren Untersatz umsehen.«

»Na dann, viel Glück dabei.«

»Mal sehen, vielleicht nehme ich die Suche nach einem neuen Wagen am Wochenende in Angriff. Du siehst, dein Angebot kommt mir heute wie gerufen.«

Schon halb im Gehen, gab ihr Handy plötzlich einen

akustischen Dreiklang von sich, ein Zeichen dafür, dass eine SMS einging.

»Du entschuldigst?«

Sie kramte das Handy aus der Umhängetasche und warf einen Blick auf das Display. Thomas konnte nicht sehen, von wem sie die Nachricht erhielt, aber er merkte, dass Bewegung in die Kommissarin kam. Da sie ihn nicht weiter beachtete und er nicht zu spät zu seinem Termin kommen wollte, verabschiedete er sich, indem er grüßend die Hand hob und den Raum verließ. Ines erwiderte nur halbherzig den Gruß, denn ihre Gedanken beschäftigten sich mit der eingegangenen Nachricht. Sie las sie zum zweiten Mal. Die angezeigte Nummer des Absenders sagte ihr gar nichts. Sie war ihr völlig unbekannt. Aber was sie las, jagte ihr einen Schauer über den Rücken:

Wenn du wissen willst, wer die Bremsen an Sven Molanders Wagen manipuliert hat, dann treffe mich in einer Stunde. Ich präsentiere dir absolut handfeste Beweise. Aber du musst allein kommen. Ich traue der Polizei nicht. Ein Mörder steckt in euren Reihen.

Eine genaue Wegbeschreibung zu einem Bauernhaus, einem gewissen Burgerhof, am Rande des Schwarzwaldes zwischen St. Georgen und Triberg ließ sich in einem Anhang abrufen.

Die Gedanken in ihrem Kopf überschlugen sich.

Ein Kollege als Mörder? Sollte sie das wirklich glauben? So eine Anschuldigung war harter Tobak! Oder jemand hatte das Bedürfnis, sich wichtig zu machen. Andererseits wollte sie aber auch keine Chance vertun. Schließlich sagten die Akten aus, dass Svens Bremsen manipuliert worden waren. Die Kollegen fanden sogar heraus wo. Direkt auf dem Parkplatz vor dem Hotel ihres Klassentreffens wiesen sie Bremsflüssigkeit nach. Die genaue Analyse im kriminaltechnischen Labor ergab, dass es sich dabei definitiv um die Bremsflüssigkeit aus Svens Wagen handelte. Nun aber steckten sie fest. Da konnte ein Tipp Gold wert sein. Wenn es sich aber doch um eine Ente handelte? Oder jemand sie einfach nur alleine in die Einsamkeit locken wollte? Schließlich wurde ihre Familie seit einiger Zeit bedroht, also lag das sicher im Bereich des Möglichen. Fieberhaft suchte sie nach einer Lösung für dieses Problem. Eigentlich müsste sie Verstärkung anfordern und dann der Sache auf den Grund gehen. Wenn sie nun aber die Kavallerie informierte und an der Sache tatsächlich etwas Wahres dran war, würde sie wahrscheinlich den Informanten verscheuchen.

Sie überlegte hin und her, während sie unbewusst über das Muttermal an der Stirn strich. Dann fiel die Entscheidung. Sie beschloss, das Risiko einzugehen. Da es sich eventuell um eine Falle für sie handelte, musste sie sich aber noch etwas einfallen lassen, um für den Notfall gerüstet zu sein. Eine Idee reifte in ihrem hübschen Kopf heran. Entschlossenen Schrittes holte sie den Wagen bei der Autowerkstatt ab und machte sich auf den Weg.

Es dämmerte bereits, weswegen sie das Licht einschaltete. Sie wollte nicht, dass ihr grauer Wagen von einem entgegenkommenden Fahrzeug übersehen wurde. Das eingebaute Navigationsgerät zeigte ihr zuverlässig die Route an. Irgendwann forderte der Bordcomputer sie mit seiner angenehmen Stimme auf, abzubiegen. Sie verließ die Bundesstraße und schlängelte sich in gemäßigtem Tempo die enge Straße bergauf. Schon bald fuhr sie mitten durch bewaldetes Gebiet. Durch den bis an den Rand der Straße heranreichenden, dichten Tannenwald blitzte nur noch selten das orangene Licht der untergehenden Sonne. Die Gegend erschien ihr in der zunehmenden Dunkelheit plötzlich geheimnisvoll und bedrohlich. Leise schimpfte sie vor sich hin.

Hätte dieser ominöse Zeuge nicht einen anderen Treffpunkt wählen können? Aber nein, es musste ja unbedingt eines dieser alleinstehenden, alten Häuser sein. Hoffentlich fand sie es überhaupt!

Doch dann entdeckte sie das Schild mit der Aufschrift »Burgerhof«, das in Richtung eines noch abgelegeneren Weges wies. Es handelte sich um einen teilweise ausgebröckelten, stellenweise mit Unkraut überwucherten, geteerten Wirtschaftsweg. Ines bezweifelte langsam, ob sie hier richtig war. Aber laut Navi schien alles in Ordnung zu sein. Also tasteten sich die Scheinwerfer vorsichtig weiter, bohrten sich in das Dunkel der immer dichter stehenden Bäume.

»Zum Glück muss ich das Auto nachher nicht putzen«, flüsterte sie vor sich hin, nachdem sie beim Durchfahren eines tiefen Schlammloches ordentlich durchgeschüttelt wurde. Nun bewegte sie den Wagen noch vorsichtiger vorwärts, bis sie es endlich sah. Dort stand es, einsam und allein. Lange betrachtete sie das kleine Bauernhaus, das sich nur noch schwach gegen den dunklen Himmel abhob. Fest umklammerten ihre schwitzigen Hände das Lenkrad. Ihre Augen suchten jeden Winkel in der näheren Umgebung ab. Nichts. Keine Bewegung verriet ihr die Anwesenheit eines Fremden.

Inzwischen war es stockdunkel. Sie stellte das Auto ab, schaltete Scheinwerfer und Zündung aus. Für einen Augenblick erhellte die Innenbeleuchtung die Fahrgastzelle. Dann herrschte auch hier Dunkelheit. Ines fingerte das Handy aus der Jackentasche. Sie hoffte inständig, dass sie sich in keinem Funkloch befand. Doch ihre Sorge erwies sich als unbegründet. Nach dem Eintippen einer bestimmten Zahlenfolge hielt sie sich das Gerät ans Ohr. Sie verzichtete bewusst auf die Freisprecheinrichtung, damit niemand, der sich in der

Nähe befand, mithören konnte. Nach dem zweiten Klingelton wurde bereits abgehoben.

»Ines! Wo zum Teufel stecken Sie?«

Sie zuckte unwillkürlich zusammen, als Willimskys tiefer Bass gereizt aus dem Lautsprecher polterte. Der sorgenvolle Unterton in der Stimme ihres Vorgesetzten entging ihr dabei keineswegs. Sie fragte sich allerdings, woher er wusste, dass sie sich nicht in ihrem wohlverdienten Feierabend befand. Schließlich wusste niemand von ihrem spontanen Ausflug. Tief durchatmen. Das würde sich schon klären. Später. Jetzt galten andere Prioritäten. Mit entspannter Stimme versuchte sie, ihren Vorgesetzten zu beruhigen. Schließlich sollte er ihr einen Gefallen tun.

»Keine Angst Chef, alles in Ordnung. Aber ich könnte ein paar Leute hier gebrauchen.«

»Sie möchten, dass ich Ihnen ein paar Kollegen zur Unterstützung vorbeischicke? Warum? Wo sind sie überhaupt?«

»Ich gehe einem Hinweis nach. Ein Informant will sich mit mir treffen. Angeblich kann er uns in den Ermittlungen zum Fall Molander einen entscheidenden Hinweis geben. Allerdings will er nur alleine mit mir reden.«

»Und wozu brauchen sie dann ein paar Kollegen? Ist wohl doch nicht so ungefährlich, wie Sie mir weismachen wollen, nicht wahr?«

Willimsky durchschaute sie natürlich sofort. Kein Wunder, bei seiner langen Berufserfahrung. Natürlich hatte sie damit gerechnet.

»Ich traue der Sache nicht. Der Treffpunkt ist hier mitten im Wald in einem leer stehenden Bauernhof. Und stockdunkel ist es dazu auch noch. Ich dachte, ich tu so, als käme ich alleine. Wenn es aber doch brenzlig werden sollte, dann wäre ich für ein paar Beamte im Hintergrund sehr dankbar.«

Ines wartete auf die Reaktion ihres Chefs. Sie hörte, wie er scharf die Luft einsog.

»Mir scheint, Sie sind von allen guten Geistern verlassen! Haben Sie nicht gelernt, dass man sich auf solche Treffen nicht einlässt? Das ist Ausbildungsstoff erstes Jahr, zum Donnerwetter aber auch! Wo zum Henker ist Klausmann, ihr Partner?«

»Thomas hatte einen wichtigen Termin. Den Hinweis kriegte er gar nicht mehr mit. Aber wir treten schon so lange auf der Stelle, da musste ich einfach die Chance ergreifen.«

»Chance! Pah, nach einem Strohhalm greifen Sie da! Also gut, aber es gefällt mir ganz und gar nicht! Ich schicke Ihnen ein paar Leute. Sie gehen auf gar keinen Fall allein ins Haus. Warten Sie, bis Ihre Kollegen eintreffen! Haben Sie mich verstanden?«

»Laut und deutlich!«

»Ich hoffe, Sie halten sich auch daran. Und nun erklären Sie mir mal, wo ich die Leute hinschicken soll.«

Sie gab ihm eine kurze Wegbeschreibung, wohl wissend, dass die Verstärkung mindestens zwanzig bis dreißig Minuten brauchen würde, um vor Ort zu sein. An seinem Seufzen erkannte sie, dass sich auch ihr Chef darüber im Klaren war. Sie bekam noch soeben das »verfluchte Scheiße« mit, das ihr Chef durch den Raum schrie, bevor er die Verbindung kappte.

Nach dem Ende des Gesprächs blieb sie noch ein paar Minuten im Wagen sitzen. Ob sich ihr geheimnisvoller Informant wohl schon im Haus befand? Vielleicht beobachtete er sie jetzt gerade in diesem Augenblick. Nervös knetete sie die Hände. Sie dachte nach. Wenn dieser Unbekannte ihr etwas antun wollte, dann säße sie hier wie auf dem Präsentierteller. Auch im Dunkeln wusste er sicher ganz genau, wo das Auto stand. Schließlich musste er das Licht gesehen und den Motor gehört haben. Demzufolge konnte sie auch genauso gut aussteigen. Bewaffnet mit der Taschenlampe, die sie immer im Handschuhfach mitführte, öffnete sie vorsichtig die Tür.

Zwar konnte der Mann sie durch das Licht der Lampe auch besser lokalisieren, aber sie wollte nicht riskieren, zu stürzen oder in irgendeinen alten Schacht zu fallen. Im Hause würde sie das Ding immer nur kurz anknipsen. Immer genau so lange, wie sie brauchte, um sich neu zu orientieren.

Sie überprüfte sicherheitshalber noch einmal den richtigen Sitz ihrer Waffe im Halfter, löste die Halteschlaufe, entsicherte die P2000/V5. Sie liebte diese sehr zuverlässige Waffe von Heckler & Koch, da sie sehr gut in der Hand lag. Schließlich ging sie vorsichtig auf das Haus zu. Ihr Puls beschleunigte sich. Vorsichtig setzte sie Schritt vor Schritt, immer darauf bedacht, kein unnötiges Geräusch zu verursachen. Die alte Holztür hing schief in den Angeln und sie befürchtete schon, dass sie vielleicht klemmte. Doch als sie dagegen drückte, schwang sie mit leichtem Quietschen auf.

Gespenstisch huschte der Lichtstrahl der Taschenlampe über Spinnweben und dicke Staubschichten, als sie ins Innere des Hauses hineinleuchtete. Im Flur sah sie mehrere Türen, die meisten standen offen. Eine alte Holztreppe, relativ steil und eng, führte nach oben. Vom einstigen Geländer, ebenfalls aus Holz, fehlten große Teile. Der Rest sah allerdings einigermaßen stabil aus.

Ines überlegte, wie sie sich am besten verhalten sollte. Vorsichtshalber zog sie ihre Waffe. Durch die Taschenlampe konnte sie zwar die Umgebung sehen, sollte aber der Einsatz ihrer Waffe nötig sein, dann musste sie einhändig schießen. Nicht unmöglich, auch regelmäßig geübt. Trotzdem wusste sie um die erhöhte Treffsicherheit in einer beidhändigen Schießposition. Vorsichtig schlich sie weiter vorwärts durch den Flur. Absolute, bedrückende Stille, die sie das Blut in den Ohren rauschen hören ließ. Angespannt blieb sie stehen.

»Hallo? Sind sie da? Hier ist Hauptkommissarin Sandner. Ich bin allein, wie Sie es wollten.«

Sie ärgerte sich darüber, dass ihre Stimme in diesem

Augenblick heiser und unsicher klang. Mit geschärftem Sinn, horchend in alle Richtungen, schaute sie sich langsam um. Doch sie erhielt keine Antwort. Alles blieb vollkommen ruhig. Vielleicht war der Informant ja noch gar nicht eingetroffen. Ihre Kollegen müssten auch demnächst vor Ort sein. Sie sah einen Lichtschalter und betätigte ihn. Doch nichts geschah. Der Strom schien abgeschaltet zu sein. Sie wollte gerade eines der Zimmer im Erdgeschoss betreten und dort auf die Ankunft des Informanten warten, als sie von oben ein Geräusch wahrnahm. Sie erstarrte mitten in der Bewegung. Ein kalter Schauer lief ihr über den Rücken. Es klang, als würde etwas über den Fußboden kullern. Befand sich dort oben etwa jemand? Natürlich bestand auch die Möglichkeit, dass ein Eichhörnchen oder eine Maus dort oben sein Unwesen trieb. Wenn sie es aber genau wissen wollte, dann musste sie wohl oder übel nachsehen.

Vorsichtig bewegte sie sich nach oben. Es erstaunte sie, dass die alte Treppe dabei kein Ächzen von sich gab. Oben angekommen, verhielt sie sich wieder ruhig. Kein Geräusch drang in ihr Bewusstsein. Hoch konzentriert leuchtete sie mit der Taschenlampe in jeden Winkel, wobei ihre Waffe dem Lichtstrahl folgte. Nachdem sie eine Weile so dastand, ohne dass sich irgendetwas tat, folgerte sie daraus, dass wohl doch ein Tier die Ursache gewesen sein musste. Sie drehte sich um und wollte die Treppe wieder hinabsteigen, als sie einen Luftzug hinter sich spürte. Sie kam nicht mehr dazu, sich umzudrehen, denn sie wurde von einem harten Gegenstand am Kopf getroffen. Instinktiv ließ sie ihre Waffe fallen und krallte sich im Fallen an den Resten des Treppengeländers fest. Dann wurde es Nacht um sie.

Irgendwann erwachte sie aus der Bewusstlosigkeit. Noch stark benommen und mit dröhnendem Schädel lag sie am Fuße der Treppe. Obwohl sie den Sturz nicht hatte verhindern können, lebte sie noch. Es erschien ihr wie ein Wunder, nicht mit zerstörtem Genick dazuliegen. Alles an ihrem Körper tat höllisch weh. Ob etwas gebrochen war, konnte sie im Moment noch nicht abschätzen, doch es kam ihr fast so vor, als wäre jeder einzelne Knochen in irgendeiner Weise betroffen. Zumindest ließen sich Arme und Beine noch bewegen.

Unkraut vergeht eben nicht.

Sie hob ihren Kopf leicht an, witterte. Zu dem seltsamen Geruch, der ihr in die Nase stieg, gesellte sich ein Knacken und Knistern. Sie musste husten, wobei sich Schmerzen im geprellten Brustbereich bemerkbar machten. Wieder ein Knacken, das sie diesmal die auftretenden Schmerzen augenblicklich vergessen ließ. Etwas viel Schlimmeres schien sie zu bedrohen.

Feuer!

Mühsam versuchte sie, sich zu erheben, doch der Hustenreiz raubte ihr die letzte Kraft. Sollte das ihr letztes Stündlein sein? So hatte sie sich ihr Ende ganz sicher nicht vorgestellt. Nein, das ließ sie nicht zu.

Komm, steh auf! Du schaffst das. Der Ausgang ist doch ganz in der Nähe der Treppe!

Sie mobilisierte all ihre Kräfte und unternahm einen neuen Versuch, sich hochzurappeln. Das Feuer wütete inzwischen immer mehr. Ines wusste nicht, wie lange es schon brannte. Ein paar brennende Bretter eines Regals in einem der hinteren Zimmer stürzten laut krachend zu Boden. Funken stoben wie Feuerwerk wild durcheinander. Es prasselte und knisterte. Ihre Augen brannten. Dazu kam noch die Benommenheit vom Sturz. Trotzdem versuchte sie weiter, sich hochzustemmen. Sie zog die Knie näher an den Körper. Dann stützte sie sich mit den Händen am Boden ab. Trotz ihrer schmerzenden Glieder probierte sie, sich vom Boden wegzudrücken. Ines hörte ein lautes Poltern, begleitet von einem rhythmischen Zischen. Im ersten Moment erinnerte sie die Szenerie an ›*Star Wars*‹. Doch als sie den Kopf hob, erkannte sie trotz des Tränenschleiers, dass es sich hier um zwei Feuerwehrmänner handelte. Sie stürmten kraftvoll durch die hölzerne Eingangstür, wobei sie schweres Atemschutzgerät auf dem Rücken trugen. Während der eine sofort in den hinteren Teil des unteren Stockwerks stürmte und gleichzeitig mit seinem Schlauch einen breit gefächerten Wasserstrahl versprühte, packte der zweite Ines unter den Achseln und zog sie hoch. Er legte ihren Arm an seinem Nacken vorbei auf seine Schulter, umfasste ihre schlanke Taille und stellte sie auf die Füße. Sein Kollege gesellte sich zu ihnen, stützte Ines geübt auf der anderen Seite. Gleichzeitig kamen zwei weitere Feuerwehrmänner und übernahmen die Aufgabe ihrer Kollegen. Die ersten beiden schafften die Kommissarin ins Freie, wo sie sofort von zwei Rettungssanitätern und einem Notarzt in Empfang genommen wurden. Nachdem die Feuerwehrmänner ihre menschliche Fracht in Sicherheit wussten, kehrten sie zum Haus zurück und widmeten sich, zusammen mit ihren Kameraden, wieder routiniert der Bekämpfung des Brandes.

Ehe Ines sich versah, lag sie auf einer fahrbaren Krankentrage. Aus den Augenwinkeln heraus nahm sie die blinkenden Lichter der Einsatzfahrzeuge wahr. Kommandos wurden gerufen. Eine Vielzahl von Feuerwehrmännern wuselten geschäftig hin und her. Ines bemerkte, dass mehrere, riesige Halogenstrahler, die inzwischen aufgestellt waren, die Szenerie beleuchteten. Im Hintergrund hörte sie das Brummen der Aggregate, die den Strom dafür lieferten.

Der Notarzt untersuchte Ines genau. Er leuchtete ihr in die Augen, bestimmte den Sauerstoffgehalt ihres Blutes, hörte sie ab und kontrollierte den Blutdruck. Ines musste wieder husten. Der Hustenreiz war unerträglich, sodass sie das Gefühl hatte, keine Luft zu bekommen. Der Arzt stülpte ihr eine durchsichtige Sauerstoffmaske über Mund und

Nase, um ihr das Atmen zu erleichtern. Langsam wurde es besser.

»Da haben Sie aber noch einmal Glück gehabt, Frau Kommissarin. Fünf Minuten später und wir hätten nichts mehr für sie tun können.«

Seine sorgenvolle Miene sprach Bände. Ines bekam wieder einen Hustenanfall. Der Doktor half ihr, sich aufzusetzen. Geduldig wartete er, bis der Anfall verebbte.

»Tut mir leid, aber das wird Ihnen in nächster Zeit noch häufiger passieren. Wir nehmen Sie jetzt mit ins Krankenhaus. Dort können Sie sich erst einmal ausruhen. Ein paar Medikamente werden Ihnen schnell helfen.«

Ines wollte protestieren, doch eine Hand legte sich beruhigend auf ihren Arm.

»Der Doktor hat recht. Du bist dem Tod gerade noch mal von der Schippe gesprungen. Und wir beide haben doch einen Fall zu lösen! Da brauche ich dich in Topform.«

Ines lächelte. Thomas Klausmann war also zusammen mit der Verstärkung eingetroffen. Gerade noch rechtzeitig, wie es schien. Neugierig, wie sie war, schob sie die Maske zur Seite, da sie beim Sprechen störte.

»Habt ihr ihn?«

»Wen sollen wir haben?« Thomas begriff nicht, was Ines meinte.

»Na den Mann, der angeblich Svens Mörder kennt.«

»Ach so, der. Nein. Wenn er noch im Haus war, dann ist er jetzt tot. Der hintere Teil vom Haus brannte schon lichterloh, als wir ankamen, das konnte die Feuerwehr nicht mehr retten. Wenn du genau hinsiehst, wirst du merken, dass die Feuerwehr das Haus nur noch kontrolliert abbrennen lässt und aufpasst, dass das Feuer nicht auf den Wald übergreift. Da ist nichts mehr zu machen.«

Sie schaute sich um und tatsächlich stürzte gerade das Dach und ein großer Teil des oberen Stockwerkes mit donnerndem Getöse ein. Thomas hatte recht. Da würde nichts mehr übrig bleiben. Grübelnd strich sich Thomas übers Kinn.

»Aber wenn ich darüber nachdenke, dann glaube ich nicht, dass dein Informant sich noch irgendwo im Haus befand. Viel wahrscheinlicher ist, dass er dich in eine Falle lockte. Und du bist darauf hereingefallen wie ein Anfänger! Die Kollegen suchen noch die Gegend ab. Suchhunde und ein Hubschrauber mit Wärmebildkamera sind auch im Einsatz, aber ich glaube nicht, dass wir Glück haben.« Er machte eine kurze Pause. Dann schaute er ihr direkt in die Augen: »Ist dir eigentlich klar, dass du hättest tot sein können?« Seine Stimme bebte und Ines konnte nicht einschätzen, ob aus Zorn oder Sorge. Aber er hatte ja recht. Sie konnte selbst nicht begreifen, warum sie dieses Risiko eingegangen war. Vermutlich hatte die Aussicht, endlich in diesem Fall weiterzukommen, alle Warnleuchten in ihrem Kopf ausgeschaltet. Ines wollte sich bei ihrem Partner entschuldigen, doch außer einem Krächzen entrang sich ihrer Kehle kein Laut.

»Jetzt ist aber Schluss. Frau Sandner muss sofort in die Klinik. Sie braucht dringend Ruhe. Sie können morgen wieder mit ihr reden.«

Energisch schob der anwesende Notarzt Ines wieder die Sauerstoffmaske über Mund und Nase. Eigenhändig zog er die goldene Rettungsdecke über ihr zurecht. Dann gab er Ines eine Spritze, winkte den zweiten Sanitäter zu sich und verfrachtete sie zusammen mit dessen Hilfe in den bereitstehenden Krankenwagen. Thomas blieb nichts anderes übrig, als ihr aufmunternd hinterherzuwinken. Er hatte nun die unglückliche Aufgabe, Ines Familie die Ereignisse mitzuteilen.

Es war zum Haare raufen. Hatte sich denn alles gegen ihn verschworen? Warum waren Polizei und Feuerwehr so schnell vor Ort? Nur fünf Minuten später und das Ende wäre besiegelt gewesen. Er streckte den Arm mit der geballten Faust in Richtung Himmel, ließ die Augen der Bewegung folgen.

»Kannst du nicht wenigstens einmal auf meiner Seite sein?«, schrie er seinen Schmerz in die Dunkelheit. »Einmal nur will ich Gerechtigkeit. Danach kannst du mit mir machen, was du willst. Selbst die Hölle schreckt mich nicht, denn durch die bin ich bereits gegangen. Aber wenn du glaubst, ich gebe auf, dann täuschst du dich gewaltig. Ich hätte ihr ein schnelles Ende zugestanden. Aber da du das immer wieder zu verhindern scheinst, werde ich sie nun leiden lassen. Vielleicht leistet sie mir dann irgendwann einmal in der Hölle Gesellschaft.«

Mit einem energischen Wisch strich er sich die schweißnassen Haare aus dem Gesicht. Langsam ebbte das Adrenalin in seinem Körper ab, was ihn unwillkürlich frösteln ließ. Er streckte seinen gut trainierten Körper durch, spannte die Muskeln an. Neue Gedanken jagten durch seinen Kopf. Er wusste, was er zu tun hatte. Es wurde Zeit für die nächste Blumenbestellung.

Ines erwachte aus einem tiefen, traumlosen Schlaf. Vermutlich hatte das Beruhigungsmittel des Arztes sie so fest schlummern lassen. Trotzdem fühlte sie sich keineswegs frisch und erholt. Sie öffnete vorsichtig die Augen. Eine Neonröhre brannte über dem Bett und gab überraschenderweise ein angenehm warmes Licht ab. Sie ließ ihren Blick durch das Zimmer wandern, ein Einzelzimmer, wie sie feststellte. Vermutlich ein Zugeständnis dafür, dass es sich um einen ›Arbeitsunfall‹ handelte. Dann entdeckte sie den

Monitor neben sich. Er krönte den Aufbau eines ganzen Turms medizinischen Gerätes. Aufgrund eines regelmäßigen Piepens und dem gleichmäßigen Ausschlag ihrer Herzkurve auf dem Bildschirm folgerte Ines, dass in dieser Richtung alles in Ordnung zu sein schien. Sie räusperte sich, denn ihr Hals kratzte immer noch unangenehm. Und ihr Knöchel schmerzte. Das fiel ihr jetzt zum ersten Mal auf.

Nach einem zögerlichen Klopfen schob sich ein roter Haarschopf durch den Türspalt und sondierte die Lage, was Ines amüsierte. Als Monika sah, dass Ines nicht schlief, erschien ein Lächeln auf ihrem Gesicht. Sie drehte sich um und rief etwas in den Flur. Bald darauf saßen die drei wichtigsten Menschen in Ines Leben direkt bei ihr. Daniela nahm als Erstes ihre Hand, beugte sich über ihre Mutter und gab ihr einen Kuss.

»Mann, du hast uns aber erschreckt! Geht's dir soweit gut?«

In gedämpfter Lautstärke, immer noch mit einem Kratzen in der Stimme, versuchte Ines, ihre Tochter zu beruhigen.

»Ja klar, Mir geht's top. War alles halb so schlimm!«

»Das hätte aber ins Auge gehen können.« Monika schien wirklich erbost zu sein. Angst und Wut sprachen aus ihren Worten. Sie stupste Ines vorsichtig aber bestimmt mit den Fingern in die Seite.

»Was glaubst du, warum Danny Polizeischutz bekommen hat? Weil es so unheimlich modern ist, immer mit einem Schatten im Schlepptau herumzulaufen, oder was?«

»Du weißt ganz genau, dass es nach der Attacke im Bahnhof keine andere Möglichkeit gab.«

»Ach ja? Aber die Frau Hauptkommissarin, die mit an Sicherheit grenzender Wahrscheinlichkeit die eigentliche Person ist, die hier im Fokus des Täters steht, die spaziert mutterseelenallein in die Pampa, um sich mit einem Unbekannten zu treffen. Wie hirnverbrannt ist das denn?« Mit

Schwung wischte sich Ines Mutter eine Haarsträhne, die sich mal wieder verselbstständigt hatte, aus dem Gesicht.

»Du hast ja recht. Ich weiß auch nicht…«, doch weiter kam Ines nicht. Ein erneuter Hustenanfall schüttelte ihren Körper durch. Jan eilte zu ihr. Behutsam hielt er ihren Oberkörper etwas in die Höhe, um ihr das Abhusten zu erleichtern. Dankbar klammerte sie sich an seinen Arm. Danach sank sie völlig erschöpft zurück in die Kissen. Ein Schweißfilm lag auf ihrer Stirn, den Monika mit einem Tuch wegwischte. Daniela stand unschlüssig da. Man spürte, dass sie nicht wusste, wie sie sich verhalten sollte. Monika sah das und traf eine Entscheidung.

»So, mein Engel. Nun haben wir uns überzeugt, dass es deiner Mutter den Umständen entsprechend gut geht. Ich denke, sie braucht jetzt etwas Ruhe. Drum lass uns wieder nach Hause gehen.«

Daniela suchte den Blickkontakt mit ihrer Mutter. Ines las die unausgesprochene Frage in ihren Augen. Sie nickte ihr deshalb zu.

»Omi hat recht, mein Schatz. Ich muss mich nun ausruhen. Außerdem hast du doch morgen Schule, also Abmarsch.«

Daniela verdrehte die Augen: *Typisch Mutter*, sollte das wohl bedeuten. Doch Ines wusste, dass eben diese Reaktion ihrem Kind suggerierte, dass es ihrer Mutter scheinbar wieder gut ging. Beim Verabschieden wuschelte Ines Danny durchs Haar, wohlwissend, dass die das gar nicht leiden konnte. Und Daniela verstand. Alles im normalen Bereich. Erleichtert verließ das Kind das Krankenzimmer.

»Mach dir keine Sorgen. Wir passen gut auf deine Kleine auf. Vor der Tür steht der Polizist, der uns begleitet hat. Den nehmen wir wieder mit nach Hause.«

Monika zwinkerte Ines zu, während sie das beim Abschied in ihr Ohr flüsterte und fest die Hand drückte.

»Danke«, hauchte Ines, was einen weiteren Hustenanfall nach sich zog. Monika folgte ihrer Enkelin in den Flur. Erleichtert darüber, dass er endlich mit ihr allein sein konnte, zog sich Jan einen Stuhl heran. Zärtlich nahm er ihre Hand, streichelte vorsichtig über den Handrücken.

»Wir waren wirklich sehr in Sorge um dich.«

»Ich weiß, Monika erwähnte es ja bereits.« Im Zurückdenken an Monikas Gefühlsausbruch musste sie lächeln. Doch Jan blieb ernst.

»Es war wirklich schlimm. Die Werkstatt rief an, weil der Monteur vergessen hatte, dir zu sagen, dass er noch einen Deckel für den Tank der Scheibenwaschanlage austauschen muss. Den hatte er nicht da und musste ihn erst bestellen. Du solltest morgen noch einmal mit eurem Dienstwagen vorbeikommen.«

»Ja und? Was ist daran so schlimm?«

»Weißt du es wirklich nicht?«

»Nein, nun sag schon, was war daran so schlimm? Dass ich noch nicht zu Hause war? Aber das passiert doch ständig. Ich weiß nie im Voraus, wann ich wirklich Feierabend habe. Das seid ihr doch gewöhnt!«

»Normalerweise schon. Aber dann weiß immer irgendeiner, wo du steckst. Dieses Mal wusste es aber niemand. Wir dachten schon, der *Bahnsteigschubser* hätte dich vielleicht erwischt.«

Schlagartig wurde Ines so einiges klar. Deshalb klang ihr Chef so aufgebracht! Dem war sicher ein Anruf Monikas auf der Dienststelle vorausgegangen, um ihr die Nachricht des Monteurs auszurichten. Doch niemand wusste, wo sie steckte. Vermutlich wäre der nächste Schritt eine Handyortung gewesen. Dem kam sie höchstwahrscheinlich mit ihrem Anruf zuvor.

Ines fühlte sich schuldig. Sie musste Jan recht geben. Mit ihrem unmöglichen und unüberlegten Verhalten hatte sie die ganze Familie und auch die Kollegen in Angst versetzt.

»Es tut mir leid. Ich habe nicht richtig nachgedacht. Ich sah nur die Chance, endlich weiterzukommen.« Wie ein Häufchen Elend lag sie da, kämpfte mit den Tränen.

»Ist schon gut.«

Er strich ihr über das Haar, setzte sich auf die Bettkante und nahm sie in den Arm.

»Zum Glück ist es ja noch einmal gut gegangen. Aber nun musst du ganz schnell auf die Beine kommen. Wir brauchen dich.«

Er machte eine Pause und sie schmiegte sich an ihn. Für diesen Augenblick waren ihre Streitereien vollkommen vergessen. Sie entspannte sich und schlief in seinem Arm ein. Endlich konnte ihr Körper zur Ruhe kommen. Ruhe, die sie dringend brauchte, um neue Kräfte zu sammeln. Sie konnte zu diesem Zeitpunkt noch nicht ahnen, dass ihr die wahren Leiden erst noch bevorstanden.

Als Ines aufwachte, kratzte der Hals immer noch ein wenig. Dafür schmerzte der Kopf inzwischen kaum noch. Sie vermutete, dass sich die Rauchgase in ihrem Blut wohl nun größtenteils abgebaut hatten. Beim Drehen des Kopfes, sah sie ein blubberndes Gefäß über ihrem Bett, mit dem sie über einen Schlauch verbunden war. Jetzt nahm sie auch die Nasenbrille des Schlauches wahr, die in ihren Nasenlöchern steckte. Man hatte sie in der Nacht, ohne dass sie es bemerkte, daran angeschlossen und zusätzlich Sauerstoff zugeführt, um ihr das Atmen zu erleichtern. Dann fiel ihr Jans nächtlicher Besuch ein. Suchend schaute sie sich um, doch keine Spur mehr von ihm. Vermutlich musste er heute arbeiten.

Ein Klopfen an der Tür ließ sie spontan auf die Uhr schauen. Sie konnte sich nicht vorstellen, wer sie so früh am Morgen schon besuchen sollte. Doch kein Besuch, sondern einer der Krankenhausärzte trat in Begleitung eines jungen Kollegen ein. Er schien überrascht, sie wach zu sehen.

»Guten Morgen Frau Sandner. Ich hoffe, Sie konnten gut schlafen.«

Freundlich lächelnd streckte er ihr seine Hand entgegen. Sein fester Händedruck ließ ein angenehmes Gefühl in ihr zurück. Sofort kam er auf das Wesentliche zu sprechen.

»Ich bin Dr. Kullmann. Also, wie geht es Ihnen heute Morgen?«

»Schon viel besser. Ich habe wirklich wunderbar geschlafen. Wie lange wollen Sie mich denn hier festhalten?«

»Mein Kollege hier«, er zeigte auf den jungen Mann neben sich, »misst ein weiteres Mal den Sauerstoffgehalt in Ihrem Blut, dann nehmen wir ein bisschen davon ab und lassen es im Labor noch einmal checken. Wenn nichts Spektakuläres dabei herauskommt, dann können Sie noch vor dem Mittagessen unser Hotel verlassen.«

Ines atmete erleichtert auf. Er leuchtete ihr noch mal in die Augen, horchte Lunge und Herz ab, wünschte ihr alles Gute und war auch schon wieder verschwunden. Ines ließ er in der Obhut des jungen Arztes zurück.

»Sie müssen schon entschuldigen, aber er hat nachher noch einen OP-Termin. Da muss er sich ein bisschen beeilen. Nur gut, dass sie eine Frühaufsteherin zu sein scheinen. So, noch schnell eine kleine Messung mit dem Pulsoximeter und sie haben es fast geschafft.«

Er grinste, während er ihr ein elektronisches Gerät über den Zeigefinger stülpte. Ines mochte seine sympathische Art. Sie kannte das Messinstrument bereits durch die Betreuung des Notarztes am Brandort.

»Alles im grünen Bereich. Nun zapfe ich Ihnen noch ein

wenig Blut ab, dann sind wir fertig und müssen nur noch auf die Ergebnisse warten.«

Er schob ihren Ärmel nach oben und widmete sich ganz seiner Aufgabe. Mitten in der Blutabnahme kam die Schwester herein, im Arm einen wunderschönen Strauß weißer Rosen.

»Schauen sie mal diese hübschen Blumen, Frau Sandner. Sind die nicht ein Traum? Die sind gerade abgegeben worden.«

Voller Freude wollte sie den Strauß weitergeben, doch sie stockte mitten in der Bewegung. Sowohl ihr als auch dem Doktor war nicht entgangen, dass die Kommissarin plötzlich ganz blass wurde. Schnell zog er seine Spritze aus ihrem Arm und entfernte den Gurt. Er presste ein Stück Mull auf die Einstichstelle und befestigte es mit einem breiten, weißen Heftpflaster. Inzwischen hatte Ines sich schon wieder im Griff. Schließlich sollte sie so ein dämlicher Blumenstrauß nicht aus der Ruhe bringen.

»Ist eine Karte dabei?«

Diese Frage galt der Schwester, die sofort einen suchenden Blick zwischen die weißen Blüten warf. Schließlich entdeckte sie einen Briefumschlag. Doch als sie eine Hand danach ausstreckte, um ihn herauszuziehen, schritt Ines mit kratziger Stimme ein.

»Stopp! Nicht anfassen, sonst werden vielleicht wichtige DNA-Spuren verunreinigt.«

Als sie merkte, wie die Schwester mit einem verständnislosen Ausdruck in den Augen erstarrte, fügte sie erklärend hinzu: »Ich bin felsenfest davon überzeugt, dass die nicht von meinem Lebensgefährten stammen, sondern von jemandem, dem wir auf der Spur sind.« Mehr brauchte die Krankenschwester nicht wissen. Sie ließ sich ein paar Einmalhandschuhe und einen neuen Müllbeutel geben, um die Pflanzen kriminaltechnisch korrekt einzupacken.

»Wie sind die Blumen gekommen?«

»Eine Frau hat sie gebracht. Sie trug eine Jacke mit dem Aufdruck des Blumenladens. Vermutlich arbeitet sie dort. Aber ich kann Ihnen absolut nicht mehr sagen, welcher Blumenladen das war.«

Bedauernd hob die Schwester die Schultern, doch Ines winkte beruhigend ab.

»Nicht so schlimm. Die Blumen sind in Papier gewickelt, da steht der Laden drauf.«

Der Schwester war die Erleichterung anzumerken. Da sie nun nicht mehr gebraucht wurde, verließ sie das Zimmer, aber nicht, ohne sich noch ein letztes Mal nach Ines umzudrehen. Sie hatte es plötzlich sehr eilig.

»Ich ziehe dann auch mal weiter. So wie es aussieht, vermute ich, dass Sie sowieso jetzt das Krankenhaus verlassen werden, stimmt's?« Verschmitzt schaute der junge Arzt sie an.

»Bin ich so einfach zu durchschauen?«

»Oh ja, bei Ihnen ist das Jagdfieber ausgebrochen. Dafür ist unser Haus leider nicht zuständig. Eigentlich sollte ich Sie noch ein, zwei Tage hierbehalten. Wenn Sie mir versprechen, Ihren Knöchel zu schonen, will ich mal nicht so sein. Ich schicke Ihre Blutwerte per Mail an Ihren Hausarzt. Aber ich denke, die sind sowieso wieder ziemlich in Ordnung. Trotzdem sollten Sie für den Anfang einen Gang runterschalten.«

»Danke, Herr Doktor. Aber eine Frage habe ich noch: Wie geht es dem kleinen Max? Kann er sich inzwischen wieder erinnern?«

»Sie meinen Maximilian Henning, der von einem Auto angefahren wurde? Ach ja, stimmt, Sie sind eine Freundin der Familie, nicht wahr? Wenn mich nicht alles täuscht, begleiteten Sie seine Mutter beim letzten Arztgespräch.«

Das konnte die Kommissarin guten Gewissens bestätigen.

»Also gut, dann will ich eine Ausnahme machen. Max geht es wieder ganz gut. Er kann sicher bald entlassen werden. Aber ihm fehlt einfach ein Stück seiner Erinnerung. Er erinnert sich momentan einfach nicht mehr an die komplette Woche vor dem Unfall. Man kann nicht ausschließen, dass das so bleiben wird. Aber das scheint ihn nicht weiter zu stören. Ich staune immer wieder, wie Kinder sich an die Situation anpassen. Er macht sogar schon Späße mit den Schwestern.«

Gott sei Dank! Wie hatte sie darum gebetet, dass für diesen Jungen alles wieder gut werden würde und nun sah es ganz danach aus. Vielleicht schaute sie nachher noch einmal kurz bei ihm vorbei, bevor sie ging.

Der junge Arzt winkte ihr noch ein letztes Mal zu, bevor er das Zimmer endgültig verließ. Ines musste grinsen, als er kurz darauf wieder eintrat, um mit hochrotem Kopf seinen Gerätetisch abzuholen, den er neben dem Bett vergessen hatte. Ines humpelte zum Schrank, in dem ihre Sachen hingen. Mühsam zog sie sich an, bevor sie mit Willimsky telefonierte. Der Beamte vor dem Krankenzimmer bekam die Aufgabe, die Blumen zur kriminaltechnischen Untersuchung zu bringen. Da Ines wieder einsatzfähig war, wenn auch nur bedingt, wurde er hier nicht mehr gebraucht. Eine Schwester brachte Ines noch ein paar Krücken, damit sie beim Auftreten den verstauchten Knöchel schonte, und übergab ihr die Entlassungspapiere. Nach all diesen Formalitäten konnte sie mit offizieller, ärztlicher Genehmigung die Klinik verlassen. Nun blieb nur noch der schnelle Besuch bei Max, denn so viel Zeit musste sein.

Der Aufzug brachte sie eine Etage höher. Schnell fand sie sein Zimmer. Die Ausmaße des Zimmers erstaunten sie. Vier Betten fanden hier Platz und trotzdem stand noch ein großer Tisch mit mehreren Stühlen im Raum.

»Hey Ines, toll das du auch kommst!«

Max saß mit den anderen Zimmergenossen, alles Jungs so zwischen sechs und acht Jahren, am Tisch. Sie spielten mit

Legos und bauten wie die Weltmeister. Doch da gab es noch jemanden. Thomas!

»Ja aber hallo, wen sehen meine müden Augen da? Sag bloß, du machst hier schon einen Abflug?« Ungläubig schaute er sie an.

»Die Arbeit ruft. Ich bin erstaunt, dich hier zu sehen, obwohl Max sich sicher über jeden Besuch natürlich sehr freut.«

»Eigentlich beabsichtigte ich, dich zu besuchen, weil das Krankenhaus quasi auf dem Weg zur Arbeit liegt. Aber da der Herr Doktor gerade bei dir weilte, wollte ich nicht stören. Ich dachte so bei mir: *… gehst halt so lange zum kleinen Max und schaust mal, was der so treibt.*«

Eigentlich fand Ines Thomas Idee, Max zu besuchen, gar nicht schlecht. Er wusste, dass Ines den kleinen Jungen sehr gern hatte. Doch leider konnte ja keiner wissen, wie lange sie außer Gefecht sein würde und so sprang er einfach für sie ein. Beide alberten noch ein bisschen mit Max herum, was leuchtende Augen bei ihm hervorzauberte. Beim Verabschieden versprachen sie ihm selbstverständlich, dass sie bald alle zusammen, inklusive Jan und Danny, ein Eis essen gehen würden. Ines Herz hüpfte in der Brust. Max schien von dem Ganzen kein Trauma oder so etwas Ähnliches zurückbehalten zu haben. Er benahm sich, wie sich ein kleiner Junge in seinem Alter einfach benehmen sollte. Gott sei Dank! Der Stein in ihrer Brust, den sie plumpsen hörte, wog sicher Tonnen.

Natürlich bot es sich an, dass Thomas Ines mit auf die Dienststelle nahm. Unterwegs holte sie ihr Handy aus der Tasche, um Monika die gute Nachricht ihrer Entlassung selbst mitzuteilen.

»Bist du sicher, dass du schon wieder arbeiten kannst?« Deutlich hörte man die Skepsis in Monikas Stimme.

»Mutter, ich bin alt genug, das selbst zu entscheiden, meinst du nicht auch?« Ines verdrehte die Augen.

»Mutter! Du sagst immer Mutter zu mir, wenn ich dich nerve. Ist schon gut, ich hab's kapiert. Versuch du mal, einen Workaholic auszubremsen. Null Chance. Du bist das wandelnde Beispiel dafür.«

»Ach wirklich? Vergisst du nicht, dass da immer noch ein Typ frei rumläuft, der dein Enkelkind fast umgebracht hätte?« Langsam wurde Ines ungehalten.

»Tut mir leid. Den hatte ich im Moment tatsächlich nicht mehr auf dem Schirm. Aber versprich mir, dass du gut auf dich aufpasst, ja? Ich will nicht noch einmal über einen blöden Unfall, der dir oder Danny oder sonst wem passiert ist, informiert werden. Hast du verstanden?«

»Laut und deutlich. Ich werde mir Mühe geben. Und du, achte bitte gut auf mein Häschen.« Zum Greifen nahe erschien Ines die Szene vom Bahnhof vor den Augen. Fest presste sie die Lippen aufeinander, zerdrückte beinahe das Telefon in der zusammengepressten Hand. *Sie würde dieses Schwein fassen*, das schwor sie sich in diesem Augenblick bestimmt zum hundertsten Mal.

Ines schielte zu Thomas hinüber, als sie das Handy wieder wegsteckte. Sein Grinsen sprach Bände. Vermutlich hatte dieses Mutter-Tochter-Geplänkel die Heiterkeit bei ihm ausgelöst. Doch sie hütete sich, irgendeinen Kommentar dazu abzugeben. Diesen Gefallen tat sie ihm nicht.

Peter schaute sehr überrascht, als Thomas mit Ines im Schlepptau in ihrer Abteilung eintraf. Seinem breitgezogenen Mund und den fröhlich strahlenden Augen nach zu urteilen, schien er erfreut darüber zu sein, sie zu sehen.

»Hallo Peter. Ich hoffe, dir ist ohne mich nicht die Arbeit ausgegangen?«

Sie zwinkerte ihm verschwörerisch zu.

»Ganz im Gegenteil. Wir haben schon die ersten Ergebnisse der KTU. Die sollten Sie sich unbedingt ansehen.«

Er lief zu seinem Computer und rief die Ergebnisse ab. Ines und Thomas stellten sich hinter ihn, um auf dem Monitor mitlesen zu können.

»Hier bitte, schaut es euch an!«

»Hey, das sind ja schon Untersuchungsergebnisse im Zusammenhang mit den Rosen, die ich bekommen habe!«

Staunend betrachtete sie die Resultate. Da hatten die Kollegen vermutlich eine Sonderschicht eingelegt. Ihr zuliebe? Sie fühlte sich geschmeichelt. Die Blumen stammten eindeutig aus einem Blumengeschäft in der Innenstadt von Villingen. Na also! Damit gab es wenigstens einen Anhaltspunkt.

»Alle Achtung, das ging wirklich schnell!«, lobte auch Thomas. »Am besten, wir gehen da mal vorbei und hören, was uns der Inhaber dazu sagen kann.«

»Habt ihr schon was über die Karte herausbekommen? Ich habe sie noch nicht einmal gelesen.«

Peter scrollte auf die nächste Seite.

»Hat nicht viel gebracht. Keine Fingerabdrücke, handelsübliche Genesungskarte. Die gibt es zu Tausenden am Markt. Verkauft hier in der Umgebung so gut wie jeder Drogeriemarkt.«

Pech, aber damit war zu rechnen gewesen.

»Hast du ein Bild davon in deinem Computer? Ich bin echt neugierig, was da wohl drinstand.«

»Klar. Hier, das stand vorne drauf.«

Auf dem Monitor erschien ein Blumenarrangement mit weißen Rosen, Lilien und Gerbera. Darunter ein Schriftzug in Goldschrift: *Gute Besserung*. Peter blätterte weiter. In Normschrift, akkurat und Buchstabe für Buchstabe absolut gleich, konnte Ines folgenden Text lesen:

»Ich hoffe, du hast dich inzwischen wieder etwas abgekühlt. Doch das war noch gar nichts gegenüber dem, was dich noch erwartet.
Ich freue mich schon sehr auf unser nächstes Zusammentreffen.«

Es gab keine Unterschrift. Ines schluckte. Ihr Instinkt hatte sie nicht getäuscht. Die Rosen stammten von dem Unbekannten. Doch was wollte der eigentlich? Sie fand einfach keine Antwort darauf. Mitten in ihre Gedanken hinein klingelte das Telefon. Willimsky! Er beorderte sie alle drei in den großen Besprechungsraum, sofort und ohne Widerrede.

Er wartete bereits auf sie, als sie den Raum betraten. Die Jalousien vor den Fenstern waren heruntergelassen, an der Decke brannten zwei nervig brummende Neonröhren. Mehrere Kollegen nahmen Platz. Willimsky forderte Ines und ihr Team ebenfalls auf, sich zu setzen, und gab einer jungen Mitarbeiterin ein Zeichen. Sie schaltete das Licht in dem abgedunkelten Raum aus und hantierte an einem Computer. Ein Beamer warf das Abbild der Genesungskarte, die Ines erhalten hatte, an die weiße Wand, die extra für diese Zwecke zur Verfügung stand. Willimsky kam sofort zur Sache.

»Ich danke Ihnen, dass sie alle sich hier so schnell eingefunden haben. Aufgrund der aktuellen Situation hat sich Rottweil dazu entschlossen, eine Sonderkommission einzurichten«, eröffnete er seine Ausführung. »Wie Sie sicher inzwischen alle mitbekamen, scheint jemand sein Augenmerk auf unsere hochgeschätzte Kollegin, Hauptkommissarin Sandner, gerichtet zu haben. Doch mit dem feigen Brandanschlag erreicht die Sache eine Dimension, die schnelles Handeln erfordert. Wir müssen unsere Kräfte nun bündeln und mit allen Mitteln versuchen, den Täter möglichst rasch dingfest zu machen. Wir arbeiten in zwei Gruppen: Die Hauptermittlungsarbeit wird von Rottweil aus koordiniert. Zur besseren Effektivität wird hier in Villingen eine zweite Arbeitsgruppe vor Ort sein. Frau Sandner wird in diesem Fall die Einsatzleitung übertragen. Sie wird permanent mit Rottweil in Verbindung stehen. Ich bitte Sie alle, sie tatkräftig zu unterstützen und danke Ihnen schon jetzt für Ihren Einsatz. Bitte beachten Sie, dass wir im Moment eine Nachrichtensperre verhängt haben. Schließlich soll der Täter über die laufenden Ermittlungen nicht informiert werden.« Zustimmendes Nicken begegnete seinem Blick in die Runde.

»Dann gebe ich jetzt an Frau Sandner ab und wünsche viel Erfolg.«

Er winkte die völlig überraschte Hauptkommissarin zu sich. Sie musste erst noch verdauen, was da eben passierte. Aber sie fand es gut. Auch Thomas machte einen zufriedenen Eindruck. Endlich konnten sie bei den Ermittlungen aus dem Vollen schöpfen. Profiler, Datenbanken, Überwachungsteams, alles stand zu ihrer Verfügung. Also stand sie auf und stellte sich neben ihren Chef. Zumindest versuchte sie es, was die abgelegten Krücken erst einmal verhinderten. Fast wäre sie hingeschlagen, was nur durch Peters beherztes Zugreifen verhindert wurde. Dankbar sah sie ihn an, humpelte um den Tisch herum. Willimsky drückte ihre Hand, um gleich darauf den Raum zu verlassen. Den Rest konnte er seinen Leuten überlassen. Ines atmete tief durch, dann legte sie los.

Eine halbe Stunde später wussten alle Bescheid: Über Svens Autounfall, die Fotos von Daniela und den damit in Zusammenhang stehenden Toten in Stuttgart, über den *Bahnsteigschubser* und schließlich wurden sie auch noch einmal genauestens über den Brandanschlag informiert. Sie bildeten Arbeitsgruppen, Vorgehensweisen wurden ausgelotet. Ines Handy wurde an die KTU weitergeleitet, um etwas über die eingegangene SMS herauszubekommen, die sie zu dem abgeschieden gelegenen Hof fahren ließ. Eine Gruppe erhielt den Auftrag, alte Fälle von Ines zu überprüfen. Vielleicht fanden sie den Täter ja hier. Peter brachte sich voll in die Arbeitsgruppen mit ein. Unermüdlich recherchierte er, besorgte Akten und Daten. Zudem schätzten alle sein freundliches Wesen. Der junge Mann gefiel Ines immer besser. Wenn sein Praktikum endete, wollte sie unbedingt alle Hebel in Bewegung setzen, damit er würde bleiben können. So ein Goldstück durfte man einfach nicht gehen lassen. Er fand sogar noch Zeit, um ihr beim Ausarbeiten der verschiedenen Arbeitspläne zu helfen. Das Ziel bestand darin, die anfallenden Aufgaben gut strukturiert anzugehen. Jeder sollte, trotz des enormen Erfolgsdrucks, dem sie alle ausgesetzt waren, noch genügend Erholungsphasen zur Verfügung haben. Das erhielt die Motivation.

Viele arbeitsreiche Stunden später las sie den Bericht der KTU bezüglich ihres Handys. Die SMS stammte von einem als gestohlen gemeldeten Handy, eingeloggt in einen Funkmast nicht weit entfernt von ihrer Dienststelle. Was sollte sie davon halten? Wieso befand sich der Absender in der Nähe, als er die SMS verschickte? Wollte er auf Nummer sicher gehen, dass sie auch wirklich alleine losfuhr? Während sie grübelte, kam Thomas mit ernstem Gesicht zur Tür herein. Er trug Latexhandschuhe und einen länglichen Karton im Arm, den er auf den nächstbesten Schreibtisch abstellte. Ines wusste sofort, um was es sich handelte. Sie stand auf, zog ebenfalls Handschuhe über und ging zu ihm. Ines hob den Deckel an. Wie erwartet, fiel ihr Blick auf einen Strauß weißer Lilien. Ein Zettel lag bei:

»Ich bitte um Verzeihung, dass dir die Rosen nicht gefallen haben. Aber für dich sind Lilien sowieso viel passender. Das wusste ich schon von Anfang an!«

Wie gehabt in akkurater Normschrift, ohne irgendeinen Hinweis auf den Verfasser. Null Chance auf eine grafologische Analyse. Leider. Ines wunderte sich, woher der Absender wusste, dass sie die Rosen sofort ihm zuordnete und an das Labor weitergab. Zumindest legte sie seinen Satz ›*Ich bitte um Verzeihung, dass dir die Rosen nicht gefallen haben*‹ so aus. Ob er sich zu der Zeit im Krankenhausflur aufhielt? Das schien ihr nahe liegend. Ein Schauer lief ihr bei dem Gedanken, von ihm beobachtet worden zu sein, über den Rücken. Vielleicht fragte er auch beim Krankenhauspersonal nach. Das sollte sie im Kopf behalten. Peter könnte dem eventuell einmal nachgehen. Vielleicht gab es doch noch eine Chance, eine Beschreibung des Täters oder der Täterin zu bekommen.

Ines veranlasste den Abtransport des Kartons zur kriminaltechnischen Analyse. Vielleicht fanden die Kollegen entgegen ihrer Erwartung doch etwas Brauchbares. Außer dem Namen des Blumengeschäftes gab es nämlich keinerlei Hinweise. Genau wie beim letzten Mal. Obwohl der Laden ganz oben auf ihrer Prioritätenliste stand, hatten sie immer noch nicht den Weg dorthin gefunden. Irgendwie kam bisher immer wieder etwas dazwischen. Das sollte definitiv so schnell wie möglich erledigt werden. Irgendwie musste der Täter ja die Blumen bestellt haben. Doch heute nicht mehr. Die Uhr zeigte mittlerweile 20 Uhr 30 an. Es pochte heftig hinter Ines Schläfen. Sie konnte sich kaum noch konzentrieren. Dazu tat ihr die Hüfte weh, weil sie durch den verstauchten Fuß den ganzen Tag schief durch die Gegend humpelte. Aber sie fand es einfach zu kompliziert, für zwei Schritte zum Schreibtisch und drei Schritte zur Tür immer jedes Mal die Krücken zu benutzen. Das kostete in ihren Augen nur unnötig Zeit. Sie schluckte eine Schmerztablette und stürzte ein Glas Wasser hinterher.

»Jetzt ist es genug«, meldete sich Thomas aus seiner Ecke

energisch zu Wort. »Du machst jetzt Feierabend. Eigentlich bist du noch gar nicht richtig auf dem Damm. Also keine Widerrede, ich fahr dich sofort nach Hause.«

Ines wollte aufbegehren, doch sie musste ihm recht geben. Sie fühlte sich total beschissen. In so einem Zustand kamen sicher auch keine respektablen Ergebnisse zustande. Also siegte die Vernunft. Morgen gab es schließlich wieder einen neuen Tag. Wie sagte so schön ein Sprichwort? Neuer Tag, neues Glück – oder nicht?

Ines Unterarm schmerzte von der Krückenhalterung, als sie die Wohnungstür öffnete und in den Flur humpelte. Sie stellte die Gehhilfe neben die Garderobe. Die Jacke hängte sie zusammen mit ihrem Loopschal an den dafür vorgesehenen Haken, der Schlüsselbund landete klimpernd auf dem Schuhschrank. Klapperndes Geschirr verriet, das sich Jan mal wieder in der Küche zu schaffen machte. Er lugte um die Ecke, als er sie hörte. Mit einem leichten Lächeln kam er auf sie zu, während er seine Hände mit einem Handtuch trocknete, das er sich anschließend über die Schulter warf.

»Hallo! Schon wieder fleißig?«

Ines legte die Hände auf seine Schultern und küsste ihn sanft zur Begrüßung, was ihn sichtlich freute. Vielleicht hatte ihre Beziehung ja doch noch eine Chance.

»Setz dich erst einmal hin und ruhe dich aus. Ich bringe dir deinen Tee.«

Dankbar nahm sie das dampfende Getränk in Empfang. Tiefe Ringe lagen um ihre Augen, ein untrügliches Zeichen für ihre starke Erschöpfung. Dass ihm das schon aufgefallen war, sah sie an seinen besorgten Blicken. Sie setzte sich mit ihrer Teetasse an den Esstisch, während Jan Salat in zwei

Teller verteilte und Ines Gesellschaft leistete. Sie gabelte ein paar der grünen Blätter auf und steckte sie in den Mund.

»Mmh, lecker.«

»Und, wie geht es dir? Hättest du dich nicht vielleicht doch krankschreiben lassen sollen?«

Gespannt schaute er sie an. Da sie zu erschöpft war, um sich diesbezüglich auf weitere Diskussionen einzulassen, erzählte sie stattdessen von ihrem Tag.

»Willimsky hat dafür gesorgt, dass eine Sonderkommission eingerichtet wurde.«

Er erfuhr von den Rosen und wie ihr Chef darauf reagierte. Die Lilien verschwieg sie. Schließlich änderten sie nichts an der Gesamtsituation. Deutlich bemerkte sie, wie sich seine Kaumuskeln anspannten.

»Hoffentlich findet ihr bald den Mistkerl.«

Nachdem er über etwas nachzudenken schien, ließ er sie an dem Ergebnis seiner Überlegungen teilhaben.

»Sag mal, wenn der Kerl es eigentlich auf dich abgesehen hat, warum hängt dir dann keiner deiner Kollegen an der Backe und passt auf dich auf?«

»Falsch gedacht, mein Lieber. Mein Bodyguard hält sich unten vor dem Haus auf. Möglichst unsichtbar für den Täter. Er wird alle vier Stunden abgelöst. Außerdem steht noch ein Wagen mit zwei weiteren Kollegen in einem Zivilfahrzeug in der Nähe. Auch Antonios Familie wird möglichst unauffällig geschützt. Wir wissen ja nicht, was dem Kerl noch alles einfällt.«

»Was macht dich sicher, dass es ein Kerl ist? Vielleicht ermittelt ihr in die falsche Richtung und es handelt sich um eine Täterin.«

Ines seufzte.

»Klar, das ist durchaus möglich. Es könnten aber genauso gut auch mehrere Täter sein. Wir wissen im Moment rein gar nichts.«

»Aha. Fühlt sich sicher nicht gut an.«

»Na, was denkst du denn? Ich brauche verwertbare Spuren, Zeugen oder sonst was. Und das kann ich mir nicht einfach so herhexen.«

»Was ist mit dem Phantombild vom *Bahnsteigschubser*? Da habt ihr doch was.«

»Schon, aber bisher niemanden gefunden, der jemand darauf erkennen kann. Aber vielleicht ändert sich das bald. Willimsky gab sein Okay dazu, dass wir das Bild in den Medien veröffentlichen dürfen.«

»Das wird aber auch Zeit! So eine Geheimnistuerei hilft doch niemandem weiter. Er hätte das ruhig gleich veröffentlichen können!«

»Ach ja?«

Ines runzelte die Stirn. Wenn sie etwas nicht ausstehen konnte, dann waren das besser wissende Laien, die meinten, ihr vorschreiben zu müssen, wie sie ihre Arbeit zu erledigen hatte.

»Das ging aber aus rechtlichen Gründen nicht. Erst wenn alle ermittlungstechnischen Möglichkeiten kein Ergebnis bringen, darf so ein Bild öffentlich gemacht werden. Wir brauchten dazu erst einmal eine richterliche Verfügung. Und außerdem regt sich hier ja gerade der Richtige über Geheimniskrämerei auf. Ich möchte dich nur daran erinnern, dass du nicht mal imstande warst, deine Abwesenheit zu erklären, als Max mit deinem Auto angefahren wurde. Und das, obwohl du dich damit zum Tatverdächtigen gemacht hast!«

Schnaubend legte er Messer und Gabel zur Seite, ballte die Hände zu Fäusten. Nur mühsam behielt er die Beherrschung.

»Und ich begreife immer noch nicht, wie du überhaupt in Erwägung ziehen konntest, dass ich eventuell etwas mit Max' Unfall zu tun haben könnte.«

»Die Fakten sprachen ganz einfach gegen dich. Das habe

ich dir schon einmal erklärt. Und wenn es sein muss, erzähle ich dir noch hundertmal dasselbe. Dein Auto ist definitiv der Unfallwagen, warum auch immer. Wobei es immer noch nicht feststeht, ob es sich um einen Unfall oder um Absicht handelte. Dann noch dein Alibi. Oder besser gesagt, dein fehlendes Alibi. Also, was soll man da wohl denken?«

»Du kennst mich besser als jeder andere Mensch. Du hättest es einfach wissen müssen.«

»So einfach ist das aber nicht. Ich brauche Fakten und Beweise. Dazu kommt noch, dass ein Großteil der Straftaten im Bekanntenkreis passiert. Da sind die Statistiken eindeutig.«

Es entstand eine längere, nervenzehrende Pause, in denen sich die beiden anblitzten. Jan verlor als Erster die Geduld.

»Weißt du was, ich habe keine Lust mehr auf diese Diskussion. Denk doch, was du willst!«

Abrupt stand er auf und räumte den Tisch mit zusammengekniffenem Mund ab. Die Geräuschkulisse beim Einräumen des Geschirrs in die Spülmaschine wies deutlich auf seinen Unmut hin. *Sollte er doch schmollen. Wenn er nicht verstehen wollte, dann konnte er von ihr aus dahin gehen, wo der Pfeffer wächst.* Sie fühlte im Moment nur bleierne Müdigkeit, weswegen sie auch nicht die Energie aufbrachte, sich weiter mit ihm zu streiten. Doch eines schien sicher: Vor ihnen beiden lag noch ein hartes Stück Arbeit, wollten sie ihre Beziehung wirklich retten. Vielleicht machte sie sich auch nur etwas vor, und ein Scheitern stand kurz bevor? Ihr Schädel fing wieder an zu brummen. Nein, heute würden sie das sicher nicht mehr klären. Sie erhob sich schwerfällig und hinkte ins Wohnzimmer. Erschöpft kuschelte sie sich in eine Ecke des Sofas und zog die Decke, die dort immer lag, über sich, schloss die Augen, um die Musik im Hintergrund auf sich wirken zu lassen. Mit Gewalt zwang sie sich dazu, ihre Gedanken in andere Bahnen zu lenken.

Als Ines eine ganze Weile später vorsichtig die Augen öffnete, bemerkte sie nicht nur, dass Jan neben ihr saß, nein, sie registrierte auch, dass er sie, wie damals auf der Rolltreppe, mit seinem unwiderstehlichen Dackelblick ansah. Behutsam nahm er ihre Hand. Dann begann er mit belegter Stimme das auszusprechen, worauf sie sehnlichst wartete.

»Tut mir leid wegen vorhin.«

Sie nickte versöhnungsbereit. Wie weggewischt waren Verletztheit oder sogar Wut.

»Schon okay, aber du darfst nicht immer alles so persönlich nehmen. Das ist nun mal mein Beruf und ich muss mich an bestimmte Regeln halten. Und vergiss nicht, auch wenn es anstrengend ist, ich liebe diesen Beruf! Viele sagen, ich wäre gut darin.«

Lange saßen sie schweigend nebeneinander, jeder hing seinen Gedanken nach. Schließlich durchbrach er die Stille.

»Ich weiß, dass ich dich sehr verletzt habe. Doch ich war zu der Zeit nicht ich selbst. Die Gründe dafür liegen in der Vergangenheit.«

Jan atmete tief ein. Ines spürte, wie schwer ihm das Sprechen fiel, ließ ihm aber die Zeit, sich zu sammeln.

»Du musst wissen, ich habe meine Mutter sehr früh verloren. Sie war noch nicht einmal dreißig Jahre alt, als sie starb.«

»War sie denn krank?«, fragte sie vorsichtig. Sie hoffte, dass er etwas mehr über das Verhältnis zu seiner Mutter erzählen würde und sich nicht gleich wieder in sein Schneckenhaus zurückzog.

»Krank? In gewisser Weise schon. Krank an der Seele. Sie litt unter sehr schweren Depressionen. Und irgendwann hielt sie es einfach nicht mehr aus. Ich habe sie gefunden, als ich aus der Schule kam.«

Seine Augen fixierten einen imaginären Punkt inmitten eines Blumenbildes an der gegenüberliegenden Wand.

»Gefunden? Wie meinst du das? Sie hat sich doch hoffentlich nicht etwas angetan?«

Mit einem Kopfnicken bestätigte er ihre Vermutung.

»Ich verstehe, dass das sehr schlimm für dich sein musste. Aber das erklärt nicht, warum du mir nichts davon erzählt hast.«

»Jedes Jahr an ihrem Todestag, sehe ich dieses Bild vor Augen, wie sie da liegt auf ihrem Bett. Ein Arm hängt herunter bis zum Boden, ihr Kleid ist hochgerutscht, die schönen, langen dunklen Haare verklebt. Auf dem Nachttisch liegt das leere Röhrchen irgendwelcher Tabletten. Einige davon sind auf den Boden gerollt. Schaum steht vor ihrem Mund und ihre Augen starren mich an, als wollten sie *sagen ›Warum bist du nicht da gewesen, als ich dich brauchte?‹* Ich fühle mich immer noch schuldig.«

»Aber du konntest doch gar nichts dafür. Du warst doch noch ein kleiner Junge!« Tröstend legte sie den Arm um ihn.

»Das weiß ich heute auch. Aber tief in meinem Innern ist dieses schreckliche Gefühl immer noch da. Und dann will ich niemanden um mich haben. Deshalb bin ich zu ihrem Grab gefahren. Es tut immer noch so sehr weh.«

»Aber warum hast du nicht wenigstens bei der Vernehmung gesagt, wo du dich zum betreffenden Zeitpunkt aufgehalten hast?«

»Eigentlich geht das niemanden etwas an und zweitens habe ich nichts getan. Ich habe einfach darauf gehofft, dass ihr das schon herausfinden würdet, wenn ihr euren Job ernst nehmt und alles richtig macht.«

»Und dein Vater? Wie hat er das damals verkraftet?«

»Der war am Boden zerstört, versuchte aber, mich zu trösten. Er hat mir die Schuld am Tod meiner Mutter jedenfalls nicht gegeben. Wir versuchten, die ganze Situation so gut es geht, zusammen durchzustehen. Ich weiß, dass mein Verhalten in dieser Sache immer noch nicht richtig ist. Aber ich kann einfach nicht anders. Und ich bin auch irgendwie …«, hier legte Jan eine Pause ein, »... ja, ich bin wütend auf sie, weil sie uns einfach alleine ließ.«

»Ich kann, wenn du willst, mal mit unserem Polizeipsychologen reden. Vielleicht hilft er dir weiter. Mit Traumata kennt er sich bestens aus, das bringt unser Beruf als kleine Nebenwirkung leider so mit sich.«

Sie versuchte ein leichtes Lächeln. Jan verstand ihren kleinen Versuch, die Situation etwas aufzulockern. Behutsam und liebevoll küsste sie ihn auf den Mund. Sie hoffte inständig, dass er bald seinen Seelenfrieden wiederfand. Sanft legte er seinen Arm um sie, worauf sie ihren Kopf in die Kuhle seines Schlüsselbeins bettete. Für ein paar Augenblicke verharrten sie ganz still, jeder in seine Gedanken versunken.

Mühsam erhob sie sich schließlich, hielt seine Hand noch einen Augenblick fest.

»Aber nun muss ich wirklich schlafen. Die Schmerztabletten knocken mich sonst noch aus. Kommst du mit ins Bett?«

»Nein, jetzt noch nicht. Ich bin noch zu aufgewühlt. Bist du mir böse, wenn ich noch eine Runde nach draußen gehe? Ich glaube, die frische Nachtluft würde mir guttun.«

Das verstand sie sehr gut. Sie drückte ihn noch einmal an sich, dankbar, dass er sich ihr endlich ein bisschen geöffnet hatte, dann ließ sie ihn gehen.

Sich wohlig streckend erfüllte Ines nach dem Erwachen am nächsten Morgen ein gutes Gefühl, besonders in dem Augenblick, als sie Jans leises Atmen verspürte. Sie hatte ihn in der Nacht gar nicht kommen hören. Vorsichtig schlug sie die Bettdecke zur Seite und erhob sich in Richtung Badezimmer, um ausgiebig zu duschen.

Über den Rand ihrer Kaffeetasse sah sie aus den Augenwinkeln, dass Jan um die Ecke linste, während sie im Lokalteil des *Schwarzwälder Boten* blätterte.

»Guten Morgen. Du bist schon auf?«, stellte er mehr fest, als dass er fragte.

»Ich konnte einfach nicht mehr schlafen. Aber du lagst noch so friedlich da, ich wollte dich nicht stören. Ich habe dich doch nicht etwa aufgeweckt?«

»Nein, alles in Ordnung. Für mich wird es auch langsam Zeit.«

Und schon zog er sich wieder zurück. Ines nahm noch einen Schluck von ihrem inzwischen schon abgekühlten Kaffee. Im selben Moment klingelte das Handy. Ein Blick auf das Display sagte ihr, dass es sich bei dem Anruf um ihre Mutter handelte.

»Ja, hallo Mama. Heute scheinen ja alle irgendwie unter die Frühaufsteher gegangen zu sein!«

»Wieso, was heißt hier alle?«, wunderte sie sich.

»Ach, ich meinte nur, weil Jan auch schon hier herumschwirrt. Aber egal, was gibt's denn?«

»Ich wollte dich noch erwischen, bevor du dich auf den Weg zur Arbeit machst. Danny und ich wollen heute zusammen mit Maria und Karl Max aus dem Krankenhaus abholen. Natürlich nur, wenn es dir recht ist.«

»Na das ist ja mal eine gute Nachricht. Max darf heim? Super! Aber sicher könnt ihr das machen. Vergiss aber nicht, dem Kollegen vor der Tür Bescheid zu sagen.«

Ines sah Monika im Geiste vor sich, wie sie bei diesen Worten ihrer Tochter die Augen verdrehte.

»Das brauchst du nicht extra zu betonen, das weißt du ganz genau!«, erscholl es deshalb auch prompt aus dem Lautsprecher. Ines lachte.

»Ist schon gut. Du weißt doch, ich kann einfach nicht aus meiner Haut. Übrigens, heute kann ich meinen neuen Wagen im Autohaus abholen. Deshalb mache ich etwas früher

Schluss und hole Daniela bei dir ab. Ich möchte meine Tochter auch mal wieder ein bisschen um mich haben.«

»Prima Idee. Dann kann ich mir heute einen freien Abend gönnen und meiner Freundin Helga auf die Nerven gehen.«

Monika und Helga waren Nachbarinnen. Als sie hierherzogen, hatte Helga Monika sofort mit offenen Armen aufgenommen. Die beiden stellten viele Gemeinsamkeiten fest und unternahmen fortan die unterschiedlichsten Dinge zusammen, von der Kaffeefahrt, über Romméabende bis hin zu Theaterfahrten ins Freiburger Opernhaus.

Monika und Ines plauderten noch ein paar kurze, belanglose Sätze, bevor jeder seinem Tagwerk weiter nachging. Ines genoss diesen Morgen sehr, denn so ruhig und harmonisch war es nicht immer um diese Zeit.

Das Laufen funktionierte schon viel besser als noch am Tag zuvor. Trotzdem nahm Ines die Krücke vorsichtshalber mit, als Thomas sie zum Dienst abholte. Umständlich duckte sie sich beim Einsteigen ins Auto, hielt die Krücke dabei irgendwie so fest, dass sie nicht unbedingt durch das Fensterglas stieß, und ließ sich in den Sitz plumpsen. Anschließend zog sie die Tasche, die sie sich einfachheitshalber umgehängt hatte unter ihrem Hinterteil hervor.

»Mann, ich fühl mich so behäbig wie eine alte Oma«, schnaufte sie.

»So sah das gerade auch aus.«

Nur knapp entging Thomas der niedersausenden Handtasche. Er fuhr grinsend los, während er sich ein lautes Lachen gerade noch so verkneifen konnte.

»Ach komm, alt bist du wirklich nicht!«

Kurz darauf betraten sie das große Bürogebäude. Der neue Arbeitstag nahm beide sofort in der Person von Peter, der ihnen schon auf dem Flur entgegeneilte, in Beschlag.

»Was Neues?«

»Allerdings. Wir haben da eine Entdeckung gemacht.«

Er schlug einen Ordner auf, während er neben Ines herlief. Sie nahm ihm den Ordner aus der Hand, schaute hinein. Peter sprach gleichzeitig weiter.

»Wie ihr wisst, stammen die Lilien aus einem Blumenladen in der Innenstadt. Inhaberin ist eine Gerda Fresenmeier. Viel interessanter ist aber die Tatsache, dass eine gewisse Carola Frank dort beschäftigt ist.«

Ines blieb abrupt stehen.

»Carola Frank? Bist du sicher?«

»Hundertprozentig.«

»Ich kannte mal eine Carola Frank. Aber die kam aus Bad Cannstatt.«

»Stimmt. Und sie war mit Ihnen in einer Klasse, Frau Sandner.«

»Ach Peter, lass dieses Frau Sandner. Ich bin einfach Ines, okay?«

»In Ordnung. Also diese Carola ist tatsächlich eine deiner ehemaligen Schulkameradinnen. Gehe ich recht in der Annahme, dass sie nicht bei eurem Klassentreffen aufkreuzte?«

»Jetzt wo du es sagst! Du hast recht. Aber was hat das mit unserem Fall zu tun?«

»Nun, du hattest mich beauftragt, deine alten Schulkameraden unter die Lupe zu nehmen. Und ich bin tatsächlich fündig geworden.«

»Carola Frank, nehme ich an.«

»Richtig. Sie hat einen Lehrer erpresst und ist deshalb von der Schule geflogen.«

Ines glaubte, sich verhört zu haben. *Das war doch nicht möglich. Das hätte sich doch sofort auf der Schule herumgesprochen. Wenn es eines gab, was auf der Penne klappte, dann war es die stille Post.*

»Bist du dir sicher? Soviel ich weiß, ist sie kurz vor den Prüfungen krank geworden und konnte sie deshalb nicht mitschreiben.«

»Das war damals die offizielle Version. In Wirklichkeit hatte sie behauptet, der Mathelehrer würde mit einer Schülerin schlafen. Sie konfrontierte ihn mit ziemlich gut manipulierten Fotos und wollte Geld von ihm. Aber er ließ sich das nicht gefallen und meldete sie bei der Direktion. Daraufhin flog sie von der Schule.«

Mensch, was für Neuigkeiten! Ines fiel aus allen Wolken. *Carola handelte immer schon etwas extrem, aber so etwas hätte sie ihr nicht zugetraut. Das musste doch von vornherein zum Scheitern verurteilt gewesen sein. Eine große Dummheit also.*

Inzwischen erreichte das Trio Ines Schreibtisch. Sie legte den Ordner ab und betrachtete ein Bild darin. Das Foto zeigte eine langhaarige, blonde Frau, immer noch äußerst attraktiv. Unverkennbar Carola.

»Und die arbeitet als Floristin?«

Anerkennend pfiff Thomas durch die Zähne, als auch er einen Blick auf Carolas Konterfei warf.

»Genau. Muss ja nicht unbedingt was mit dem Fall zu tun haben. Aber es ist schon seltsam, dass die Blumen, die Ines von unserem vermeintlichen Täter erhielt, genau aus diesem Laden stammen.«

Peters Worte klangen einleuchtend.

»Also Thomas, dann schnapp dir mal den Autoschlüssel. Wollen wir doch mal meiner lieben Schulkameradin auf den Zahn fühlen. Vielen Dank, Peter. Gute Arbeit.«

Thomas meinte zu erkennen, wie Peter plötzlich einige Zentimeter zu wachsen schien. Erhobenen Hauptes schritt er zurück in sein kleines Arbeitsreich.

Der Herbst bescherte ihnen eine unangenehme, nasskalte Witterung. Auch beschlagene Scheiben gehörten dazu. Thomas schaltete die Frontscheibenheizung ein, was schnell für klare Sicht sorgte. Ines lehnte nachdenklich den Kopf an die Seitenscheibe, beobachtete den ruhig dahinfließenden Verkehr, Papierfetzen die eine Windböe vor sich hertrieb und die Menschen, die den Mantelkragen schützend hochgeschlagen hatten. Jeder wollte so schnell wie möglich wieder ins Warme.

Die Fahrt zum Blumenladen dauerte nicht lange. Zum Glück konnten sie bei diesem ungemütlichen Wetter direkt vor dem Geschäft parken. Heidekraut, besser bekannt als Erika, standen in vielen verschiedenen Farben zusammen mit mehreren Grünpflanzen, die Ines nicht kannte, auf einem großen Pflanzentisch und warteten darauf, gekauft zu werden. Daneben lag ein Haufen Reisig, der dazu bestimmt war, Gartenpflanzen für den Winter abzudecken. Ines kannte das von ihrer Mutter. Sie selbst besaß nicht so diesen ominösen grünen Daumen und war deshalb eher froh darüber, nur einen kleinen Balkon ihr eigen nennen zu können.

Als die beiden den Laden betraten, kündigte ein über der Tür befestigtes Windspiel mit leisem Klingeln ihre Anwesenheit an. Eine ältere Frau erschien mit einem Lächeln auf dem Gesicht aus den hinteren Räumen. Ihr Aussehen erinnerte Ines unwillkürlich an Frau Holle: klein, etwas rundlich, mit rosigen Bäckchen und eben diesem freundlich gütigen Lächeln. Die fast schneeweißen Haare im altmodischen Dauerwellenlook, zusammengebunden mit einem fröhlich bunten Kopftuch, taten ihr Übriges dazu. Rasch wischte sie die Hände an ihrer grünen Schürze ab, um Reste von Blumenerde loszuwerden, und ging auf ihre vermeintliche Kundschaft zu.

»Einen wunderschönen guten Morgen. Was kann ich denn Schönes für Sie tun?«

»Guten Morgen. Leider sind wir nicht hier, um ihre wunderschönen Blumen zu kaufen.« Verunsichert starrte Frau Holle auf Ines Dienstausweis.

»Ich bin Ines Sandner und das ist mein Kollege Thomas Klausmann. Wir sind von der Kripo und hätten ein paar Fragen an Sie. Gehe ich recht in der Annahme, dass Sie Frau Fresenmeier, die Inhaberin sind?«

»Ja, das stimmt. Ist etwas nicht in Ordnung?«

Wie viele andere Menschen auch, reagierte Gerda Fresenmeier etwas verunsichert, als sie hörte, dass es sich um zwei Polizeibeamte handelte. Doch Ines versuchte, die Situation aufzulockern.

»Keine Sorge, alles in Ordnung. Wir sind lediglich auf der Suche nach jemandem, der bei Ihnen vor ein paar Tagen weiße Rosen und gestern noch einmal weiße Lilien bestellt hat.«

»Oh, da hatten wir einige Lieferungen. Wissen Sie, diese Blumen werden gerne zu Trauerfeiern bestellt. Können Sie mir denn sagen, wohin die geliefert wurden? Dann schau ich in meinem Auftragsbuch nach.«

Man merkte Gerda Fresenmeier ihre Erleichterung an, mit einer Auskunft dienen zu können.

»Also die Rosen wurden vor drei Tagen ins Krankenhaus geliefert und die Lilien gestern in die Polizeidienststelle zu einer Frau Sandner.«

Überraschung lag auf Gerda Fresenmeiers Gesicht, als sie den Namen hörte.

»Sandner«, wiederholte sie und plötzlich leuchteten ihre Augen auf. »Die Blumen waren für Sie, nicht wahr?«

Ines konnte das nur bestätigen. Eilfertig lief Frau Fresenmeier nach hinten in ihr Büro und holte das gute, alte DIN-A5-Notizbuch. Das Computerzeitalter hatte hier wohl noch nicht Einzug gehalten. Sie blätterte darin herum, wobei ihr Finger bei einer Zeile stockte.

»Hier haben wir es: Dreizehn weiße Rosen an Frau Sandner, Patientin im Schwarzwald-Baar-Klinikum«, sie schlug eine Seite um und fuhr fort, »und sieben weiße Lilien ebenfalls an Frau Sandner.«

Thomas erkannte aus seinem Blickwinkel die exakte Dienstadresse hinter diesem Eintrag.

»Und können Sie uns sagen, von wem der Auftrag stammte?«

Doch damit konnte Frau Fresenmeier nicht dienen.

»Wissen Sie, meine Angestellte, die Carola, hat den Auftrag entgegengenommen. Und der Mann hat in bar bezahlt. Ich glaube jedenfalls, dass es ein Mann war. Wer sollte denn sonst Blumen an eine hübsche Frau, wie Sie es sind, verschicken?«

»Das heißt, Sie haben ihn nicht gesehen und wissen somit auch nicht, wie er aussieht?«

»Nein, tut mir leid.« Bedauernd hob sie die Schultern. »Aber Frau Frank müsste gleich eintreffen.«

Wie auf Bestellung ertönte im selben Moment das Windspiel über der Tür. Eine Frau in Ines Alter mit langen, blonden Haaren betrat den Raum. Thomas erkannte sofort, dass es sich hierbei um die Dame aus den Akten handelte. Irritiert blieb sie stehen. Sie hatte bemerkt, dass alle drei sie anstarrten.

»Ist etwas? Habe ich noch Lockenwickler in den Haaren oder so?«

Vorsichtshalber griff sie mit der Hand nach ihrem Kopf. Doch sie konnte nichts Ungewöhnliches ertasten. Dann schaute sie etwas genauer in die Runde. Und plötzlich schien sie zu erkennen, wer da unter anderem vor ihr stand. Ungläubig trat sie einen Schritt näher an die Hauptkommissarin heran.

»Ines? Du bist doch Ines Sandner, nicht wahr?«

»Hallo Carola. Lange nicht mehr gesehen.«

Thomas registrierte, wie sich die beiden Frauen gegenseitig abschätzten. Also Freundinnen schienen diese beiden nicht gerade zu sein.

»Du bist doch sicher nicht zufällig hier, oder?«

Doch man konnte schon der Tonlage ihrer Frage entnehmen, dass sie das eher unwahrscheinlich fand.

»Nein, der Grund für meine Anwesenheit ist dienstlich.«

»Stimmt, ich erinnere mich, die toughe Ines ist damals zur Kripo gegangen. Da kann unsereins natürlich nicht mithalten.«

Verächtlich kamen diese Worte hervor, was Gerda Fresenmeier äußerst peinlich zu sein schien.

»Was auch immer Ihre Abneigung gegenüber meiner Kollegin sein mag«, mischte sich Thomas ein, um dem Geplänkel ein schnelles Ende zu bereiten, »das können Sie beide später und privat klären. Jetzt sind wir erst einmal dienstlich hier und hätten Ihnen gerne ein paar Fragen gestellt.«

Carola schluckte eine bissige Bemerkung herunter und zog ihren Mantel aus, unter dem sie ihre grüne Berufskleidung trug. Dabei musste sie aufpassen, dass sie mit dem Mantel nicht aus Versehen einen Eimer Blumen umkegelte, bei der Enge, die in dem Laden herrschte. Blumen, wohin man schaute: Am Boden, auf Regalen, dazwischen fertig dekorierte Sträuße direkt zum Mitnehmen in Vasen. Nicht zu vergessen der viele kleine Nippes, der überall herumstand. Da blieb kaum Platz zum Durchlaufen.

Gerda nahm Carola den Mantel ab, brachte ihn flink in die hinteren Räumlichkeiten. Vorsichtshalber blieb Frau Fresenmeier gleich hinten. Vermutlich wollte sie damit der angespannten Stimmung entgehen.

»Also, dann schießen Sie mal los. Oh Verzeihung, das war jetzt wohl nicht gerade gut ausgedrückt, oder?«

Belustigt blinzelte Carola in Thomas Richtung. Doch dieser reagierte erst gar nicht auf die Provokation. Er nahm das

Notizbuch von Frau Fresenmeier in die Hand und zeigte der Floristin die entsprechenden Einträge.

»Wir hätten gerne gewusst, wer den Auftrag für diese Blumenbestellung gab.«

Carola zog die Brauen in die Höhe.

»Das kann ich Ihnen nicht sagen.«

»Bitte keine Spielchen. Es ist wirklich wichtig.«

»Tut mir leid. Aber ich weiß es tatsächlich nicht. Da steckte jedes Mal einfach nur ein großer Umschlag mit Geld, einer Karte und einem Zettel mit Anweisungen über die Art der Lieferung im Briefkasten draußen.«

Das durfte doch nicht wahr sein! Es wäre so schön gewesen, endlich eine Beschreibung von dem Kerl zu kriegen.

»Hast du den Brief noch?« Leichte Hoffnung schwang in Ines Worten mit, doch sie vermutete insgeheim, dass Carola ihn einfach weggeworfen hatte.

»Tut mir leid. Was sollte ich denn damit? Also ab in die Tonne. Konnte ja niemand wissen, dass das jetzt wichtig ist.«

Bingo! Ines hatte es vorausgesehen.

»Kommt das bei euch öfters vor?«

»Was?«

»Das jemand Blumen quasi anonym bestellt?«

»Nee, eigentlich so gut wie nie.«

»Du hast die Bestellung, sagen wir mal entgegengenommen, sie selbst gebunden und auch noch geliefert. Dazu kanntest du die Person, die die Blumen bekommen sollte, nämlich mich, genau und da willst du mir weismachen, dich hätte der Auftraggeber nicht interessiert? Erzähl das deiner Großmutter!«

»Mal ganz davon abgesehen, dass meine Oma schon lange tot ist, wie hätte ich das denn anstellen sollen, he? Klar war ich neugierig. Deshalb habe ich die Blumen auch selbst gebracht. Dachte, vielleicht krieg ich deinen Lover mal zu sehen. Und siehe da, der war doch wohl auch bei dir, oder?

Konnte einen kurzen Blick darauf werfen, als die Schwester die Tür aufmachte und dir die Blumen brachte. Aber irgendwie schienen dir die Blumen wohl nicht ganz zu gefallen.«

Ines erinnerte sich, dass der junge Doktor gerade Blut entnahm, als die Schwester die Blumen brachte. Ob Carola dachte, sie und der Arzt wären ein Paar? Na, egal. Aber wenn Ines genau überlegte, dann klangen Carolas Argumente einleuchtend. Trotzdem schmiss man normalerweise keinen Auftrag weg, auch wenn er anonym erteilt wurde. Man brauchte als Händler doch sicher einen Nachweis für die Steuerklärung oder falls sich jemand im Nachhinein beschwerte, weil irgendetwas schiefgelaufen war. Aber wie schon gesagt, egal. Thomas und Ines konnten da nichts machen, schon gar nicht beweisen, dass Absicht dahintersteckte. Also schon wieder eine Sackgasse. Es war zum Verrücktwerden.

»Hast du die Karten gelesen?«, wollte Ines wissen.

»Jetzt reicht es aber! Natürlich nicht. Schließlich waren die Briefumschläge zugeklebt.«

In diesem Moment betrat eine weitere Kundin das Blumengeschäft. Sie schaute fragend zu Carola.

»Ah guten Morgen Frau Jakoby. Was kann ich für Sie tun?«

»Äh, sind die Herrschaften denn schon fertig?«

Verunsichert schaute sie zu den beiden Beamten in Zivil.

»Keine Sorge. Die beiden wollten gerade gehen, stimmt's?«

Demonstrativ wandte sich Carola Frank ihrer Kundin zu, während Thomas mit der humpelnden Ines im Schlepptau den Laden verließ.

»Na, Freunde fürs Leben scheint ihr ja nicht zu sein«, stellte er grinsend fest.

»Kein Kommentar.«

»Aber du hast recht. Komisch ist das schon, dass sie diese

Briefe angeblich weggeworfen hat. Könnte es sein, dass es diese Briefe nie gab?«

Ungläubig hielt Ines in der Bewegung inne. Sie hatte gerade in den Wagen einsteigen wollen.

»Du meinst, sie steckt selbst hinter der Sache mit den Blumen?«

»Wäre doch möglich. Vielleicht deckt sie ja auch jemanden oder macht gemeinsame Sache mit ihm. Also ausschließen würde ich da erst einmal gar nichts.«

»Die Überlegung hat was. Das sollten wir auf jeden Fall im Hinterkopf behalten. Willimsky hat uns doch die Personaldecke gestärkt. Was hältst du von einem Observierungsteam? Im besten Fall führt uns Carola zum Täter. Und im schlimmsten Fall war es eben ein kostspieliges Unternehmen.«

»Gute Idee. Das machen wir.«

Thomas streckte anerkennend den Daumen in die Höhe. Zufrieden ließ sie sich in die Polster fallen.

Als sie schließlich im Büro erst einmal den anstehenden Papierkram erledigten, präsentierte Kollege Schulze Ines einen Schnellhefter mit Neuigkeiten über Carola Frank. Neugierig fing sie sofort an, darin herumzublättern.

»Das ist ja äußerst interessant! Carola hatte vor geraumer Zeit ein Verhältnis mit Sven Molander.«

Thomas blickte überrascht auf.

»Echt? Und, hilft uns das weiter?«

»Keine Ahnung! Aber sie scheinen sich nicht gerade im Guten getrennt zu haben. Da sind richtig die Fetzen geflogen.«

»Stimmt«, bemerkte Schulze. »Deshalb hat Peter das auch

in unserer Datenbank gefunden. Der Vorfall ist nämlich aktenkundig.«

Das interessierte Thomas natürlich, weshalb er von seinem Schreibtisch aufstand und sich zu Ines und Schulze gesellte.

»Klar, unser Peter, immer am Ball. Der Junge macht echt einen guten Job.«

»Meine Rede.«

Ines tippte mit dem Zeigefinger auf die Blätter in dem Ordner in ihrer Hand.

»Sven hat die Beziehung laut diesem Bericht in einem Restaurant beendet. Daraufhin ist Carola stinksauer geworden und ausgerastet. Sie hat ihn vor allen Leuten lautstark beschimpft und geohrfeigt. Danach fing sie an, ihn mit den Gläsern von ihrem Tisch, an dem die beiden kurz zuvor saßen, zu bewerfen. Das konnte das Personal natürlich nicht so hinnehmen. Da sie sich aber absolut nicht beruhigen lassen wollte, musste die Polizei gerufen werden. Die sorgte dann dafür, dass Molander das Lokal verlassen konnte und Carola hatte die ganzen Kosten an der Backe.«

»Was auch nur gerecht ist.«

»Sicher. Schließlich hat sie den Schaden angerichtet. Sven dachte bestimmt, wenn er seine Affäre mit ihr an einem öffentlich, gut belebten Ort beendet, dann traut sie sich nicht, aufzumucken. Aber da hat er die Rechnung ohne Carola gemacht.«

Ines konnte sich die Szene gut vorstellen. Sicher sehr peinlich für Sven, aber irgendwie war er auch selber schuld. Er wusste schließlich aus der gemeinsamen Schulzeit, welch ein Miststück Carola sein konnte. Mit diesen Frauen lässt man sich nicht auf ein Abenteuer ein.

»Weiter steht hier, und das ist das eigentlich Interessante, dass Carola Sven noch nachgerufen hat, dass ihm das Ganze noch sehr leidtun werde. Er solle sich in Zukunft gut umsehen, wenn er aus dem Haus ginge, weil er nie sicher sein könne, dass sie auf ihn lauere, um ihm den Schädel einzuschlagen.«

»Also das würde ich jetzt nicht für bare Münze nehmen.« Thomas zog die Augenbrauen hoch. »In der Wut sagt man schnell etwas Dummes, was man im Nachhinein betrachtet, nicht mehr tun würde.«

»Das sehe ich genauso. Aber wir müssen zur Sicherheit ihr Alibi überprüfen. Sollte es da Unstimmigkeiten geben, wäre sogar eine DNA-Probe fällig. Die könnte man dann mit den Spuren am Auto vergleichen.« Ines wandte sich Schulze zu. »Können Sie das zusammen mit Peter erledigen?«

»Sicher. Wir machen uns gleich auf den Weg.«

»Danke. Und vielleicht kann Peter auch noch herausbekommen, ob Carola Frank sich mit Autotechnik auskennt.«

Während Schulze sich entfernte, um Peter aufzusuchen, reichte Ines den Schnellhefter an Thomas weiter, damit er die Details selber noch einmal nachlesen konnte.

Die Gedanken wirbelten in ihrem Kopf herum. Sie glaubte nicht, dass Carola in irgendeiner Weise in den Unfall verwickelt war. Aber da gab es auch noch die Blumen im Kofferraum. Das sollte definitiv ein Hinweis für Ines sein. Tatsache blieb, dass eine Verbindung zwischen Sven und Carola, sowie Carola und den Blumen bestand. Auf der anderen Seite konnte das auch Zufall sein und gar nichts zu sagen haben. Sie seufzte. Somit schien doch wieder alles möglich. Nun gut, das bedeutete also: Weiter ermitteln, Fakten klären und sich in Geduld üben. Aber leider fühlte sie sich nicht unbedingt mit Geduld gesegnet. Sie konnte es gar nicht leiden, wenn sie in einem Fall nicht weiterkam. Und da es hier um die Sicherheit ihrer Familie ging, machte es die ganze Situation auch nicht erträglicher.

Das Telefon riss sie jäh aus ihren Überlegungen. Ines erhielt Bescheid, dass ihr neuer Gebrauchter angemeldet, vollgetankt und abholbereit auf sie wartete. Ah, welch ein Glück! Endlich wieder ein Stück Freiheit zurück! Ohne eigene Mobilität fehlte doch etwas. Prüfend begutachtete sie ihren Knöchel, drehte ihn etwas hin und her. Der Schmerz hielt sich in Grenzen. Sie hoffte, dass eigenhändiges Autofahren problemlos klappte. Zur Not wollte sie eben die Zähne zusammenbeißen.

Thomas bot ihr an, sie nach Dienstschluss hinzufahren, was sie dankbar annahm. Er musste schon grinsen, als er sah, dass Ines sich für einen Seat Ibiza 1.0 Eco TSI entschieden hatte. Dabei lächelte er nicht über die Automarke, sondern eher über die Farbe: Orange. Orange war nämlich Ines Lieblingsfarbe. Jetzt fehlten nur noch zwei schwarze Ralleystreifen, dann hätte man dieses Auto, farblich gesehen, in die Siebzigerjahre stecken können. Aber gut, wem's gefiel. Zumindest verlor man dieses Fahrzeug nicht so leicht aus den Augen.

Nachdem sie sich voneinander verabschiedet hatten und Ines endlich in ihrem Fahrzeug saß, schlug sie den Weg zu ihrer Mutter ein. Unterwegs rief sie vom Handy aus Danny an, sodass diese bereits am Gartentor auf sie wartete. Nach einem genauesten Inspizieren des neuen Fahrzeugs vonseiten Danielas, konnte es endlich nach Hause gehen.

Später, als Danny schlief, kuschelte sie mit Jan auf dem Sofa vor dem Fernseher.

»Geht's dir gut?«

Jan strich Ines zärtlich über den Oberarm und hauchte einen Kuss auf ihr nach grünem Apfel duftendem Haar.

»Ganz in Ordnung so. Aber der Fuß schmerzt schon noch ein bisschen.«

»Ich meinte nicht nur den Fuß. Wie sieht es in dir drinnen aus? Schließlich hat jemand versucht, erst deine Tochter und dann dich umzubringen.«

Behutsam nahm er ihren Fuß und legte ihn sich auf den

Schoß. Fürsorglich begann er die schmerzende Stelle zu massieren.

»Das tut wirklich gut. Hör bitte nicht auf damit«, ermunterte sie ihn.

»Du hast meine Frage nicht beantwortet«, blieb er hartnäckig. Sie seufzte.

»Natürlich mach ich mir Sorgen. Sehr große sogar. Ich weiß einfach nicht, nach was, und vor allen Dingen nach wem, ich suchen muss. Es gibt so viele Möglichkeiten, da bleibt uns gar nichts anderes übrig, als eines nach dem anderen auszuschließen. Aber ich bin guter Dinge. Willimsky hat eine Sonderkommission eingerichtet, die machen für uns die Laufarbeit. Ein Team observiert eine Verdächtige. Eine ganze Reihe von Leuten arbeitet die alten Fälle durch und schaut, wem ich in meiner Dienstzeit alles auf die Füße getreten bin. Und, und, und. Du siehst, es wird schon. Mit Geduld und Spucke, fängt man eine Mucke.« Sie lächelte. Doch kurz darauf wurde sie wieder ernst.

»Und was ist mit dir?«

»Du denkst dabei an die Sache mit meiner Mutter, nicht wahr?«

»Ja. Wir sind uns inzwischen wieder ziemlich nahe, aber ich habe immer noch das Gefühl, du hast mir nicht alles erzählt. Wenn wir aber eine Zukunft haben wollen, dann sollten wir auch ehrlich miteinander umgehen.«

»Ich habe dich nie angelogen.«

»Stimmt nicht ganz. Denk an deinen Kundentermin, den es nie gab. Außerdem, etwas verschweigen ist genauso schlimm, wie lügen. Zumindest für mich.«

»Bitte habe etwas Geduld mit mir. Du sollst alles erfahren. Es gab in meiner Kindheit Erlebnisse, die mein ganzes Leben veränderten. Außer meinem engsten Familienkreis weiß niemand etwas darüber.«

»Familienkreis? Du hast noch nie über Familie gesprochen. Ich dachte immer, das liege daran, dass deine Eltern eben schon verstorben sind.«

»Auch. Aber ich hatte auch eine Schwester, die ebenfalls nicht mehr lebt.«

»Das tut mir leid.«

Bestürzt nahm Ines wahr, wie sich Jan eine Träne aus dem Augenwinkel wischte. Tröstend legte sie eine Hand auf seinen Arm. Er ergriff ihre Hand und hielt sie fest.

»Bitte Ines, ich möchte jetzt nicht darüber reden. Aber du wirst alles erfahren. Versprochen. Ich muss nur erst einen klaren Kopf bekommen. Kannst du es noch ein bisschen aushalten?«

Ines nickte. Ein paar Tage mehr oder weniger auf Antworten zu warten, würde sie nicht umbringen, brachte aber die Chance, ihre Beziehung wieder zu festigen. Dankbar nahm er sie in den Arm und küsste sie zärtlich auf den Mund.

»Ich würde gerne noch ein bisschen an die frische Luft gehen und mir ein paar Gedanken durch den Kopf gehen lassen. Wäre das in Ordnung für dich? Ich denke, du wirst mit deinem Knöchel noch nicht mitkommen wollen.«

»Ja, du hast recht. Das ist mir noch ein bisschen zu heikel. Vor allen Dingen, weil ich auch schon den ganzen Tag durch die Gegend gehoppelt bin. Ich bin schon froh, dass das Autofahren wieder geklappt hat. Da ist es sicher sinnvoll, ihn jetzt nicht noch mehr zu belasten. Aber geh du nur. Ich werde mich schon mal hinlegen. Vielleicht hilft dir der Spaziergang. Bewegung an der frischen Luft bewirkt oft Wunder.«

Die Dunkelheit, die Jan draußen umhüllte, blendete tatsächlich viele Dinge aus, die ansonsten ablenkten. Seine Gedanken kreisten um die Frau, die er liebte. *Sollte er ihr wirklich alles erzählen? Würde sie die ganze Wahrheit verkraften?* Angst keimte in ihm auf, dass sie ihn danach verachten würde. *Alles lag doch schon so lange zurück. Warum konnte er einfach keinen Frieden finden?* Jan zog das Handy aus der Tasche und wählte. Er musste unbedingt etwas klarstellen. Doch sein gewünschter Gesprächspartner nahm den Anruf nicht entgegen. Er hinterließ eine Nachricht und schlug fröstelnd seinen Mantelkragen hoch. Der Nebel befeuchtete seine Haare und ein leichter Wind legte sich kühl auf seine Wangen. Jan schien das nicht zu bemerken. Gedankenverloren setzte er seinen Weg fort. Beim Vorbeilaufen reagierte ein Bewegungsmelder eines Hauseinganges, worauf das Licht einer Lampe neben der Tür ansprang. Die Straßenlaternen leuchteten diffus durch den Nebel, der sich immer stärker verdichtete. Doch Jan war so sehr in der Vergangenheit versunken, dass er das alles gar nicht wahrnahm.

Aus diesem Grund bemerkte er auch nicht den Schatten, der ihm lautlos folgte. Und es handelte sich dabei nicht um einen der Beamten vor Ines Wohnung. Eigentlich lautete die strikte Anweisung, jedem der Familie, der das Haus verließ, sofort nachzugehen, doch irgendwie übersahen sie Jan. Später konnte niemand mehr sagen, ob die beiden sich gerade in diesem Augenblick mit etwas anderem beschäftigten oder einfach nicht damit gerechnet hatten, dass jemand um diese Zeit noch das Haus verlassen könnte und somit nicht mehr so hoch konzentriert aufpassten. Der dichte Nebel war sicher auch nicht ganz unschuldig daran.

Der plötzliche Schlag gegen die Schläfe raubte ihm die Sinne. Den Schmerz bekam er nicht mehr mit, als er auf dem Gehweg aufschlug. Nur verschwommen bemerkte er die Schuhe, die ihm auf Anhieb bekannt vorkamen. Genau die waren es, die ihm brutal in die Seite gestoßen wurden. Luft entwich seiner Lunge und er schnappte wie ein Fisch auf dem Trockenen nach Sauerstoff. Instinktiv versuchte er, in dieser liegenden Position mit seinen Armen den Kopf zu schützen. Keine Sekunde zu früh, trotzdem erwischte der nächste Tritt seine Nase. Das Geräusch des brechenden Nasenbeins erreichte fast gleichzeitig mit dem Schmerz sein Bewusstsein. Blut lief ihm in den Mund. Und wieder trafen ihn Tritte: in den Rücken, in den Bauch, in die Seite. Jan spürte die Wut, die in diesen Gewalttätigkeiten lag und versuchte sie, so gut es ging abzuwehren. Er bemühte sich, aufzustehen, denn er wusste, solange er am Boden lag, hatte er keine Chance. Doch sein Gegner fand immer wieder eine Möglichkeit, ihn daran zu hindern. Und je länger sein Körper traktiert wurde, umso mehr ließen seine Kräfte nach. Als ihm schon fast alles egal war und er kurz davorstand, zu resignieren, hörte die Quälerei auf. Der Angreifer beugte sich von hinten über ihn, packte ihn an der Schulter und wisperte in sein Ohr:

»Na, wie gefällt dir das? Viele Grüße an deine Ines! Beim nächsten Mal überlebst du das nicht mehr. Sie soll merken, wie es ist, jemanden zu verlieren, den man liebt. Und sie kann gar nichts dagegen tun. Und du auch nicht! Hast du verstanden? Gar nichts! Sag ihr das!«

Ein letztes Mal landete ein Fußtritt in Jans Bauch, bevor der Unbekannte sich ohne jede Eile entfernte. Der Schmerz ließ ihn die Augen schließen, was es ihm unmöglich machte, den Täter zu erkennen.

Mit geballten Fäusten und wutschnaubend blieb er schließlich stehen. Er lehnte sich für einen Augenblick an die nächstbeste Hauswand, versuchte sich wieder unter Kontrolle zu bekommen. Nebel und Dunkelheit ließen ihn in seiner schwarzen Kleidung nahezu unsichtbar erscheinen. Trotzdem empfand er es als Glück, dass die Witterung die Menschen in den Häusern bleiben ließ. Heute ging nur der vor die Haustür, der einen guten Grund dazu hatte.

Langsam beruhigte sich der Mann wieder. Sein Instinkt hatte ihn also nicht getäuscht. Es war richtig gewesen, Jan Westermann im Auge zu behalten. Was hatte sich der Kerl nur dabei gedacht, ihm diese SMS zu schicken? Anscheinend wickelte ihn die Kommissarin um ihren kleinen Finger. War er denn total verrückt geworden? Das konnte er sich von ihm nicht bieten lassen. So nahe am Ziel, ließ er sich doch nicht alles vermasseln. Der Idiot hatte sich die Folgen selbst zuzuschreiben. Er hoffte nur, dass Westermann seine Lektion auch gelernt hatte. Anderenfalls bliebe nichts anderes übrig, als ihn für immer mundtot zu machen. Damit das nicht zur Notwendigkeit wurde, war nun Handeln angesagt. Es wurde Zeit, Nägel mit Köpfen zu machen. Bei der nächstbesten Gelegenheit würde er zuschlagen.

Scheiß auf den Plan. Ines Sandner, zieh dich warm an. Und dann mach dein Testament.

Ines konnte es nicht fassen. Innerhalb von nur sechs Wochen betrat sie das Krankenhaus schon zum dritten Mal in eigener Sache: Erst der Unfall des kleinen Max, dann war sie selbst einem Brandanschlag zum Opfer gefallen. Und nun lag Jan hier. Überfallen und zusammengeschlagen. An einen Zufall glaubte Ines nicht. Ihr ›*Feind*‹ hatte wieder zugeschlagen, dessen war sie sich sicher. Und nicht nur sie. Bei Willimsky sprangen alle Alarmglocken an. Deshalb kam Ines auch zu dem Vergnügen, von einem Kollegen in die Klinik gefahren zu werden. Und Monika konnte morgens um fünf schon bei Ines eintrudeln, damit die schlafende Danny sich nicht allein in der Wohnung befand, wenn sie aufwachte. Niemals würde sie das ihrer Mutter vergessen. Da war mehr fällig, als nur ein schickes Essen und ein bunter Blumenstrauß zum Muttertag.

Ines und ihr Chauffeur stürmten die Treppen hinauf und schlugen den Weg zur Intensivstation ein. Es begegneten ihnen kaum Menschen. Das gesamte Klinikum befand sich in Nachtruhe. Zum Glück gaben die schwarzen Sneakers, die sie trug, keine lauten Geräusche von sich.

Ihr Chef höchstpersönlich erwartete sie vor der Station. Als er Ines auf sich zukommen sah, gab er der Schwester ein Zeichen. Die brachte sofort einen sterilen Kittel und half Ines dabei, ihn überzuziehen. Willimsky trug bereits einen. Der Kollege, der Ines begleitet hatte, blieb nach einem Wink Willimskys vor der Stationstür als Wachtposten in Stellung.

»Und, wie geht es ihm?«

Willimsky blickte in angstvoll geweitete Augen, bevor er fürsorglich den Arm um seine Mitarbeiterin legte.

»Erschrecken Sie bitte nicht, wenn Sie ihn sehen. Aber er ist stabil und schwebt nicht in Lebensgefahr. Das ist jetzt erst einmal das Wichtigste. Die Einzelheiten soll Ihnen nachher der Doktor erklären.«

Durch die Glasscheibe der Tür, vor der die Schwester, der Ines und Willimsky folgten, stehen blieb, konnten sie bereits einen Blick auf Jan werfen. Viel sah man nicht von ihm. Die Schwester hielt die Tür auf, sodass die Kommissarin in Begleitung ihres Vorgesetzten eintreten konnte. Unbemerkt schloss Schwester Yvonne die Tür leise hinter den beiden und ließ sie allein.

Zögerlich näherte sich Ines dem Bett. Jans Kopf war stark einbandagiert. Sterile Wundauflagen und Heftpflaster bedeckten ein Auge und die Nase, über die zudem eine Atemmaske gestülpt war. Ein langer Kratzer überzog die Wange. Der linke Arm steckte von der Hand bis zur Schulter in einem dicken Verband, ein Fuß versteckte sich in einem Gipsschuh. Ein Wundbeutel hing an der Seite des Bettes, der zugehörige Abfluss lief unter der Bettdecke entlang. Ein Monitor über dem Bett piepste und blinkte, permanent wurden Herzfrequenz und Blutdruck angezeigt. Neben dem Bett befand sich ein Ständer, an dem verschiedene Infusionen hingen. *Novoaminsulfon* war eine davon. Ines wusste, dass es sich dabei um ein Schmerzmittel handelte. Sie hatte dieses selbst schon bei einem Bandscheibenvorfall vor zwei Jahren verabreicht bekommen. Ines schluckte ihre Beklemmung hinunter. Gut, dass Willimsky sie vorgewarnt hatte. Sie beugte sich über Jan und strich ihm vorsichtig über eine unverletzte Stelle des Gesichts.

»Hey du, was machst du für Sachen?«, flüsterte sie mehr, als sie sprach. Doch wie nicht anders erwartet, kam keine Reaktion.

»Ich verspreche dir, wir finden diesen Mistkerl. Das muss ein Ende haben, und wenn es das Letzte ist, was ich tue.«

Willimsky bemerkte, wie seine Beamtin bei diesen Worten die Hände zu Fäusten ballte. Er legte ihr, ähnlich wie vorher, die Hand auf die Schulter.

»Kommen Sie Ines. Im Moment können wir hier nichts tun. Lassen Sie uns mit dem Arzt sprechen.«

»Sie haben recht. Also gut, suchen wir den Arzt.«

Sie drehte sich schnell zur Tür, doch Willimsky waren die nassen Augen nicht entgangen. Er überlegte, ob er Ines nicht doch besser von dem Fall abziehen sollte. Die Vorschriften waren diesbezüglich eindeutig. Aber er wusste auch, dass gerade wegen des persönlichen Involviertseins Ines sich nicht davon abbringen lassen würde, diesen Fall zu lösen. Er hoffte, sie war professionell genug, um nicht durch ihre Gefühle auf eine falsche Fährte gelockt zu werden. Außerdem, wenn er sie von dem Fall abzog, würde das rein gar nichts ändern. Seine Mitarbeiterin stand aus irgendeinem Grund im Fokus dieses Typen. Und das hörte so schnell wohl auch nicht auf. Da war es wirklich das Beste, Ines im Boot und somit auch gleichzeitig unter Kontrolle zu haben.

Sie mussten den diensthabenden Arzt, einen gewissen Dr. Ibrahim, nicht lange suchen. Er wartete bereits auf sie und führte sie in seine Büroräume. Ungefragt füllte er drei Tassen mit Kaffee aus einer Kanne, die auf dem Sideboard stand, und stellte sie direkt vor Ines und Siegmund hin, nachdem sie auf seinen Wink hin in einer gemütlichen Ledersitzecke Platz nahmen. Ein Deckenfluter erhellte den Raum mit angenehm warmen Licht.

»Also, Ihr Lebensgefährte hat einiges abbekommen«, kam der Doktor sofort zur Sache. »Mehrere Knochenbrüche, innere Verletzungen, zum Glück nicht lebensbedrohlich, jede Menge Prellungen, Hautabschürfungen und Quetschungen. Dazu eine Platzwunde an der Schläfe und ein lädiertes Knie.«

Obwohl ihr bereits heiße Schauer über den Rücken liefen, sprach Doktor Ibrahim unbeirrt weiter.

»Es dauert zwar eine Weile, aber im Großen und Ganzen wird er wieder ganz gesund werden. Allerdings braucht das seine Zeit. Und es kann nicht ausgeschlossen werden, dass er später bei Wetterwechseln die ehemaligen Verletzungen spüren wird. Ich halte es sogar für sehr wahrscheinlich. Aber er wird nach dem Heilungsprozess und entsprechenden Rehamaßnahmen wieder voll beweglich sein.«

»Und die Kopfverletzung? Wie schlimm ist die?«

Ines verschränkte die Finger ihrer Hände ineinander, vor lauter Nervosität. Sie war sich nicht sicher, ob sie die Antwort wirklich hören wollte.

»Zum Glück gab es keine direkten Hirnverletzungen. Nur eine Gehirnerschütterung ersten Grades. Aber da er nun die notwendige Ruhe erhält, wird das wahrscheinlich keine Folgen für ihn haben.«

Ein erlösender Schnaufer entrang sich Willimskys Brust, womit er wieder bei Ines ins Bewusstsein trat. Sie hatte ganz vergessen, dass er sie begleitete.

»Liegt er im Koma?«

»Nein. Er hat aber ein starkes Beruhigungsmittel bekommen. Dieses Mittel in Kombination mit einem besonderen Schmerzmittel lässt ihn im Moment sehr tief schlafen. So spürt er keine Schmerzen und der Körper kann sich etwas erholen.«

»Wann können wir wieder mit ihm reden?«

»Vielleicht schon morgen oder übermorgen. Sie dürfen nicht vergessen, er kam gerade einmal vor einer Stunde aus dem OP. Geben Sie ihm etwas Zeit«, erklärte Dr. Ibrahim freundlich.

»Natürlich werden wir warten. Uns bleibt ja auch nichts weiter übrig. Wir hoffen, dass er den Angreifer gesehen hat oder uns irgendeinen Hinweis geben kann, mit dem wir weiterkommen.«

Das verstand der Doktor selbstverständlich, aber sie konnten im Moment nichts weiter tun, als den Dingen ihren Lauf zu lassen.

Nach einem kräftigen Schluck aus der Kaffeetasse bedankten sich die beiden bei dem Arzt. Sie beschlossen, noch einmal nach Jan zu sehen und dann in die Dienststelle zu fahren. Schließlich lohnte um kurz vor Sieben ein Abstecher nach Hause nicht mehr wirklich.

Jan lag selbstverständlich noch genauso in seinem weißen Krankenhausbett, wie vor einer halben Stunde. Als Ines Blick zum Nachttisch wanderte, hielt sie unwillkürlich den Atem an: Eine einzelne weiße Lilie war dort abgelegt worden. *Wie kommt die hierher? Blumen sind in dieser Abteilung strengstens untersagt. Und wie wurde diese an der Schwester und dem Beamten vorbeigeschmuggelt? Ich muss die beiden fragen. Sofort!* Willimsky sah die Lilie im selben Augenblick.

»Spätestens jetzt ist klar, dass es sich bei dem Angreifer um unseren Mann handelt. Der Überfall war kein Zufall«, stellte er nüchtern fest. »Kommen Sie Ines, wir haben viel zu tun!«

Der Überfall auf Jan wurde als Mordversuch eingestuft. Natürlich wussten alle, dass es für den Täter kein Problem gewesen wäre, Jan zu ermorden, als er die Lilie ablegte. Sie vermuteten daher, es handelte sich um eine Art Katz- und Mausspiel, bei dem die Katze noch ein bisschen mit ihrem Opfer spielte, bevor sie endgültig zuschlug. Man konnte nie sicher sein, was noch folgen würde.

Jans Bild wurde an die große Demonstrationstafel gepinnt, an der sie ihre Ergebnisse und Gedanken festhielten. Ines schaute sich die verschiedenen Personen noch einmal an. Viel gab es leider nicht zu sehen. Das Phantombild des *Bahnsteigschubsers* hatte leider bisher keine Ergebnisse gebracht. Niemand kannte den Mann. Dann gab es noch Harry Klein, der tote Kleinganove, der, wie sich herausgestellt hatte, Antonios Wagen stahl. Das dicke Fragezeichen hinter seinem Namen musste wohl oder übel noch eine Weile so stehen bleiben. Sven Molander. Musste er sterben, weil Ines in ihrer Schulzeit für ihn schwärmte? War es wirklich so einfach? Und Carola? Wie passte sie ins Bild? War sie ahnungslos, was die Blumenlieferungen betraf oder machte sie mit dem Täter gemeinsame Sache? Die Observation hatte bisher jedenfalls nichts Außergewöhnliches zutage gefördert.

Langsam trudelten die Kollegen der Sonderkommission ein. Willimsky setzte eine gemeinsame Besprechung an und kurz darauf waren alle zuständigen Beamten auf den neuesten Stand gebracht. Ines spürte das tiefe Mitgefühl der Kollegen von allen Seiten. Sie nahmen sich insgeheim vor, ihre Anstrengungen zu verdoppeln. Was sie auch sofort unter Beweis stellten, indem sich gleich zwei von ihnen auf den Weg machten und versuchten, durch Klinkenputzen Zeugen zu finden, die vielleicht den Überfall auf Jan mitbekommen haben könnten.

Und dann kam Peter. Sein Strahlen fiel Ines sofort ins Auge.

»Was ist los? Den Hauptgewinn in der Tombola gezogen?«

Eigentlich war ihr nicht nach Scherzen zumute. Aber sie wollte die Stimmung in der Abteilung nicht noch weiter drücken.

»Nicht ganz. Aber ich habe da was.«

Wortlos präsentierte er ihr einen Ausdruck.

»Noch ein Phantombild?« Überrascht schaute sie Peter an. »Vom Überfall? Das ging aber schnell!«

Peter schüttelte den Kopf.

»Tut mir leid. Nicht vom Überfall. Aber wir haben einen Zeugen, der jemand gesehen hat, der am Auto von Sven Molander herumgestanden ist.«

»Oh. Ist der Zeuge glaubwürdig?«

»Hundertprozentig. Ein junger Mann mit absolut korrektem Leumund. Und guten Augen! Da es dunkel war, sah er ihn nicht ganz genau. Aber wir haben nun zumindest Größe, ungefähres Alter und er trug keinen Bart. Außerdem sportlich und …«, er machte eine kurze Pause, schaute, ob er auch wirklich ihre volle Aufmerksamkeit besaß, »… und unser Zeuge konnte für einen ganz kurzen Moment im Lichtschein eines Feuerzeuges sein Gesicht sehen. Allerdings, wie gesagt, nur ganz kurz. Sicher nichts Detailreiches, aber zumindest eine grobe Vorlage. Besser als nichts.«

»Im Lichtschein eines Feuerzeuges? Na, der hat vielleicht Nerven! Hat sich wohl sehr sicher gefühlt, wenn er sich sogar eine Zigarette ansteckte! Wie ich sehe, trug er eine

Pudelmütze. Ich kann dann wohl davon ausgehen, dass wir seine Haarfarbe nicht kennen, oder?«

»Ja leider. Aber vielleicht erkennt ihn doch einer. Kommissar Klausmann hat sich schon ein paar Leute geschnappt und ist vor Ort, um die Anwohner zu befragen.«

»Deshalb habe ich Thomas also heute Morgen noch gar nicht zu Gesicht bekommen. Ich wunderte mich schon. Ich glaube, ich muss mal ein ernstes Wörtchen mit ihm reden und ihm klar machen, wer hier die Leitung hat. Das nächste Mal soll er sich gefälligst bei mir abmelden!«

An ihrem Ton erkannte Peter, dass Ines nicht wirklich verstimmt war. Und als sie auch noch erfuhr, dass vor dem Überfall auf Jan ebenfalls ein bartloser Mann mit sportlicher Figur und Pudelmütze gesehen wurde, da verrauchte der leichte Unmut über Thomas Eigenmächtigkeit sowieso komplett. Vielleicht brachte das Phantombild sie ja endlich auf eine heiße Spur, auch wenn nur eine winzig kleine Chance bestand.

Ausgelaugt von unzähligen Telefonaten, Rücksprachen mit Kollegen, Berichterstattung in der Chefetage, der Arbeitskoordinierung ihres Ermittlungsteams, und gefühlten tausend anderen Dingen mehr, erreichte sie ihr Zuhause. Kaum, dass sie in der Tür stand, lief ihr auch schon Daniela entgegen. Abwehrend hielt Ines die Hände vor sich, denn sie befürchtete, Daniela würde sie voller Ungeduld umrennen. Monika kam hinter ihr her, jedoch in gemäßigtem Tempo.

»Und?«

Dieses eine Wort von Danny reichte vollkommen aus. Ihre Mutter wusste ganz genau, welche Gedanken in dem kindlichen Kopf umherschwirrten.

»Jan wird wieder gesund. Allerdings wird das eine Weile dauern.«

Sie nahm ihre Tochter in die Arme und drückte sie an sich. Auch Monika entspannte sich ein wenig.

»Hast du Hunger?«

Ines schüttelte den Kopf, während sie sich von Danny löste und die Jacke an die Garderobe hängte. Nebenbei streifte sie ihre Schuhe von den Füßen und genoss das Gefühl, auf Socken zu laufen. Der Knöchel schmerzte fast gar nicht mehr.

»Schätzchen, du musst aber etwas zu dir nehmen, du kippst mir sonst irgendwann aus den Latschen. Damit ist niemandem geholfen. Ich bestehe darauf, dass du etwas isst. Verstanden?«

Monikas strenger Blick duldete keinen Widerspruch. Ergeben griff Ines nach dem mit Schinken und Ei belegten Brot, das Monika ihr auf einem Teller reichte. Zusammen setzten sich die drei ins Wohnzimmer. Während sie zwischendurch immer wieder lustlos von ihrem Brot abbiss, erzählte Ines, soweit es im Bereich des Erlaubten lag, von ihren Ermittlungen. Daniela und Monika hatten aufgrund der Ereignisse einfach ein Recht darauf zu erfahren, wie sie vorankamen, zumindest in den Augen von Ines. Und es tat den beiden offensichtlich gut, mit einbezogen zu werden. Es half ihnen, mit der ganzen Situation besser umzugehen.

Als Daniela im Bett lag, saßen die beiden Frauen noch ein bisschen beieinander.

»Sag mal Ines, hast du dir schon Gedanken fürs Wochenende gemacht?«

»Ich nehme an, du meinst euren Ausflug nach Tengen?«

Monika nickte. Grübelnd wiegte Ines den Kopf hin und her.

»Vielleicht sollten wir es einfach riskieren. Daniela hat die letzte Zeit so viel erlebt, da wäre ein bisschen Ablenkung bitter nötig.«

»Ganz meine Meinung.«

»Aber ihr müsst mir versprechen, dass ihr immer in der Nähe des Beamten bleibt, der euch selbstverständlich begleiten wird. Und ihr nehmt beide eure Handys für den Notfall mit!«

»Kein Problem.«

»Und noch etwas: So leid es mir tut, aber ihr dürft Max auf keinen Fall mitnehmen. Das ist mir dann doch zu gefährlich.«

Ines war klar, was sie da verlangte, weil sie wusste, wie viel Spaß den Kindern es machte, solche Erlebnisse zu teilen. Aber sie wollte den Jungen nicht zusätzlich in Gefahr bringen. Das musste einfach nicht sein.

»Das wird Danny schon verstehen. Ich bin froh, dass du so über die Sache denkst und nicht anfängst, Daniela vor lauter Sorge einzusperren.«

»Wir können so oder so nicht jedes Risiko ausschließen. Aber wir versuchen, es so gut wie möglich zu minimieren. Trotzdem brauchen wir auch ein gewisses Maß an Normalität in unserem Alltag, sonst werden wir komplett verrückt. Außerdem glaube ich, dass ihr beide in so einer Menschenansammlung relativ sicher seid. Schließlich müsste er sich der Gefahr aussetzen, entdeckt zu werden. Es gäbe einfach zu viele mögliche Zeugen. Darum halte ich es für vertretbar, dieses Restrisiko einzugehen.«

»Das finde ich gut. Wann willst du übrigens Jan besuchen?«

»Vermutlich morgen, irgendwann im Laufe des Tages. Sollte er wach werden, benachrichtigt mich das Krankenhaus. Ich gebe euch Bescheid, sobald ich etwas Neues über seinen Zustand erfahre.«

»Mach dir nicht zu viele Sorgen. Es wird bestimmt alles gut«, versuchte Monika ihre Tochter zu trösten.

›*Lieber Gott mach, dass sie recht behält!*‹, dachte Ines bei sich, während sie tapfer lächelte und ihre Mutter noch einmal kräftig drückte, bevor die Ines Wohnung verließ.

Da ihr andauernd Jan und dieser komplizierte Fall im Kopf herumspukte und somit auch an Schlaf absolut nicht zu denken war, setzte sie sich an ihren Computer, um noch ein bisschen zu arbeiten. Sie verfügte als Beamtin in leitender Funktion über eine zusätzliche Homeoffice-Leitung, um sich jederzeit bei Bedarf von zu Hause aus in den Polizeiserver einloggen und auf den neuesten Stand bringen zu können.

Zuerst rief sie ihren E-Mail-Account auf. Wie befürchtet, lagen inzwischen jede Menge Nachrichten in ihrem Postfach. Ines öffnete eine, die ihr Interesse weckte, weil im Betreff ›*Genesungswünsche*‹ stand. Sie kannte den Absender nicht. Trotzdem sah sie keine Bedenken, die Nachricht zu öffnen. Sie vertraute da ganz auf die Sicherheitssoftware. Doch als sie sah, was da stand, lief es ihr eiskalt den Rücken herunter.

Hallo Ines,
nun siehst du, wie es ist, wenn einem geliebten Menschen etwas passiert. Aber das ist erst der Anfang. Angst sollst du haben, jeden Tag. Angst auf die Straße zu gehen, Angst davor, dass das Telefon läutet und für dich eine schlechte Nachricht bereithält. Denn ich beobachte dich und deine Familie ganz genau. Keiner wird je sicher vor mir sein. Ich kann jederzeit zuschlagen. Du wirst nacheinander alles verlieren, was dir lieb und teuer ist. Und du kannst nichts, aber auch gar nichts dagegen tun. Am Schluss bist du selber dran. Und glaube mir, das wird die Krönung für mich. Unendliche Schmerzen halte

ich für dich bereit. Du wirst mich anbetteln, sterben zu dürfen. Auf dieses Versprechen gebe ich dir Brief und Siegel.

Eine Unterschrift fehlte. Aber das war auch nicht nötig, denn eine weiße Lilie prangte unheilvoll unter dem Text. Der Absender gab sich namentlich nicht zu erkennen. Uhrzeit des Sendevorganges: 19 Uhr 58. Natürlich stellte es für die Polizei kein Problem dar, den entsprechenden Computer über die IP-Adresse herauszufinden, aber das sollten die Kollegen der IT-Abteilung erledigen.

Sie fröstelte. Vielleicht sollte sie in diesem Fall ihre Entscheidung bezüglich des Ausflugs doch noch einmal überdenken. Aber das hatte Zeit. Jetzt musste erst einmal Wichtigeres erledigt werden. Sie griff zum Telefon, aber nur, um es gleich darauf wieder zurückzulegen. Wenn sie es genau betrachtete, konnte das auch bis zum Morgen warten. Auf die paar Stunden kam es jetzt wirklich nicht mehr an. Schließlich wartete der Absender sicher nicht brav an seinem Computer, bis er ausfindig gemacht werden konnte. Und die Computerspezialisten brauchten auch ihren Schlaf, genau wie sie. Deshalb ging sie ebenfalls zu Bett. Hoffentlich würde sich der erholsame Schlaf einstellen. Obwohl viele Dinge in ihrem Kopf herumschwirrten, schlief sie dann doch ziemlich schnell ein. Die Anstrengungen des Tages forderten eben ihren Tribut.

Nach dem Frühstück, zu dem Ines die Beamten vor ihrer Tür ebenfalls einlud, schnappte sich Daniela ihre Schultasche. Oberwachtmeister Konrad Obermeier, Marke gemütlicher Brummbär, Mitte fünfzig und seine junge Kollegin, Wachtmeister Anita Schröder, alberten mit ihr noch ein bisschen herum, bis sich die drei auf den Schulweg begaben. Die anderen Klassenkameraden hatten sich inzwischen an den Anblick des Polizeiwagens gewöhnt, der Daniela und ihre Freundin zur Schule brachte. In der Schule selbst konnte sich Daniela frei bewegen. Die Beamten bezogen Posten im Foyer, wo sie genau im Blick hatten, wer die Schule betrat und wer nicht. Ein ungewöhnliches Bild, doch niemand beschwerte sich. Auch nicht, wenn er sich bei den Polizisten ausweisen musste. Wer weiß, vielleicht benötigte ja beim nächsten Mal das eigene Kind besonderen Schutz.

Ines traf zeitgleich mit ihrem Kollegen Thomas Klausmann auf der Dienststelle ein. Sie informierte ihn kurz über die erhaltene Mail. Der Laptop klemmte unter ihrem Arm und Peter brachte ihn zu den IT-Spezialisten ein Stockwerk höher. Die warteten bereits auf das Teil, dank eines informativen Anrufs von Ines.

»Ist eigentlich etwas bei der Observation von Carola Frank herausgekommen?« Fragend schaute sie zu Thomas herüber. Doch der schüttelte bedauernd den Kopf.

»Leider nicht. Sie scheint ein ganz normales Leben zu führen, nichts Auffälliges. Kein Kontakt zu irgendjemand, der mit dir in Verbindung zu bringen wäre. Sie ist übrigens bei ihren Kunden im Blumengeschäft wie auch in der Nachbarschaft ihrer Wohnung sehr beliebt. Engagiert sich stark in der Flüchtlingshilfe, ehrenamtlich, mehrere Tage in der Woche.«

»Das ist stark«, erkannte Ines an. »Hört sich für mich nicht so an, als hätte sie noch Zeit für irgendwelche Rachespielchen oder was auch immer.«

Thomas verstand, was sie meinte. Also wieder eine Sackgasse.

»Vielleicht suchte der Täter Carola ja mit Absicht als Blumenlieferant aus, um uns an der Nase herumzuführen.«

»Auszuschließen ist das sicher nicht. Wenn ich es recht

überlege, sogar sehr wahrscheinlich. Das würde allerdings bedeuten, ihm ist bekannt, dass Carola und ich uns kennen.«

»Ich denke, er weiß eine ganze Menge über dich. Das lässt nur folgenden Schluss zu: Entweder er kennt dich schon sehr lange, oder er hat dich genau studiert und sich über dich schlaugemacht, nachdem irgendetwas in seinem Leben passiert ist, dass mit dir zu tun haben muss.«

Soweit so gut. Diese Schlussfolgerungen hatte Ines schon lange selbst angestellt. Man brauchte nicht besonders helle im Kopf sein, um darauf zu kommen. Sie ging zum Fenster, öffnete es und atmete tief ein. Die frische Luft tat gut. Aus einiger Entfernung wehte das Getöse eines Laubbläsers herüber. Sie drehte sich abrupt um.

»Wir haben schon einige Leute aus alten Akten überprüft. Menschen, mit denen ich beruflich zu tun hatte und die nicht besonders gut auf mich zu sprechen sind. Bis jetzt verfügen alle über ein Alibi für die fraglichen Vorfälle. Aber natürlich gilt es, noch Dutzende zu überprüfen. Die Kollegen sind dran. Ich frage mich, ob wir vielleicht in die falsche Richtung schauen und ganz woanders suchen sollten?«

»Und das wäre wo?«

»Keine Ahnung. Vielleicht bin ich auch nur zufällig als Opfer ausgesucht worden. Es könnte doch auch sein, dass der Täter einfach Spaß daran findet, jemand in Angst und Schrecken zu versetzen.«

»Nun, ein Brandanschlag auf dich und ein versuchter Mordanschlag auf deine Tochter ist schon mehr, als nur jemanden in Angst und Schrecken zu versetzen. Und dann ist da auch noch die Sache mit Jan. Ganz zu schweigen von den manipulierten Bremsen an Molanders Auto. Aber kann es nicht sein, dass es da irgendeinen Menschen aus deinem ganz persönlichen Umfeld gibt, der etwas gegen dich hat?«

Sie legte die Stirn in Falten, Gedanken rasten durch ihren Kopf – ohne Ergebnis.

Im selben Moment betrat Willimsky mit Peter im Schlepptau den Raum.

»Kommen Sie beide bitte mit in den Besprechungsraum, es gibt Neuigkeiten«, forderte er und schlug selbst die Richtung dorthin ein. Peter folgte wie ein Hündchen, einen Stapel Blätter unter dem Arm geklemmt und strahlend wie ein Honigkuchenpferd. Sollte endlich eine heiße Spur aufgetaucht sein? Ines hoffte es inständig.

Schließlich saßen alle um den großen Tisch im Raum. Peter teilte ein paar Blätter an jeden Beamten der Sonderkommission aus. Willimsky, der am Ende des Tisches stand, wartete ab, bis Ruhe einkehrte. Erst als alle ihre Augen gespannt auf ihn richteten, ergriff er das Wort.

»Wie Sie wissen, brachte uns Hauptkommissarin Sandner heute Morgen ihren Computer zur Auswertung mit. Die Ergebnisse liegen nun vor. Es konnte einwandfrei nachgewiesen werden, dass die E-Mail von einem Internetcafé aus versendet wurde. Leider hat sich unser Täter die Zugangsdaten eines völlig unbescholtenen Bürgers verschafft, um Hauptkommissarin Sandner zu kontaktieren. So viel also zum Thema Passwortschutz. Selbstverständlich wurde die zutreffende Person überprüft und entsprechend informiert. Dem Account wurde ein neues Passwort hinzugefügt.«

Leises Gemurmel der Anwesenden erfüllte den Raum. Siegmund stoppte seine Ausführungen, ließ seinen Leuten Zeit, das Gehörte auf sich wirken zu lassen. Nervös strich sich Ines eine Strähne ihres Haares aus dem Gesicht. Ging das denn nicht schneller? Er sollte endlich zur Sache kommen und die Fakten auf den Tisch legen. Als hätte er ihre Gedanken gelesen, fuhr er fort:

»Ich telefonierte persönlich mit dem Inhaber dieses Cafés. Er erinnert sich sehr genau an den Kunden, der um die fragliche Zeit genau an diesem Computer saß. Ein Mann um die vierzig, schlank, bartlos mit Pudelmütze.«

Gespannt sah er in die Runde. Wie nicht anders zu erwarten, besaß er nun die ungeteilte Aufmerksamkeit der gesamten Mannschaft.

»Außerdem erkannte er, dass besagter Mann dunkelblondes Haar aufwies. Eine Strähne lugte aus der Mütze hervor. War wohl aus Versehen verrutscht.«

»Wenn er den Mann so gut beschreiben kann, wie siehts dann mit einem neuen Phantombild aus?«

Ein junger Kollege aus Tuttlingen, extra zur Unterstützung nach Villingen abbeordert, stellte diese Frage. Wilimsky winkte ab.

»Selbstverständlich wird er uns darin unterstützen. Er kommt im Laufe des Tages vorbei. Sobald das neue Phantombild erstellt ist, geben wir es zur Fahndung raus. Wäre doch gelacht, wenn wir da nicht weiterkommen.«

Zuversichtlich löste er die Besprechung auf. Jeder Einzelne des Teams wusste, was er zu tun hatte.

»Also gut, dann brauche ich jetzt ja nur noch die Akten mit dunkelblonden Männern um die vierzig überprüfen! Was für eine Erleichterung!«

Diese Aussage gab Ines natürlich im Scherz ab, aber sie bewies auch eine Portion Frustration. Plötzlich klingelte ihr Telefon. An der Art, wie sie das Gespräch entgegennahm, merkte Thomas, dass irgendetwas geschehen sein musste.

»Jan ist aufgewacht.«

In diesen drei Worten lag eine immense Erleichterung, was noch durch das Erstrahlen ihrer rehbraunen Augen unterstrichen wurde. Ihr Kollege quittierte das mit einem mitfühlenden Lächeln. Mit einer wedelnden Handbewegung wies er zur Tür.

»Dann ab mit dir und nichts wie hin.«

»Und wenn der Zeuge aus dem Internetcafé kommt?«

»Dann kann ich ihn auch allein befragen. Los, geh schon. Sonst bist du heute sowieso nicht mehr zu gebrauchen!«

Er zwinkerte ihr aufmunternd zu. Dankbar nahm sie sein Angebot an. Etwas wehmütig sah Thomas ihr nach, als seine hübsche Kollegin mit vor Aufregung roten Wangen das Zimmer verließ.

Ines traf Monika, die sie von unterwegs aus informiert hatte, vor dem Eingang des Klinikums. Einen Moment lang lagen sie sich schweigend in den Armen, bevor sie die Treppe hinaufliefen. Den Weg kannten sie inzwischen zur Genüge. Dieses Mal konnten sie ihn wenigstens bei Tag zurücklegen.

Eine Schwester nahm die beiden in Empfang. Und wieder wurden sie in diese keimfreien, grünen Kittel gesteckt.

Zu Jans Sicherheit saß ein Beamter außen im Flur direkt neben der Tür zum Krankenzimmer. Er grüßte mit einem respektvollen Nicken, und da er Ines persönlich kannte, war eine Überprüfung des Besuchs unnötig.

Langsam betraten sie den Raum, in dem Jan immer noch allein ruhte. Während Ines sich zögernd dem Bett näherte, blieb Monika am Fußende stehen. Da die Beatmungsmaske zwischenzeitlich entfernt worden war, konnten die beiden Frauen die Spuren der Misshandlung deutlich in Jans Gesicht erkennen. Er schien fest zu schlafen, sodass sich Ines auf den Stuhl neben dem Bett sinken ließ und zärtlich mit dem Zeigefinger über seinen Handrücken strich. Sie schrak heftig zusammen, als sie spürte, wie seine Hand ihre umklammerte. Die Augenlider flatterten, als er Ines Worte vernahm.

»Hallo mein Schatz. Willkommen zurück.«

Erleichtert beobachtete sie, dass ein Lächeln sein Gesicht überzog, seine Lippen ein schwaches ›*Hallo*‹ formte. Sofort wich dieses Lächeln einem sorgenvollen Ausdruck.

»Geht es dir gut? Ist alles in Ordnung bei euch?«

»Alles gut. Das einzig Ungute ist, dass du hier liegst und kaum ein Knochen an dir heil blieb. Aber wir haben eine Spur. Wir werden den Kerl kriegen und dann gnade ihm Gott!«

Jans Mimik zeigte, dass er in diesem Punkt weniger Hoffnung besaß.

»Kannst du dich noch an den Überfall erinnern?«

Sie musste ihn das fragen, denn vielleicht konnte er Angaben machen, die hilfreich waren. Deshalb wartete sie auch sehr gespannt auf seine Antwort. Er schloss für einen Moment die Augen. Sie merkte, wie er ihre Hand fester drückte. Die Erinnerungen schienen ihn deutlich zu belasten. Schließlich nickte er.

»Er tauchte plötzlich auf.« Ines musste sich hinunterbeugen, um die Worte besser verstehen zu können. »Wie ein Gespenst aus dem Nebel, und er schlug sofort zu. Deshalb hatte ich auch keine Chance, mich zu wehren. Er trat und prügelte immer und immer wieder auf mich ein.«

»Wollte er dein Geld?«

Jan schüttelte den Kopf.

»Er hat mir Grüße an dich aufgetragen.«

Ihr stockte der Atem. Natürlich wusste sie vom ersten Augenblick an, dass es sich um ihren mysteriösen Täter handelte. Das hatte er durch die Lilie im Krankenzimmer, die übrigens inzwischen entfernt worden war, und durch die Mail klargestellt. Aber dass er Jan so direkt auf Ines ansprach, damit hatte sie nicht gerechnet. Sie wollte nicht, dass er ihre innere Unruhe spürte.

»Mir ist klar, wie schwer das Ganze für dich ist. Aber kannst du dich noch an die genauen Worte erinnern? Was genau solltest du mir ausrichten?«

Obwohl Jan sehr erschöpft zu sein schien, schaute sie ihn auffordernd an, während sie gleichzeitig beruhigend über die lädierte Wange strich. *Könnte das der Durchbruch sein?* Jan schloss die Augen, atmete tief ein und ließ die Luft in seinen Lungen mit einem Zischen wieder entweichen. Ganz nah, sodass sein Atem ihr Gesicht streifte, zog er Ines wieder zu sich heran.

»Er meinte, du sollst fühlen, wie es ist, einen Menschen zu verlieren.«

»Aber ich habe dich nicht verloren, auch wenn du schwer verletzt bist.« Doch dann weiteten sich die Augen vor Entsetzen. »Er beschränkt das nicht auf dich, stimmt's? Dieses Arschloch will damit sagen, dass alle Menschen um mich herum in Gefahr schweben. Ist es das, was du mir sagen sollst? Meine Freunde, meine Kollegen, meine Nachbarn …, aber vor allen Dingen meine Familie. Er will, dass ich vor Angst zittere, mich nicht mehr aus dem Haus traue, Tag und Nacht meine Familie wie eine Glucke bewache und psychisch komplett einknicke. Aber da hat sich der Herr die Falsche ausgesucht. Der kennt unsere Möglichkeiten nicht. Wir lassen uns doch von dem nicht einschüchtern.«

Lauter als beabsichtigt entfuhren ihrer Kehle die Worte, die ihre gesamte Wut, den Hass auf diesen Mistkerl ausdrückten.

Beruhige dich. Atme langsam aus und ein und komm wieder runter. Du willst nicht, dass er merkt, wie beunruhigt du bist. Aber vermutlich hast du das gerade eben mit diesem Ausbruch vermasselt. Gratuliere.

»Er ist gefährlich. Ihr müsst auf euch aufpassen.«

Der Druck seiner Hand verstärkte sich. Dabei hob er den Kopf leicht an. Seine halb geöffneten Augen schienen sie anzuflehen.

»Es ist alles geregelt. Eine Sonderkommission sucht nach ihm. Wir haben Hinweise auf sein Aussehen. Heute Nachmittag wird ein Phantombild erstellt. Dann haben wir etwas, mit dem wir arbeiten können. Langsam zieht sich das Netz um ihn zu.«

»Was ist mit Danny? Ihr darf nichts passieren!«

»Keine Angst. Für Danny ist gesorgt. Sie steht unter Polizeischutz. Sie wird rund um die Uhr von immer ein bis zwei Polizisten beschützt. Dasselbe gilt auch für mich und meine Mutter. Und vor deiner Tür steht auch ein Beamter. Du siehst, wir sind auf alles vorbereitet. Sorge dich nicht, werde nur schnell wieder gesund.«

»Aber als du in dem brennenden Haus warst, meinte dein Informant da nicht, der Täter sei in den Reihen der Polizei zu suchen?«

»Schon, aber sicher nur eine Finte, um mich allein dahin zu locken. Trotzdem werden wir natürlich diese Möglichkeit mit in unsere Überlegungen einbeziehen.«

»Gut.«

Erschöpft ließ er sich in die Kissen sinken, schloss die Augen. Kurz darauf schlief er ein. Ines betrachtete ihn noch eine Weile. Monika stellte sich hinter sie und legte ihr eine Hand auf die Schulter.

»Komm, lass uns gehen. Jan braucht jetzt Ruhe. Nun weiß er, dass es euch gut geht. Das beruhigt ihn bestimmt.«

Vermutlich hatte Monika recht. Trotzdem fiel es Ines schwer, seine Hand loszulassen. Ihr war noch nie vorher so sehr bewusst geworden, wie sehr sie ihn liebte. Warum musste immer erst etwas passieren, damit man begriff, worauf es im Leben wirklich ankommt? Das Papiertaschentuch, mit dem sich Ines eine Träne wegwischte, fiel ihr aus der Hand. Erst als sie sich bückte, fiel ihr das kleine Stück Papier auf, das unter Jans Bett lag. Monika blickte ihr neugierig über die Schulter, als Ines das kleine Bild betrachtete.

»Was ist das?«

»Scheint ein sehr altes Foto zu sein. Eine junge Frau und ein kleines Mädchen sind zu sehen.«

Mit ernster Miene warf Monika einen Blick darauf. Etwas an dem Bild faszinierte Ines, ohne zu wissen, was es sein könnte. Dass es im Sommer fotografiert wurde, bewies eindeutig das weiße, kurzärmelige Kleid, das die Kleine trug. Ihre kurzen Beine mit den ebenfalls weißen Kniestrümpfen baumelten über die Kante der Bank. Den Kopf lehnte das Mädchen vertrauensvoll an die Schulter der Frau, die neben ihr saß. Während sie den Arm um die Kleine gelegt hielt, blickte sie ernst, schon ein wenig traurig in die Kamera.

»Was glaubst du, wie das hierherkommt?«

Ines zuckte mit den Schultern.

»Vielleicht hat es eine Schwester verloren. Oder eine Putzfrau. Oder sonst wer. Keine Ahnung.«

»Und wenn es Jan gehört?«

»Jan? Wie kommst du denn darauf?«

»Nun, es ist sein Zimmer!«

»Aber Mama, wie sollte er es denn verlieren, vorausgesetzt es gehört ihm tatsächlich. Jan ist ans Bett gebunden, er kann hier nicht einfach aufstehen, rumlaufen und in seinen Sachen wühlen, wobei dann etwas herunterfallen könnte. Außerdem habe ich das Bild noch nie gesehen. Du etwa?«

»Nein, dieses Foto kenne ich auch nicht«, erklärte Monika kopfschüttelnd, während sie den Blick nicht davon lösen konnte.

»Na siehst du. Weißt du was? Wir legen das Bild trotzdem einfach auf den Nachttisch. Wenn es jemandem vom Personal gehört, wird man es entdecken und mitnehmen. Es scheint schon einige Jahre alt zu sein, da handelt es sich bestimmt um ein wichtiges Erinnerungsstück.«

Sprach's und drapierte es hochkant direkt neben der Teetasse. Noch ein letztes Mal studierte sie das Foto, wunderte sich selbst darüber, was genau ihr daran so bedeutsam vorkam. Diese Gesichtszüge des Mädchens vielleicht? Leise verließen beide den Raum.

Es war zum Verrücktwerden. Warum hatte er nicht besser aufgepasst? Ein Phantombild von ihm, das fehlte noch. Hörte sich an, als hätte Kolzewski ihn tatsächlich auf dem Schirm. Das galt es zu verhindern.

Dieses Mal achtete er peinlich darauf, unsichtbar zu bleiben. Schattengleich huschte er in den Hinterhof. Ein Blick auf die Armbanduhr bestätigte, dass das Internetcafé noch geschlossen hatte. Nach allen Seiten sichernd, schaute er sich um. Das Schloss an der Hintertür rang ihm nur ein müdes Lächeln ab. In Sekundenschnelle hatte er es nahezu geräuschlos überwunden. Ebenso lautlos schlüpfte er in das Gebäude, ohne dass auch nur irgendeine Menschenseele von ihm Notiz genommen hätte.

Im Flur hielt er einen Augenblick inne, damit sich die Augen an das schummerige Licht gewöhnen konnten. Musik drang durch die geschlossene Tür vom Gast- und Computerraum an sein Ohr, die fröhlich mitgepfiffen wurde, begleitet von Wasserrauschen und Geschirrgeklapper. Vermutlich sorgte der Inhaber gerade für Ordnung. Langsam schlich sich der Mann im Flur nach vorne.

Tut mir wirklich leid für dich Kumpel. Hättest du nur deine Schnauze gehalten.

Nachdem die beiden Frauen sich voneinander verabschiedet hatten, erlaubte sich Ines einen kurzen Abstecher zu ihrem Lieblings-Kebab-Laden, bevor es wieder ins Büro ging. Als Allererstes fragte sie ihren Kollegen nach dem neuen Zeugen. Doch Thomas hob bedauernd die Schultern hoch.

»Tut mir leid, der ist bis jetzt noch nicht aufgetaucht.«

»Ruf ihn doch mal an. Vielleicht hat er es vergessen.«

»Glaube ich zwar nicht, aber schaden kann es ja auch nicht.«

Resigniert legte Thomas wieder auf, als sich auch nach dem sechsten Freizeichen niemand meldete.

»Er nimmt nicht ab. Könnte sein, dass er schon auf dem Weg ist. Vielleicht warten wir einfach noch ein bisschen.«

Ines befiel ein ungutes Gefühl. Endlich schienen sie eine Spur zu haben und nun tauchte der Zeuge nicht auf. Wie passend! Sie konnte nicht mehr warten, sie wollte Gewissheit.

»Komm, lass uns hinfahren. Vielleicht bin ich ja schon schizophren, aber zur Not können wir seine Aussage auch bei ihm zu Hause bekommen. Ich spür so eine Unruhe in mir, deshalb will ich wissen, was los ist. Vielleicht bekam er eine Drohung, die ihm untersagt, auszusagen.«

»Ines, du siehst Gespenster. Aber wenn es dich beruhigt, bitte sehr, schauen wir eben nach dem Mann.«

Ob Thomas von ihrer Unruhe genervt war, interessierte Ines in diesem Augenblick nicht. Der Dienst-BMW suchte sich seinen Weg durch den ruhigen Verkehr. Als sie ankamen, war das Café geschlossen. Nichts Besonderes, denn es öffnete normalerweise erst in einer halben Stunde. Die beiden Kommissare liefen auf die Rückseite des Hauses zum Hintereingang. Hier konnte man klingeln. Aber niemand öffnete. Thomas klopfte energisch an die Tür.

»Herr Kolzewski? Kriminalpolizei! Bitte öffnen Sie!«

Doch nichts geschah. Er schaute Ines fragend an.

»Was meinst du, sollen wir reingehen?«

»Ich denke schon. Das heißt, wenn du es schaffst, die Tür zu öffnen. Es könnte zwar Gefahr in Verzug sein, aber wenn wir uns täuschen, möchte ich nicht unbedingt eine demolierte Eingangstür zurücklassen.«

Hoffentlich hielt Thomas sie jetzt nicht für überspannt. Zumindest sagte er nichts in diese Richtung. Er holte irgendetwas aus der Innentasche seiner Jacke und fummelte damit im Schloss herum, dass kurz darauf aufsprang. Also, um ein Sicherheitsschloss handelte es sich hier anscheinend nicht. Ob das für ein Internetcafé mit mehreren Computern rein versicherungstechnisch überhaupt erlaubt war? Aber das konnte den beiden eigentlich egal sein.

Sie zogen ihre Waffen und schlichen, nach allen Seiten sichernd, ins Gebäude. Zuerst mussten sie einen dunklen Flur entlang, passierten einen Büroeingang. Eine Tür weiter befanden sich rechts die Toiletten. Jedes Mal sicherten sie sich gegenseitig ab, während einer von ihnen den Raum inspizierte. Am Ende des Ganges fiel gedämpftes Licht durch eine Milchglastür. Das Licht wies darauf hin, dass das Café doch nicht ganz menschenleer zu sein schien. Ines fröstelte.

Die Glastür führte in den Hauptraum. Doch kurz davor, auf der linken Seite, erblickten sie einen weiteren Durchgang: die Küche. Thomas sicherte wieder und Ines trat ein. Es wirkte recht aufgeräumt. Eine große Kaffeemaschine stand wartend auf ihren nächsten Einsatz, genauso wie eine Industriespülmaschine, die frisch geputzt zu sein schien. Nichts Ungewöhnliches, aber eben auch kein Martin Kolzewski. Blieb noch der Gästeraum mit den Computerplätzen und der Getränketheke.

Ines öffnete die Glastür und horchte. Alles ruhig. Ihre Nerven waren zum Zerreißen angespannt. Nun sicherte sie und Thomas schlich vorsichtig Schritt für Schritt in den Raum. Im Spülbecken des Tresens befand sich schaumiges Spülwasser. Gläser lagen darin, ein paar frisch gespülte Biergläser tropften auf einer Unterlage neben dem Becken ab. Anscheinend war gerade jemand dabei gewesen, die Gläser zu säubern. Und dann sahen sie ihn fast gleichzeitig. Er lag hinter der Theke, ein Geschirrtuch in der Hand und ein zersprungenes Glas neben sich. Sein starrer Blick in Richtung Decke und die große Blutlache unter seinem Kopf zeigten nur allzu deutlich, dass sie zu spät kamen. Martin Kolzewski würde nie wieder eine Aussage machen – er war tot.

»Verdammt!«, entfuhr es Ines. »Ich habe es geahnt.«

Thomas kniete sich nieder und fühlte trotzdem sicherheitshalber den Puls. Während beide die Waffen in ihre Holster zurücksteckten, rief er den Notarzt und die Spurensicherung an.

Der Täter fühlte sich anscheinend ziemlich in die Enge gedrängt, wenn er den armen Mann umbrachte, um eine Täterbeschreibung zu verhindern. Aber wenn Kolzewski ihn wirklich gesehen haben sollte, warum dann nicht auch einer der anderen Gäste? Wenn es diesen Gast tatsächlich gab, dann mussten sie ihn schnell finden. Sein Leben war sonst keinen Pfifferling mehr wert.

Endlich Herbstferien! Zwar begannen sie offiziell erst am Montag, aber für Daniela zählte das Wochenende natürlich auch schon mit. Obwohl die Sommerferien noch nicht weit zurücklagen, freute sich Danny auf die freien Tage. Kein Wunder, denn schließlich sollte heute Omas Versprechen eingelöst werden: Ein ausgelassener Tag auf dem in der Region sehr bekannten Schätzele Markt in Tengen, der schon seit dem Jahre 1291 jedes Jahr am letzten Oktoberwochenende stattfand. *Wie es wohl damals dort aussah?* Sie stellte sich die Menschen in grob gewirkter Baumwollbekleidung vor, die Haare der Frauen vielleicht unter einem Tuch oder einer Haube versteckt. Und vermutlich trugen sie einen Weidenkorb in den Händen, in dem sie ihre Einkäufe hineinlegten. Sie sah Hühner in Holzkäfigen vor sich, Kinder, die kreischend über das Pflaster liefen und Fangen spielten, Bauersfrauen, die Äpfel oder Eier feilhielten. Sicher sehr interessant und alles komplett anders als heute.

Aufgeregt fieberte sie seit Tagen diesem Ausflug entgegen. Schon sehr früh am Morgen stand Danny auf, schaute aus dem Fenster. Gott sei Dank, es sah nicht nach Regen aus! Ganz im Gegenteil. Die klare Nacht hatte die Temperaturen ordentlich fallen lassen und alles mit leichtem Reif überzogen. Keine Wolke stand am Himmel. Wenn erst einmal die Sonne rauskam, versprach es ein wundervoller Tag zu werden. Gut gelaunt schlenderte das Mädchen ins Bad, um die Morgentoilette zu erledigen.

Eine halbe Stunde später saß sie mit ihrer Mutter beim Frühstück und schaufelte genüsslich ein Müsli mit frischer Milch in sich hinein während Ines an ihrem noch sehr heißen Kaffee nippte. Um sich die Lippen nicht zu verbrühen, stellte sie die Tasse wieder ab, nicht ohne einen Seitenblick auf die Küchenuhr zu werfen, die über dem Eingang zur Küche hing.

»Wann holt Oma dich denn ab?«

»Um elf. Dann haben wir viel Zeit, um alles anzuschauen, und können dort auch gleich etwas essen.«

»Ich würde dir empfehlen, erst auf den Rummel zu gehen und dann den Magen zu füllen.«

Doch Danny wollte von dieser Ermahnung nichts hören, winkte ab.

»Mama, ich bin doch nicht blöd. Ist doch klar, dass ich mit vollem Magen keine Achterbahn fahren kann. Wäre doch zu schade um das schöne Essen.«

Sie grinste breit über das ganze Gesicht. Auch Ines konnte sich ein lautes Lachen nicht verkneifen, während sie sich die Situation bildlich vorstellte.

»Ich muss leider gleich los, mein Schatz.« Bedauernd erhob sie sich, um den Tisch abzuräumen, da beide ihr Frühstück beendet hatten.

»Anita wird gleich kommen. Vielleicht könnt ihr beiden ja noch ein bisschen was zusammen machen.«

»Oh ja, sie wollte mir noch zeigen, wie man Cego spielt!«

Cego! Ines hatte keinen blassen Schimmer von diesem Kartenspiel, aber sie wusste, dass es sich um ein sehr beliebtes Spiel in dieser Gegend handelte. Selbst richtige Turniere wurden ausgerichtet. Wenn Anita das Spiel beherrschte, sollte sie es ruhig Danny beibringen. Daniela fand die junge Polizistin sowieso megacool, wie sie des Öfteren betonte. Dadurch vergaß sie sogar den eigentlichen Grund für die Anwesenheit der Beamtin. Das erleichterte natürlich einiges.

»Heute werden übrigens Anita und Oberwachtmeister Obermeier in Zivil erscheinen, wenn sie euch nach Tengen begleiten. Das ist weniger auffällig.«

»Ist das wirklich nötig? Müssen die beiden wirklich mitkommen?«

Daniela zog eine Flappe.

»Entweder, du akzeptierst die beiden oder ihr bleibt zu Hause. Du weißt ganz genau, dass es nicht anders geht!«

»Ja, ja, schon gut. Trotzdem wäre es viel schöner, wenn ich mit Omi allein gehen könnte. Es ist schon schlimm genug, dass Max nicht mitdarf.«

»Max ist doch dein Freund, oder? Also darfst du ihn auch nicht in Gefahr bringen. Da waren wir uns doch einig. Im Übrigen solltest du froh sein, dass es heute überhaupt nach Tengen geht. Anita und Obermeier bemerkst du dabei gar nicht. Die bleiben schön im Hintergrund, beobachten die Leute in eurer Nähe und passen auf euch auf. Und du kannst dich mit Oma amüsieren. Da hast du es deutlich besser als die beiden Beamten.«

Natürlich sah Daniela das ein. Aber sie wollte eben nichts unversucht lassen, ihre Mutter vielleicht doch noch überredet zu bekommen.

In diesem Moment klingelte es und wie erwartet, stand

Anita Schröder vor der Tür. Konrad Obermeier hielt die Stellung vor dem Haus. Anita wedelte mit einer Packung Karten und grinste. Anscheinend war für alles gesorgt.

»Zieh nachher deine dicke Jacke, Mütze und Schal an. Auch wenn die Sonne scheint, ist es empfindlich kalt. Anita, achten Sie bitte darauf.«

Daniela verdrehte die Augen. *Mütter! Die glaubten immer, ihre Kinder blieben bis zur Pubertät Babys!*

Nachdem alles geklärt war, nahm Ines Daniela noch mal in ihre Arme, drückte sie fest an sich und gab ihr einen Kuss auf den Scheitel. Nur ungern trat sie den Weg zur Arbeit an. Und dann noch an einem Samstag. Welche Aufregung dieser Tag noch bringen würde, konnte keiner von ihnen ahnen. Bisher schien alles völlig normal.

Auch wenn die Dienststelle heute nur mit halber Besetzung lief, stellte Ines doch geschäftiges Treiben fest. Selbst Peter tippte fleißig auf den Tasten seines Computers herum, als sie ihren Kopf zur Tür hereinstreckte, gut gelaunt und voller Elan.

»Morgen, Peter. Alles im Griff?«

Er schaute kurz auf, nickte und winkte ihr grüßend zu.

»Jawohl, Chefin.«

»Ist Thomas schon da?«

»Ja, er hat sich gerade den Bericht der KTU geholt.«

»Schon da? Da haben die Jungs wohl schon wieder eine Nachtschicht eingelegt!«

Als sie sich wieder Richtung eigenes Büro bewegte, war von ihrem Hinken kaum noch etwas zu bemerken. Nur noch kurze Zeit und man würde gar nichts mehr davon sehen.

Thomas telefonierte gerade. Das Hochfahren von Ines

Computer dauerte wieder ewig, weswegen sie hoffte, dass bald endlich die neue Software installiert würde. Am besten in Kombination mit einem neuen, leistungsfähigeren PC. Dieser hier verplemperte ja Unmengen an wertvolle Zeit, bis er endlich arbeitsbereit war. Da nützte auch der vor Kurzem neu gelegte Breitbandanschluss nichts. Das geschah momentan in der ganzen Umgebung. Der ländliche Raum sollte endlich großflächig mit Glasfaser versorgt werden. Na mal schauen, ob das wirklich alles so klappte, oder ob sich die Politiker mal wieder zu weit aus dem Fenster gelehnt hatten.

Thomas legte auf und holte Ines aus ihren Gedanken.

»Also, die Obduktion von Martin Kolzewski ist bereits im Gange. Maier meldet sich, wenn es was Neues gibt. Aber so wie es aussieht, hat er einen Schlag mit einem stumpfen Gegenstand im Schläfenbereich erhalten. Dadurch wurde er ohnmächtig und schlug mit dem Kopf auf die Kante einer Getränkekiste auf. Er brach sich dabei zwar nicht das Genick, aber der Schädel wurde so stark verletzt, dass er verblutete. Die Blutlache hast du ja selbst gesehen.«

Ein Mensch war gestorben, und vermutlich nur, weil er ihnen hätte weiterhelfen können. Manchmal hasste sie ihren Job. Mit einer energischen Handbewegung versuchte sie, die negativen Gedanken fortzuwischen. Es musste weitergehen.

»Sind inzwischen alle eingetrudelt, die heute zum Dienst eingeteilt sind?«

»Jepp, sie warten sicher schon im Besprechungsraum auf dich.«

»Okay, dann lass uns rübergehen.«

Die Kollegen saßen mit ihren Notizen und Unterlagen vor sich liegend rings um den großen Konferenztisch. Ines stellte sich an die Stirnseite, direkt vor die große Schautafel mit allen wichtigen Informationen. Ihr Blick wanderte durch die Runde. Sie begrüßte alle Anwesenden mit einem kurzen Kopfnicken. Dann kam sie zum Wesentlichen.

»Wie Sie alle wissen, ist gestern unser wichtiger Zeuge Martin Kolzewski zu Tode gekommen. Vermutlich müssen wir von Mord ausgehen, aber selbstverständlich kann man zu diesem Zeitpunkt auch Totschlag oder fahrlässige Tötung nicht ausschließen. Was am Ende rechtlich gesehen zutrifft, werden die Ermittlungen ergeben beziehungsweise ein Richter entscheiden müssen. Wir konzentrieren uns nun auf die weitere Vorgehensweise.«

Sie suchte mit den Augen die Leute ab und blieb bei ihrem Praktikanten haften.

»Peter, du nimmst bitte das Phantombild aus dem Fall Molander und ergänzt den Text mit den zusätzlichen Angaben unseres toten Zeugen. Leider konnte er uns jetzt keine neue Täterbeschreibung liefern. Bitte vermerke beide Tatorte. Gib alles zusammen an die Medien weiter. Wir starten einen offiziellen Aufruf zur Suche nach eventuellen weiteren Zeugen. Willimsky hat das Okay dazu gegeben. Die richterliche Genehmigung liegt vor. Unser Täter ist gefährlich und wir müssen versuchen, ihn so schnell wie möglich aufzuspüren. Thomas, ich habe gehört, du hast erste Ergebnisse von der KTU erhalten?«

»Stimmt.« Er öffnete einen Schnellhefter, der vor ihm auf dem Tisch lag, und blätterte darin herum, bis er schließlich fand, wonach er suchte.

»Es wurden in dem Internetcafé zahlreiche Fingerabdrücke gefunden. Die Kriminaltechnik hat sie die ganze Nacht durch den Zentralrechner laufen lassen, aber keinen Treffer landen können. Im Moment sind noch ein paar Kollegen vor Ort und überprüfen die einzelnen Computerplätze. Den Rechner, der dir um kurz vor acht abends die Mail schickte, kennen wir ja bereits. Wir versuchen nun herauszukriegen, ob der User sich auch zu irgendeiner Zeit vorher einmal an einem anderen Rechner einloggte. Allerdings dürfen wir dabei nicht außer Acht lassen, dass sich unser Täter das Passwort eines anderen Nutzers aneignete. Trotzdem, vielleicht ist das unsere Chance, doch noch Zeugen zu finden. Willimsky kümmert sich um die Erlaubnis, vom Netzbetreiber die Verbindungsdaten zu erhalten.«

»Sehr gut!«

Das lief ja wie am Schnürchen. Ines strahlte eine ungewohnte Zuversicht aus, schöpfte neue Hoffnung.

»Wie weit seid ihr mit der Überprüfung meiner alten Fälle?«

Ein junger Beamter namens Oliver meldete sich zu Wort.

»Wir haben die eventuell in Betracht kommenden Fälle bis zurück ins Jahr 2012 herausgesucht. Eine Handvoll Kollegen bearbeitet sie gerade. Einen Teil der Akten konnten wir bereits aussortieren. Entweder besitzen die Personen ein Alibi, stecken noch hinter Gittern oder sind verstorben. Wir sind da weiter dran. Außerdem gehen wir noch weitere Jahre zurück, aber das dauert noch ein bisschen.«

»Gut. Sollte der Arbeitsaufwand zu hoch werden, geben sie Bescheid. Willimsky hat versprochen, noch mehr Hilfspersonal zu organisieren.«

»Das wird nicht reichen«, wandte Oliver ein. »Die Leute brauchen auch das entsprechende Equipment. Unsere Computer reichen bei Weitem nicht aus.«

»In Ordnung, dann machen wir das anders. Sie lassen eine Liste mit den entsprechenden Personen zusammenstellen. Ich werde mich mit dem Leiter der Soko in Rottweil besprechen, wie wir das am besten handhaben.«

Allgemeines Kopfnicken.

»Gibt es sonst noch Fragen? Wie sieht es mit der DNA-Probe von Carola Frank aus?«

»Das Ergebnis müsste noch im Laufe des Vormittags eintreffen.«

»Sehr gut. Dann glaube ich, wissen wir alle, was wir zu tun haben. Ich wünsche uns allen viel Erfolg.«

Damit war die morgendliche Besprechung beendet. Eilfertig machten sich alle wieder an die Arbeit. Auch Thomas und Ines blieben nicht außen vor. Sie überprüften alte Akten, bei denen Ines involviert war. Zum Glück im Zeitalter der Computer- und Internettechnologie kein Problem, wenn man mal von der Langsamkeit ihrer Arbeitsgeräte absah. Durch die Digitalisierung mussten sie zum Glück keine Papierakten aus Stuttgart anfordern, wo sie noch bis vor acht Monaten beschäftigt gewesen war. Ein Einloggen in das entsprechende Programm reichte völlig aus.

Ines starrte aus dem Fenster. Die Sonne lachte, einzelne gelbe Blätter hingen in den Ästen vor ihrem Bürogebäude. Am liebsten würde sie jetzt mit ihrer Mutter und Danny nach Tengen fahren. Aber leider ging das nicht. Sie seufzte. Na ja, vielleicht klappte es nächstes Jahr. Stattdessen würde sie später noch bei Jan vorbeischauen. Hoffentlich ging es ihm bald besser. Sie streifte die Gedanken ab und konzentrierte sich wieder auf ihre Arbeit. Sie brauchten schließlich Ergebnisse.

Wie verabredet, traf Monika um elf Uhr bei ihrer Enkelin ein. Der Polizist setzte sie direkt vor Ines Wohnung ab, begrüßte die Kollegen und verabschiedete sich wieder. Neue Aufgaben lagen während Monikas Ausflug vor ihm.

Mit großem Hallo begrüßte Danny ihre Oma. Lachend fielen sie sich in die Arme, voller Vorfreude auf den Ausflug, dem Daniela schon seit Wochen entgegenfieberte. Und dann noch mit einem zivilen Fahrzeug der Polizei als Privattaxi. Wenn man ein wenig darüber nachdachte, konnte einem schon schummrig werden. Die ganzen Maßnahmen zum Schutz von Ines Familie kosteten nämlich den Steuerzahler eine Menge Geld. Monika hoffte, dass der ganze Spuk bald vorbei war und die Ermittler den Übeltäter endlich fassten. Sie atmete tief durch, konzentrierte sich auf das, was nun kam: Ein wunderschöner Tag an der frischen Luft mit viel Spaß.

»Und, sind alle abmarschbereit?«

Sowohl Danny als auch Anita steckten bereits in ihren Mänteln.

»Wegen mir kann es losgehen.« Aufgeregt hüpfte Daniela zur Tür hinaus. Sicherheitshalber kontrollierte Anita noch einmal, ob alle Fenster geschlossen waren, dann verließ auch der Rest die Wohnung. Die Beamtin schloss zweimal ab, um anschließend Monika und Daniela nach unten zu folgen. Oberwachtmeister Konrad Obermeier wartete mit dem Wagen bereits direkt vor dem Eingang. Einer Abfahrt stand also nun nichts mehr im Wege.

Durch Anbindung der Autobahn an die Bundesstraße befanden sich unzählige Lastwagen auf der Strecke. Außerdem fuhren sie durch den Zollgrenzbezirk zur Schweiz, weswegen viele Schweizer Bürger die für sie günstigen Einkaufsbedingungen in Deutschland nutzten. Das erhöhte den Verkehr zusätzlich.

Ein Stau, entstanden durch eine Temporeduzierung in einem Baustellenabschnitt, löste sich zum Glück recht schnell wieder auf. Der restliche Weg verlief ohne weitere Störungen.

In Tengen selbst hatten die zuständigen Behörden eine Umleitung für den Durchgangsverkehr eingerichtet. Die B 314 war in diesem Bereich für die Veranstaltung komplett gesperrt worden, wodurch gleichzeitig Parkplätze direkt an der Bundesstraße entstanden. Obermeier stellte sein Fahrzeug hier ab.

Kaum hatte Daniela das Auto verlassen, richtete sich ihr Blick freudig erregt auf die erkennbare Kulisse des Festgeländes. Man hörte, allerdings noch etwas gedämpft, schon die typischen Geräusche der Fahrgeschäfte. Ein Grummeln in der Luft deutete auf das Vorhandensein einer größeren Menschenansammlung.

»Omi, schau mal, da vorne!«

Mit ausgestrecktem Arm und großen Augen wies Daniela nach vorne. Man sah irgendein Gestänge, an dem oben zwei Körbe hingen. Mehrere Fußpaare zappelten darin herum. Im Moment stand das Ganze noch absolut still. Blinkende LEDs, die in rasanter Folge Form und Farbe wechselten, machten auf sich aufmerksam. Monika schaute etwas verängstigt und schluckte.

»Das ist aber sehr hoch. Ich hoffe, du willst da nicht mitfahren.«

»Kommen Sie, wir schauen uns das Ganze erst mal aus der Nähe an. Ich bin sicher, wir finden genug Möglichkeiten, sodass hier jeder seinen Spaß hat.«

Anita klopfte Monika beruhigend auf die Schulter. Sie schlenderten also zum Festplatz und schauten sich um. Was es nicht alles zu sehen gab! Natürlich kein Vergleich zum Cannstatter Wasen, aber hier verlor man wenigstens den Überblick nicht so schnell. Obwohl, an Menschenmassen mangelte es auch nicht gerade.

Daniela schloss die Augen, ihre Nase nahm Witterung auf. Wie das duftete. Sie roch Zuckerwatte, Popcorn und Bratwurst. Monika entging nicht, wie das Mädchen die Eindrücke in sich aufnahm, das für sie Neue genoss.

»Du hast doch nicht etwa Hunger? Unser Frühstück liegt doch noch gar nicht so lange zurück.«

»Ich könnte aber auch eine Kleinigkeit vertragen«, äußerte sich Konrad Obermeier und fast wie auf Kommando entwich seinem gut proportionierten Bauch ein leichtes Knurren. Doch Monika blieb skeptisch.

»Vielleicht sollten wir erst ein bisschen Karussell fahren

und danach essen. Oder wird euch nach dem Essen bei so rasanter Fahrt nicht schlecht? Also, mir schon.«

Sie legte die Stirn in Falten und schaute in die Runde. Die drei konnten ihr Lachen nicht zurückhalten und sahen sich nach einem geeigneten Stand um.

»Mensch Omi, wir wollen uns doch nicht die Bäuche vollschlagen, nur eine Kleinigkeit essen. Wenn es im Bauch vor Hunger rumort, dann kann es einem genauso schlecht werden«, erklärte sie mit der Allwissenheit der Jugend.

»Wenn das so ist, dann sind wohl alle Einwände nutzlos. Was haltet ihr davon, wenn wir über den Markt in der Altstadt laufen und uns dort etwas zum Beißen besorgen? Dort soll es über hundert Marktstände geben. Sicher ist da auch der eine oder andere Wurstbräter dabei.«

Die anderen fanden die Idee gut. Und so schlugen sie den entsprechend ausgeschilderten Weg ein. Sich am Rummel vergnügen konnten sie später immer noch. Schließlich wartete noch ein wundervoller, langer Tag auf sie. Zu diesem Zeitpunkt wussten sie noch nicht, wie sehr sie sich in diesem Punkt irrten.

Zur selben Zeit kamen Thomas und Ines zurück aus der Mittagspause. Gestärkt und mit neuem Elan wendeten sie sich wieder ihren Aufgaben zu. Ines stellte sich vor die große Schautafel mit den bisherigen Ermittlungsergebnissen. Sie stand immer noch davor, als Peter eintrat. Er brachte die DNA-Analyse-Ergebnisse im Fall Molander. Dankbar, aber auch neugierig nahm Ines den Computerausdruck entgegen. Thomas gesellte sich dazu.

»Und?«

Ines überflog die Zeilen, schüttelte den Kopf.

»Keine Übereinstimmung. Carola Frank scheint nicht am Auto gewesen zu sein.«

»Vielleicht ist sie auch nur besonders vorsichtig vorgegangen.«

»Ach was, so vorsichtig kann keiner sein. Da müsste sie schon ein Ganzkörperkondom wie unsere Spurensicherer getragen haben, und das ist doch wirklich sehr unwahrscheinlich.«

»Wir haben inzwischen überprüft, wie es so mit Frau Franks technischem Geschick aussieht. Also, wenn man es ganz direkt sagen will: In allem, was mit Technik zu tun hat, ist sie wohl eine Niete. Sie hat schon Probleme, einen Staubsaugerbeutel zu wechseln. Sie ist nun mal eher der künstlerische, kreative Typ. Deshalb wohl auch die Ausbildung zur Floristin. Zum Manipulieren eines Fahrzeuges fehlt ihr jegliches technisches Verständnis. Das würde wohl jeder merken.«

»Und woher stammen diese Erkenntnisse, Peter?«

»Jeder in ihrem Umfeld bestätigt das. Ihre Chefin, ihre Nachbarn, ihre Mutter, Freunde. Einfach jeder kann irgendeine Anekdote zu ihrer Ungeschicklichkeit in diesem Bereich beisteuern.«

»Okay, dann gehen wir mal davon aus, dass sich diese Menschen nicht alle abgesprochen haben. Aber eigentlich ist es inzwischen auch eher wahrscheinlich, dass wir nach einem männlichen Täter suchen müssen. Auch aufgrund der Zeugenaussagen, obwohl ...«

Die Hauptkommissarin hielt den Kopf leicht schräg, rieb gedankenverloren mit den Fingern an ihrer Stirn.

»Sie könnte trotzdem auch eine Mitwisserin oder Mittäterin sein.«

Thomas schüttelte energisch den Kopf. Seine blaugrauen Augen fixierten Ines.

»Das glaube ich nicht. Mein Bauchgefühl sagt mir, dass sie

mit der Sache nichts zu tun hat. Sie kann dich zwar nicht leiden, aber ich glaube, das ist wirklich alles. Außerdem, woher sollte sie die Zeit für solche Spielchen nehmen?«

»Das interessiert mich jetzt aber. Ich höre.«

Mit zusammengezogenen Augenbrauen und gerunzelter Stirn schaute sie in die Runde. Peter kannte die Antwort, schließlich handelte es sich dabei um seine Rechercheergebnisse. Mit einem zustimmenden Kopfnicken forderte Thomas ihn zum Reden auf.

»Eines unserer Befragungsteams sprach mit der Nachbarin. Frau Frank engagiert sich tatsächlich in ihrer Freizeit ungemein in der Flüchtlingshilfe. Wir haben das überprüft. Sie ist für diese Arbeit offiziell ehrenamtlich bei der Stadt angemeldet, wohl aus Versicherungsgründen. Und sie ist wirklich regelmäßig vor Ort. Dafür gibt es unzählige Zeugen. Da bleibt wirklich keine Zeit mehr für etwas anderes.«

Beeindruckt lauschte sie Peters Ausführungen.

»Danke Peter. Gute Arbeit von euch allen! Wie weit seid ihr mit der Überprüfung meiner ehemaligen Schulkameraden?«

»Fast durch. Da scheint es niemanden zu geben, der ein echtes Problem mit dir hat. Aber den Rest schauen wir uns selbstverständlich auch noch an.«

»Gut, dann danke ich dir noch mal, dass du uns auf den neuesten Stand gebracht hast. Weiter so!«

Damit konnte er gehen. Er schnappte sich seine Unterlagen, holte einen Kugelschreiber hinter seinem rechten Ohr hervor und begann im Hinauslaufen etwas zu notieren. Anscheinend schwirrten schon wieder neue Ermittlungsansätze in seinem Kopf herum. Großartig.

»Und jetzt? Wo setzen wir nun an?«

Eine berechtigte Frage, die Thomas da stellte. Ines kaute an ihrer Unterlippe. Man hörte beinahe ihr Gehirn arbeiten.

»Sag mal, wissen wir inzwischen, wem das abgebrannte Bauernhaus gehört? Vielleicht bringt uns das auf eine Spur.«

»Es gehört einer Familie Burger. Allerdings stand es schon lange leer.«

Schemenhaft tauchte in Ines Erinnerung ein Schild auf. *Burgerhof*. Genau, das sah sie damals bei ihrer Ankunft dort.

»Habt ihr eine Adresse?«

»Nichts Genaues, ich muss da noch einmal nachhaken.«

»Dann tu das am besten gleich. Eigentlich schade um das schöne Haus. Auch wenn es schon sehr baufällig war. Sicher hätte man etwas daraus machen können.«

Sie meinte das wirklich so. Die Atmosphäre in diesen Häusern mit ihren niedrigen Decken und den schrägen Wänden im Obergeschoss, war schon etwas ganz Besonderes. Thomas hingegen gefiel etwas anderes viel mehr.

»Also ich bin eher ein Fan dieser alten Bauerngärten, mit ihren Kräuterbeeten, den Gemüseanbau und Obststräuchern. Da hatte alles seinen Platz. Und es gab alles, was so eine Bauernfamilie zum Kochen und für eine abwechslungsreiche Ernährung brauchte!«

»Du bist ein Naturfreund? Man höre und staune, das ist ja was ganz Neues für mich!«

»Auch wenn du es nicht glaubst, es ist wirklich so. Ich habe sogar einen Schrebergarten angemietet, in dem ich mich regelmäßig aufhalte. Du solltest mal meine Tomaten probieren! Die schmecken wenigstens auch nach Tomate und sind nicht so ein wässriges Zeugs, wie du das im Supermarkt bekommst.«

Oha, da hatte sie wohl einen schwachen Nerv getroffen.

»Tut mir leid, aber heute scheint mich meine Menschenkenntnis überall im Stich zu lassen. Erst Carola als Wohltäterin und dann unser Hauptkommissar als Gärtner. Aber ich bin ja noch lernfähig. Nun, im Moment wird dein Garten wohl schon winterfest sein, oder?«

»So gut wie. Aber manchmal gehe ich einfach nur dort hin, um abzuschalten. Bei so viel Mord und Totschlag brauche ich einfach einen Ausgleich. Einen Ruhepol für die Seele, sozusagen. Solltest du auch mal probieren. Funktioniert tatsächlich.«

»Nee, lass mal. Das ist nicht mein Ding. Wenn ich Lust auf Garten habe, dann kann ich auch immer noch zu meiner Mutter gehen.«

Gartenarbeit! Pah! Schmutzige, von der Erde ausgetrocknete Hände und einen kaputten Rücken vom Umgraben. Nein, also darauf konnte sie wirklich verzichten. Schließlich bekam man bunte Blumen und frisches Gemüse äußerst billig auch im Supermarkt.

»So nun haben wir genug über Gemüse und Co. geredet. Würdest du dich jetzt bitte um das Anwesen der Burgers kümmern?«

»Klar, aber morgen bringe ich dir eine von meinen Tomaten mit. Nur zum Probieren. Du musst mir auch garantiert nicht beim nächsten Mal beim Ernten helfen. Schließlich will ich die Ergebnisse meiner Arbeit selber in die Hand nehmen.«

»Worauf du wetten kannst.«

Sie zwinkerte ihm noch einmal zu und musste vor sich hinlächeln, da sie wusste, dass Thomas nur Spaß machte. Woher sollten um diese Jahreszeit frische Tomaten aus eigenem Anbau kommen? Die Erntezeit für Tomaten lag im Sommer! Es mochte sein, dass es auch neue Züchtungen gab, die vielleicht sogar noch im Spätsommer geerntet wurden. Aber Mitte Oktober? Sehr unwahrscheinlich. Als er ging, widmete sie sich wieder ihren Computerdaten. Ganz plötzlich, wie aus dem Nichts, dachte sie an Jan. Er machte langsam Fortschritte, bekam sogar schon die ersten Anwendungen in Krankengymnastik. Wenn seine Genesung weiterhin so gut fortschritt, würde er sicher bald in die Reha kommen. Spontan beschloss sie, ihm nachher einen Besuch abzustatten. Er fehlte ihr einfach so sehr.

Konrad Obermeier verstaute ein paar Einkaufstaschen im Kofferraum. Süßigkeiten und Mitbringsel für Ines machten den Hauptteil des Inhaltes aus. Die Einkäufe stammten hauptsächlich von Danny und Monika. Nach einer ordentlichen Stärkung mit süßen Crêpes fielen sie in einen wahren Einkaufsrausch. Sie konnten den vielen verlockenden Angeboten einfach nicht widerstehen. Aber nun wollten sich die vier ganz dem Rummel widmen.

Als Konrad zurückkam, warteten die anderen schon sehnsüchtig auf ihn. Natürlich zeigten sie ihre Ungeduld nicht, denn schließlich hatte er sich bereit erklärt, die Sachen alleine ins Auto zu bringen.

Als Erstes steuerten sie das große Kettenkarussell an. Auch wenn es den Anschein erweckte, eines der gemütlicheren Fahrgeschäfte zu sein, unterschätzte man das gerne. Der schwungvolle Kreis nahm doch ganz schön Fahrt auf. Dazu veränderte das Karusselldach seine Neigung, sodass die vielen Schaukeln in einer Art Wellengang umhergeschleudert wurden. Monika und Danny hatten zwei Plätze nebeneinander belegt. Sie reichten sich während der Fahrt die Hände. Danny zeigte ihre gesamte Lebensfreude, während sie mit den Füßen strampelte. Ihre Augen strahlten und Monika freute sich, dass in diesem Augenblick alle Sorgen ganz weit weg zu sein schienen.

Der Stand zum Dosenwerfen zog die vier Vergnügungssüchtigen magisch an. Einen Preis gab es nur, wenn man mit drei Würfen auch alle Dosen abgeräumt hatte. Doch das schaffte keiner von ihnen.

»Das ist Beschiss!«, meinte Danny trotzig. Monika zog die Augenbrauen in die Höhe. »Warum glaubst du das?«

»Hast du nicht gesehen, wie weit die Dosen auseinanderstanden? Die können sich ja gar nicht gegeneinander umhauen. Und außerdem ist das Brett so breit und der Schlitz hintendran so klein, dass die Dosen gar nicht runterfallen können. Da hast du nicht den Hauch einer Chance, gewinnen zu können, und das ist Betrug!«, beharrte sie auf ihre Meinung.

»Ach komm, ist jetzt auch egal. Wir machen eben was anderes.«

Und schon liefen sie weiter. Anita und Obermeier versuchten sich am Schießstand, wobei Obermeier es tatsächlich schaffte, für Daniela ein Kuscheltier zu ergattern.

Jetzt peilten sie den sogenannten *Bayern-Breaker* an. Der sah aus wie ein überdimensionaler Krake, an dessen Tentakelenden zweisitzige Kabinen befestigt waren. Die Mitfahrenden wurden durch einen Stahlbügel gesichert. Absolut notwendig, denn der ganze Krake rotierte und die einzelnen Kabinen drehten sich noch zusätzlich um ihre eigene Achse. Das Einzige, das hier allerdings bayrisch aussah, waren die Farben blau-weiß. Monika atmete erst wieder normal, als dieses Monstrum zum Stehen kam.

So, und was sollten sie nun anstellen? Sie ließen ihren Blick schweifen. Das Teil, das sie vom Parkplatz aus gesehen hatten, kam nicht infrage. Hier wurden die Passagiere mit bis zu 120 Stundenkilometer rundherum gewirbelt, teils sogar über Kopf, und das zur absoluten Krönung auch noch 55 Meter hoch. Nein, danke. Alles mussten sie nun wirklich nicht ausprobieren.

Eine Achterbahn in der Nachbarschaft ließ es da schon ruhiger angehen. Hier durften sogar kleinere Kinder mitfahren, die auch offensichtlich ihren Spaß dabei hatten.

Interessant erschien ihnen auch ein überdimensionaler fliegender Teppich, der sich dementsprechend auch *Tausendundeine Nacht* nannte. Eine bootsähnliche Gondel, in der achtzehn Leute auf einmal mitfahren konnten, schwang sich pendelnd in die Höhe, wobei die Fahrgastzelle immer parallel zum Boden blieb. Kein Überschlag also, das konnte man ruhig versuchen.

Anita und Konrad wollten lieber am Boden bleiben. Außerdem stellte sich bei Konrad ein dringendes Bedürfnis ein. Für Monika kein Problem.

»Wenn wir in dieser Riesengondel sitzen, kann uns doch nichts passieren. In der Zeit können Sie doch auch ruhig eine Toilette aufsuchen.«

»Okay. Aber Sie warten hier auf mich.«

Es war ihm sichtlich unangenehm. Doch auch Anita drängte ihn.

»Was soll denn passieren? Ich bin doch auch noch da! Also ab mit dir, bevor du nasse Füße bekommst.«

Obermeier winkte lachend ab, der Druck auf der Blase gab schließlich den Ausschlag. Weg war er. Danny schnappte sich ihre Oma und zog sie mit sich in die Warteschlange. Bereits beim nächsten Schwung würden sie dabei sein. Anita lächelte. Als ihre beiden Schützlinge hoch über ihrem Kopf schwebten, nutzte sie die Gelegenheit und holte sich etwas zu trinken. Beim Bezahlen lief sie einer alten Freundin über den Weg. Sie kamen ins Gespräch. Das heißt, eigentlich schrien sie sich eher an, bei dem erschreckend hohen Lärmpegel. An jeder Ecke bimmelte, heulte und wummerte es. Dazu kamen die Lautsprecherdurchsagen der verschiedenen Schausteller, die alle auf ihr Geschäft aufmerksam machen wollten. Sie überboten sich mit Rabattangeboten und Sonderfahrten.

Als jemand Anita auf die Schulter stupste, drehte sie sich um und sah Konrad vor sich stehen. Mit ernstem Gesicht fragte er:

»Wo sind Frau Sandner und Daniela?«

»Dort drüben. Aber das weißt du doch!«

Sie zeigte in Richtung fliegender Teppich und erstarrte im selben Augenblick. Die Fahrt war längst zu Ende, die Gondel leer. Die nächsten Fahrgäste warteten bereits darauf, dass der Bedienstete die Sicherungskette aushängte und sie einstiegen ließ. Sie ließ ihren Blick umherschweifen. Die aufkommende Panik ließ sie im ersten Moment erstarren.

»Scheiße!«

Ihre Hände durchwühlten verzweifelt ihr Haar. Warum passte sie nicht besser auf? Verquatscht hatte sie sich, und das im Dienst. Die Sicherheit der beiden hing doch mit von ihr ab! Wie konnte sie das auch nur für einen kurzen Moment vergessen? Ohne Erklärung ließ sie die alte Freundin stehen. Zusammen mit Konrad suchten sie den ganzen Rummel ab. Vergebens. Und nun? Die rettende Idee kam von Konrad.

»Wir rufen Hauptkommissar Klausmann an. Der weiß sicher, was zu tun ist. Wir sollten Hauptkommissarin Sandner nicht unnötig in Angst versetzen. Vielleicht ist bis heute Abend alles wieder in Butter.«

Beruhigend legte Konrad seine Hand auf Anitas Schulter. Sie war ihm sehr dankbar dafür, dass er auf Vorwürfe verzichtete. Die Schuld stand ihr auch so tief ins Gesicht geschrieben. Verzweifelt irrte ihr Blick über die umherwuselnde Menschenmenge.

Nahezu zeitgleich betrat Ines das Gelände des Klinikums in Villingen-Schwenningen. Ein rot-weißer Hubschrauber der DRF-Luftrettung spuckte soeben zwei Personen in orangefarbener Schutzkleidung aus, die ganz gemütlich zum Krankenhaus liefen. Anscheinend hatten sie gerade keinen Einsatz geflogen. Ines machte sich keine weiteren Gedanken darüber. Jan schwirrte in ihrem Kopf herum und alles andere erschien ihr unwichtig.

Sie fand ihn in recht gutem Zustand vor. Natürlich sah das Veilchen seines Auges, das inzwischen in einem gelb-grünen Farbton erstrahlte, immer noch zum Fürchten aus und auch der bandagierte Kopf, sowie das in einem stiefelähnlichen Kunststoffgebilde steckende Bein, wiesen darauf hin, dass hier noch ein langwieriger Heilungsprozess vor ihm lag. Genauso wie der in einer Schlinge ruhende Arm, denn auch die Schulter hatte so einiges abbekommen. Immerhin fehlte inzwischen der Gips am Arm. Eine Kunststoffschiene ersetzte ihn, was ein bisschen mehr Bewegungsfreiheit brachte. Jan lächelte, als sie das Zimmer betrat. Und das Allerbeste: Er lag nicht im Bett. Er saß in einem Rollstuhl am Tisch und nahm gerade eine Mahlzeit zu sich. Zwar ganz vorsichtig, denn die Kaubewegungen erzeugten wohl doch noch Schmerzen in dem einen oder anderen Gesichtsmuskel. Auch war mit nur einem Arm ein gemütliches Abendessen nicht wirklich möglich. Aber die Situation zeigte, dass es allmählich wieder aufwärtsging, was Ines sehr froh stimmte.

Vorsichtig gab sie ihm einen Kuss auf den lädierten Mund. Als er die Augen schloss, folgerte Ines irrtümlich, dass sie ihm Schmerzen bereitet hatte, sie zuckte zurück. Begleitet von einem Grinsen zog er sie mit dem gesunden Arm wieder heran.

»Und, wie geht es dir?«

»Na ja, Luftsprünge funktionieren noch nicht so richtig!« Er schob seinen Teller zur Seite und verzog den Mund. »Aber es wird langsam.«

»Ich staune, dass du schon so sitzen kannst. Der Doktor meinte zu mir, du hättest kaum einen heilen Knochen an dir.«

»Das war wohl etwas übertrieben. Obwohl schon einiges kaputt ist.«

Er deutete auf seine Bandagen. Als er husten musste, hielt er sich die Seite. Ines hob fragend die Augenbrauen.

»Prellungen«, erklärte er ihr achselzuckend. »Da muss ich

jetzt wohl durch. Mach dir keine Sorgen. Das wird alles wieder.«

»Ich mach mir aber welche. Sag mal, ist dir inzwischen mehr zu dem Überfall eingefallen?«

»Tut mir leid. Ich kann dir nicht mehr sagen, als du schon weißt.«

Man hörte deutlich das Bedauern in seiner Stimme. Aber sie rechnete auch nicht wirklich mit einer positiven Antwort. Wäre auch zu schön gewesen. Sie ließ den Blick durchs Zimmer streifen. Das Bild, das sie beim letzten Besuch auf dem Boden gefunden hatte, stand immer noch auf dem Nachtisch. Jan sah ihren grübelnden Blick, was die Vermutung nahelegte, dass sie ihn wohl darauf ansprechen würde. Und so kam es auch.

»Dieses Bild gehört wohl nicht einer Schwester, oder?«

Jan schüttelte den Kopf.

»Nein, es gehört mir.«

»Warum habe ich es noch nie vorher gesehen?«

»Weil ich es nicht wollte.«

Bevor Ines weiterfragen konnte, schob sich der Kopf einer Schwester durch den Türspalt. Ein Schildchen an ihrem makellos weißen Arbeitskittel besagte, dass es sich um Schwester Krystyna handelte. Freundlich grüßte sie, um dann wieder dafür zu sorgen, dass Jan sich ins Bett legte. Dabei benötigte er ihre Hilfe, denn nicht nur die Schmerzen beeinträchtigten ihn, sondern auch die Verbände und Bandagen schränkten seine Selbstständigkeit ebenfalls sehr ein. Als er endlich wieder in den Kissen lag, bedeckte ein Schweißfilm seine Stirn. Schwester Krystina tupfte ihm das Gesicht trocken, bestand darauf, dass er ein paar Schlucke Wasser zu sich nahm, und ließ die beiden schließlich wieder allein.

Ines nahm das Foto vom Nachttisch, studierte jede Einzelheit. Dann wanderte ihr Blick zu Jan. Sie glaubte, eine leichte Ähnlichkeit zwischen ihm und der Frau zu erkennen.

»Ist sie das? Ich meine, ist das deine Mutter?«

Ernst schaute sie ihn an. Eine spürbare Traurigkeit stand in seinen Augen, als er stumm nickte.

»Und das Mädchen?«

»Meine Schwester.«

»Deine Schwester? Die, von der du mir ganz kurz erzählt hast? Die ebenfalls gestorben ist?«

Jan trug demnach immer ein Bild seiner Mutter und Schwester mit sich. Die beiden mussten in seinem Leben eine immens wichtige Rolle spielen beziehungsweise gespielt haben. In diesem Moment überkam Ines wieder dieses beklemmende Gefühl, dass sie Jan eigentlich gar nicht kannte. Natürlich stellte sie ihm ab und zu die eine oder andere Frage. Doch bisher verstand Jan es immer, auszuweichen oder geschickt abzulenken. Sie wusste ja, dass er als Kind den Tod seiner Mutter verkraften musste. Und anscheinend hatte er es immer noch nicht verarbeitet. Behutsam versuchte sie, ihn weiter zum Reden zu animieren.

»Wie hieß deine Schwester? Und warum starb sie? Du vermisst sie, habe ich recht? Was ist passiert? Verdammt, wäre es jetzt nicht an der Zeit, mir reinen Wein einzuschenken? Ich denke, dass ich das Recht darauf habe, mehr über dich, über deine Familie zu erfahren.«

Sie hatte ja so viele Fragen, dass es nur so aus ihr heraussprudelte. Jan schloss für einen kurzen Moment die Augen. Er atmete tief durch, bevor er zu einer Antwort ansetzte.

»Sie hieß Elisabeth. Sie wurde von allen nur Elli genannt. Und sie war meine Halbschwester.«

Seine Augen begannen verdächtig wässrig zu schimmern, weswegen sie schon glaubte, er würde gleich anfangen zu weinen. Abwarten hielt Ines für angebracht, ihn nur nicht unter Druck setzen, er würde reden, jetzt war der Augenblick. Sie bemerkte, wie er den Kloß in seinem Hals hinunterschluckte, bevor er mit leiser Stimme weiterredete.

»Meine Mutter war sehr depressiv. Das erzählte ich dir ja schon. Elisabeth, ich meinte Elli, stammte aus ihrer ersten Ehe. Die ging sehr früh in die Brüche, was meiner Mutter große Probleme bereitete. Als sie meinen Vater kennenlernte, hoffte sie, wieder glücklich zu werden. Doch ihre Depressionen wurden immer schlimmer. Ich weiß nicht, vielleicht lag das bei ihr auch in den Genen. Mein Vater konnte sie jedenfalls nicht dazu überreden, professionelle Hilfe in Anspruch zu nehmen. Und irgendwann passierte dann das, was du inzwischen schon weißt.«

Sie ließ ihm Zeit und stellte keine weiteren Fragen, denn sie spürte, dass er sich mit seinen Gedanken weit weg in der Vergangenheit befand. Sie hoffte, nein, sie wusste, er würde ihr nach und nach alles erzählen, aber er musste bereit dazu sein.

»Es war für uns Kinder furchtbar, zu sehen, wie sie immer mehr abbaute. Zuerst nahm sie Tabletten, um zu vergessen. Als das nicht half, kam Alkohol dazu, was sie unberechenbar werden ließ. Trotzdem machte mein Vater ihr nie Vorwürfe. Er brachte sie ins Bett, bemutterte sie, wenn er von der Arbeit nach Hause kam, weil ihr die Trunkenheit das selbstständige Laufen unmöglich machte. Er streichelte und beruhigte sie, wenn sie einen ihrer stundenlangen Weinkrämpfe bekam. Aber er konnte nicht immer bei ihr sein. Schließlich musste ja jemand das Geld für den Lebensunterhalt der Familie verdienen.«

»Das muss für euch Kinder sehr schlimm gewesen sein!«

Voller Mitgefühl nahm sie seine Hand in die ihre, die er sofort fest ergriff. Seine Lippen hielt er aufeinandergepresst. Mit bebender Stimme fuhr er fort.

»Elli hat mehr gelitten als ich. Als ältere Schwester glaubte sie, mich beschützen zu müssen. Auch wenn uns nur zwei Jahre trennten, sie fühlte sich für mich verantwortlich. Immer wieder versuchte sie, unsere Mutter vom Trinken abzuhalten, was diese ihr sehr übelnahm. Streit und Angst waren unsere ständigen Begleiter.«

»Wie hat deine Schwester den Suizid eurer Mutter verkraftet?«

»Nun, ich weiß nicht, ob es Mutters Tod oder dieses verfluchte Erbe war, auf jeden Fall verfiel auch sie danach in starke Depressionen. Sie erhängte sich schließlich. Und ich merkte nicht einmal, wie schlecht es ihr ging, wie sie darunter litt. Sie beschützte mich in schlimmen Zeiten, und zum Dank dafür, ließ ich sie im Stich.«

Verbitterung sprach aus seinen Worten. Nun konnte er seine Tränen nicht mehr zurückhalten. Langsam begann Ines zu verstehen, warum Jan bisher nicht mit ihr über seine Familie sprechen wollte. Er machte sich immer noch Vorwürfe, gab sich die Schuld dafür, nicht rechtzeitig eingegriffen zu haben. Bei beiden Frauen.

Armer Jan! Wie hatte er wohl bisher gelitten!

Nach einer Weile, als er sich wieder fähig fühlte weiterzusprechen, fuhr er mit tränenverschleiertem Blick fort.

»Mit den Jahren ließen die seelischen Schmerzen etwas nach, aber jedes Jahr, am Todestag meiner Mutter, kommen die Emotionen wieder an die Oberfläche. Dann muss ich einfach allein sein, kann niemanden um mich herum gebrauchen. Es schmerzt immer noch zu sehr.«

Allmählich begann Ines zu begreifen. Er hatte für sich eine ganz eigene Art des Trauerns gefunden, wollte in Gedanken bei seinen lieben Verstorbenen sein. Niemand sollte seine Schwäche sehen. Zärtlich legte sie sich neben ihn und nahm ihn in den Arm. Voller Liebe streichelte sie ihm über die Wange und küsste ihm die Tränen aus dem Gesicht.

»Du trägst keine Schuld. Wie alt warst du, als deine Mutter starb?«

»Acht. Ich war gerade einmal acht Jahre alt«, antwortete er leise.

»Acht Jahre! Was hättest du denn tun können? Niemand hat Schuld. Selbst dein Vater hat doch alles versucht. Sie wollte sich nicht helfen lassen. Da bist du als Kind doch machtlos.«

»Ich weiß. Trotzdem ist das ein Scheißgefühl. Und dann diese Bilder. Ich werde diese Bilder, wie sie da lag, niemals vergessen. Hätte ich ihr doch nur die Tabletten versteckt.«

»Woher hättest du, als achtjähriger Bub, denn wissen sollen, dass ausgerechnet die verordneten Medikamente eine Gefahr für sie darstellten? Jan, du musst dich von diesem Schuldgefühl befreien.«

»Es geht nicht. Und wenn ich mir hundertmal vorbete, dass ich nicht dafür verantwortlich bin. Noch bin ich einfach nicht so weit.«

»Hast du schon einmal daran gedacht, einen Psychologen aufzusuchen?«

»Wir beide haben doch schon einmal darüber gesprochen, du erinnerst dich?«

Sie nickte. Noch sehr genau sah sie den Abend vor seinem Überfall vor sich, als er sich ihr endlich ein wenig geöffnet hatte.

»Und wie ich dir schon anbot, ich besorge dir einen Termin bei unserem Polizeipsychologen. Der kann dir sicher helfen. Ich lege ein Wort für dich ein, damit es schnell geht.«

Sie spürte, wie er ihre Hand drückte. Liebe und Dankbarkeit legte er in diesen Händedruck.

»Das ist lieb gedacht von dir, aber nicht nötig. Inzwischen komm ich ganz gut klar. Es ist eben nur dieses schwarze Loch um ihren Todestag. Aber das brauche ich, um alles nach und nach zu verarbeiten. Das ist einfach für mich der richtige Weg. Glaub mir.«

»Nun, wir werden sehen, wie es dir nächstes Jahr geht. Dann können wir immer noch entscheiden, was zu tun ist.«

Nächstes Jahr! Jan lächelte Ines an und sie strahlte. Beide

wussten, was diese Aussage bedeutete. ›*Nächstes Jahr*‹ bedeutete, Ines gab ihrer Beziehung noch eine Chance. Das hatte sich zwar die letzte Zeit angedeutet, aber so ganz sicher konnte er sich da nicht sein. Wenn er sie nicht verlieren wollte, sondern eventuell daran dachte, den Rest seines Lebens mit dieser einzigartigen Frau zu verbringen, dann musste er diese Chance ergreifen. Eine weitere würde er nicht bekommen.

Ein teuflisches Grinsen breitete sich in seinem Gesicht aus. Was für ein Glück! Er konnte es kaum fassen. Die beiden Polizisten hatten ihre Schutzbefohlenen tatsächlich aus den Augen verloren. Das bedeutete für ihn die Möglichkeit, Oma und Enkelin aufzuspüren und für seine Zwecke einzusetzen. Er musste handeln. Sofort. So eine Gelegenheit kam so schnell nicht wieder.

Er kontrollierte seine Tasche. Lag alles bereit? KO-Tropfen. Seile. Klebeband. Messer. Revolver. Patronen. Ein Beutel mit Verpflegung. Wasser. Klappspaten. Es schien alles da zu sein.

Lässig warf er sich die Tasche über die Schulter. Ruhig und gefasst marschierte er zu seinem Wagen. Egal was kommen würde, er brachte es nun zu Ende. So oder so.

Wie elend sich Anita und Konrad fühlten, erkannte Thomas sofort, als er auf dem Vergnügungsgelände eintraf. In kurzer Zusammenfassung erfuhr er die näheren Umstände, warum sie ihre Schützlinge aus den Augen verloren. Auch er vermied es, Anita direkt auf ihr Fehlverhalten hinzuweisen.

Ihrer Miene war anzusehen, wie sehr sie das Geschehene belastete. Stattdessen versuchte Thomas, erst einmal die Fakten erläutert zu bekommen.

»Ihr habt also das Gelände abgesucht?«

Die Antwort der beiden bestand aus einem synchronen Nicken.

»Und wie sieht es mit dem Markt aus?« Mit hochgezogenen Augenbrauen fuhr er sich mit der Hand durch sein dunkelblondes Haar und blickte Anita Schröder direkt in die Augen. Wie unter einem Peitschenhieb zuckte sie zusammen.

»Wir sind durchgelaufen. Aber bei den Menschenmassen ist es natürlich nicht auszuschließen, dass wir etwas übersehen haben.«

»Und dann besteht auch noch die Möglichkeit, dass sie irgendwo eingestiegen sind. Da kann man schnell mal aneinander vorbeilaufen«, warf Konrad ein.

Ein absolut schlüssiges Argument. Seine Analyse der Lage klang recht nüchtern und machte gleichzeitig Mut.

»Die Wahrscheinlichkeit, dass sich die beiden hier immer noch aufhalten, ist sehr hoch. Ich glaube nicht, dass unser Täter Frau Sandner und ihre Enkelin in seine Gewalt gebracht hat. Woher sollte er wissen, dass dieser Ausflug für heute geplant war? Nur eine Handvoll Leute wusste davon. Es wäre natürlich möglich, dass er euch gefolgt ist. Dann hätte er aber in der Nähe der Wohnung auf euch warten müssen. Ist euch irgendetwas in dieser Richtung aufgefallen?«

Die Beamten schüttelten den Kopf.

»Ganz im Gegenteil. Ich habe besonders sorgfältig auf den nachfolgenden Verkehr geachtet. Da war überhaupt nichts Ungewöhnliches!«

Thomas glaubte Obermeier aufs Wort. Konrad galt als sehr vorausschauend und umsichtig, mit ein Grund, warum er für diesen Auftrag ausgewählt wurde.

»Gut. Dann schlage ich vor, wir suchen noch einmal gezielt. Vermutlich vergnügen sie sich ausgelassen und haben noch nicht einmal bemerkt, wie wir uns sorgen. Wir teilen uns am besten auf. Hat jeder sein Handy dabei?«

Anita zog ihr mobiles Telefon aus der Jackentasche, Konrad winkte ebenfalls zustimmend mit seinem.

»Also los. Wer sie zuerst sieht, gibt den anderen Bescheid.«

Die Uhr zeigte inzwischen späten Nachmittag an. Die Luft kühlte deutlich ab und die Dämmerung setzte langsam ein. Thomas schaute dem bunten Treiben zu. Einige Kinder quengelten, die Menschenmassen nahmen allmählich ab. So nach und nach konnte er den gesamten Rummelplatz besser übersehen. Im Moment stand er vor einem überdimensionalen Irrgarten. Obwohl, eigentlich vereinigten sich hier Irrgarten, Spiegelkabinett und ungeahnte Überraschungselemente zu einem Vergnügungsort. Trotz des Ernstes der Lage musste er unwillkürlich lachen, als eine ältere Dame durch einen Türbogen lief und von unten mit Luft angeblasen wurde. Sie erschrak und quiekte auf. Doch dann lief sie weiter, als wäre nichts geschehen. Er blickte auf den Ausgang und traute seinen Augen nicht. Gerade traten Daniela und Monika quietschvergnügt und scherzend heraus. Sie amüsierten sich über das soeben Erlebte und nahmen gar keine Notiz von Thomas. Er folgte ihnen, während er sein Handy herausholte und Anita und Konrad informierte. Dann schloss er auf die beiden Ausreißer auf.

»Hey ihr zwei. Da habt ihr uns aber einen gehörigen Schrecken eingejagt!«

Abrupt blieben Danny und Monika stehen, als sie seine ernste Stimme vernahmen. Ertappt drehten sie sich um.

»Äh, ich wollte nur, ähm …«

Daniela geriet ins Stottern. Doch Monika fing sich schnell wieder und erklärte Thomas die Situation.

»Klar war das nicht sehr nett von uns. Aber wir wollten

einfach mal wieder ein paar Augenblicke ganz für uns alleine haben, nachdem wir seit Wochen auf Schritt und Tritt bewacht werden. Ist das so schwer zu verstehen?«

»Also, von Ihnen hätte ich ganz bestimmt mehr Umsicht erwartet, Frau Sandner.« Während Thomas mit verschränkten Armen Monika aus zusammengezogenen Augen anblitzte, ließ seine Tonlage keinen Zweifel über seine Verstimmung. »Ich kann Sie absolut nicht verstehen. Wie wären Sie damit klargekommen, wenn Ihrer Enkelin tatsächlich etwas passiert wäre? Dann hätte es nichts mehr genutzt, sich Vorwürfe zu machen. Dann wäre das nicht mehr rückgängig zu machen gewesen.«

»Hätte, könnte, würde«, meinte Monika trotzig. »Es ist nichts passiert und nun sind wir ja wieder da. Tut mir leid, dass Sie sich alle Sorgen gemacht haben. Das wollten wir allerdings nicht.«

»Zumindest hätte ich erwartet, dass Sie an ihr Handy gehen, wenn ich Sie anrufe.« Monika schaute bestürzt. Sie zog das Mobiltelefon aus ihrer Tasche und schaute auf das Display. Tatsächlich! Fünf Anrufe in Abwesenheit. Sie musste das Klingeln überhört haben. Schuldbewusst senkte sie den Kopf. Doch Thomas winkte ab.

»Zum Glück ist ja nichts Schlimmes passiert. Aber nächstes Mal versetzen Sie uns bitte nicht mehr in Angst und Schrecken, in Ordnung?«

Monika versprach ihm das kleinlaut. Im selben Augenblick liefen Konrad und Anita um die Ecke. Deutlich sah man ihnen die Erleichterung an. Monika entschuldigte sich noch einmal förmlich bei den beiden Beamten. Doch die grollten nicht, sondern freuten sich einfach nur, dass alles in Ordnung zu sein schien. Man merkte Thomas an, dass er über etwas nachdachte. Fragende Blicke ruhten auf ihm. Er schaute auf die Uhr und wandte sich Konrad Obermeier und Anita Schröder zu.

»Ich mache Ihnen beiden einen Vorschlag. Es ist zwar erst kurz nach fünf, aber warum gehen Sie nach dieser Aufregung nicht einfach in den Feierabend? Am besten nehmen Sie sich morgen noch einen Tag frei. Wir drei schlendern hier noch ein bisschen durch die Gegend. Anschließend übernehme ich den Fahrdienst zurück nach Villingen und den Personenschutz für den Rest der Nacht.«

Monika und Daniela schauten sich an. Ging das überhaupt? Hauptkommissar Klausmann hatte doch sicher auch eine Menge zu tun. Doch er schien ihre Gedanken zu lesen.

»Keine Sorge, ich werde heute sowieso in der Abteilung nicht mehr gebraucht. Und damit es keine Probleme gibt, schicke ich Ines gleich eine SMS. Außerdem schadet es nichts, wenn ich mich auch einmal wieder auf Beobachtungsposten begebe. Heute Nacht vor dem Haus werde also ich ein wachsames Auge auf Sie beide werfen.«

»Aber so ganz alleine? Das geht doch nicht!«

»Klar geht das. Aber wenn es Sie beruhigt, kann ich mich auch zwischendurch von einem Kollegen ablösen lassen. Im Moment haben wir eine recht ordentliche Personaldecke, da fällt uns schon eine Lösung ein.«

Das hörte sich gut an. Somit war alles geklärt. Da konnte auch Ines nichts dagegen haben. Anita und Konrad verabschiedeten sich noch einmal winkend in ihren Feierabend, während Thomas und Monika mit Daniela in ihrer Mitte noch eine Runde über den Rummel drehten. So viel Spaß hatten die zwei Sandnerfrauen schon lange nicht mehr gehabt. Vorher aber schickte Thomas Ines pflichtbewusst und wie versprochen eine SMS, um sie darüber zu informieren, dass Danny die Nacht bei Monika verbringen würde und für den Personenschutz gesorgt sei. Schließlich sollte sich heute nicht noch jemand Sorgen machen.

Sich wohlig rekelnd galten Ines erste Gedanken nach dem Aufwachen Jan. Über die positiven Aussichten musste sie später unbedingt Monika unterrichten. Sie würde sie von ihrem Arbeitsplatz aus anrufen. Im Moment schien es ihr dafür einfach noch zu früh. Nach dem anstrengenden Tag gestern und obendrein noch Ferien, da lagen die beiden bestimmt noch schlummernd in ihren Betten. Sie fand es bewundernswert, dass Thomas einfach, so mir nichts dir nichts, den Personenschutz der letzten Nacht für ihre Mutter und ihre Tochter übernahm. Allerdings fragte sie sich, was wohl dahintersteckte. Denn einen Grund dafür musste es wohl geben. Sie konnte ja nicht ahnen, dass Monika und Danny am Tag zuvor ihren Bewachern einen Heidenschreck eingejagt hatten.

Als Ines schließlich in ihrem orangefarbenen Seat Ibiza saß, wagten sich bereits die ersten Sonnenstrahlen durch die dünne Wolkendecke. Auf den Dächern glitzerte der Reif. Sie zog die Sonnenbrille auf, denn die Sonne stand noch sehr tief und blendete stark. Kleine Dampfwölkchen bildeten sich vor den Gesichtern der Passanten, die den Gehweg entlang hasteten. Kaum einer machte dabei ein fröhliches Gesicht. *›Hey Leute, lächeln, es ist doch Sonntag, die Sonne scheint und ihr habt frei. Was wollt ihr denn noch?‹*, dachte Ines bei sich und schüttelte verständnislos den Kopf.

Im Büro angekommen, stellte sie fest, dass die Kollegen, die ihre alten Fälle unter die Lupe nahmen, etwas gefunden hatten. Es handelte sich um die Akte eines jungen Mannes, der damals im Drogenrausch randalierte und einen Beamten angriff. Dabei blieb Ines nichts anderes übrig, als ihn mit einem gezielten Schuss in die Schulter zu stoppen. Leider mit der Konsequenz, dass er seine vielversprechende Tischtennislaufbahn aufgeben musste, da er den Arm nie wieder richtig bewegen konnte. Natürlich machte er Ines dafür verantwortlich, was ihr durchaus verständlich erschien, sie aber nicht weiter beeindruckte. Nicht jeder, der sauer auf sie war, musste schließlich eine potenzielle Bedrohung darstellen. Nur komisch, dass dieser Simon Kujat genau vor zwei Monaten von Stuttgart nach Villingen umgezogen war. Zufall? Oder eher nicht? Das mussten sie unbedingt überprüfen. Thomas saß noch nicht an seinem Platz. Vermutlich würde er heute erst einmal ausschlafen, verständlich nach der Nacht vor Monikas Haus. Deshalb beschloss sie, Peter mitzunehmen. Der freute sich, dass er mal wieder aus dem miefigen Gebäude herauskam. Doch der Besuch bei Kujat war nicht von Erfolg gekrönt. Er konnte ein wasserdichtes Alibi vorweisen, mit mehreren glaubwürdigen Zeugen an der Hand.

»Schade, das war mal wieder ein Satz mit X… war wohl nix«, meinte Ines, als Kujat die Haustür mit einem lauten Knall hinter den beiden Polizisten zuwarf, was Ines nicht im Geringsten beeindruckte.

»Hast du Lust auf eine Currywurst?« Peter folgte Ines Blickrichtung und hielt die Nase in den Wind. Der Duft, der ihnen entgegenschlug, machte die Entscheidung leicht.

»Ja, warum nicht.«

Während sie an einem der Stehtische standen, Wurst und Cola vor sich, ignorierend, dass Fast Food keinen guten Ruf besaß, versuchte Ines, Monika anzurufen. Doch es ging keiner ans Telefon. Entschlossen wischte sie sich die fettigen Finger an der Serviette ab und versuchte es auf Monikas Handy. Enttäuscht lauschte sie der Mailbox. Das gleiche Spiel auf Dannys Handy. Sie konnte eine gewisse Nervosität nicht verstecken.

»Komisch. Ich kann weder meine Mutter noch Danny erreichen. Die müssten doch zu Hause bei meiner Mutter sein. Hoffentlich ist alles in Ordnung.«

Mit einem schüchternen Einwand versuchte Peter, ihr die Sorgen zu nehmen.

»Was sollte denn nicht in Ordnung sein? Kommissar Klausmann hätte sich doch gemeldet, wenn etwas nicht stimmen würde.«

»Aber der ist doch vermutlich gar nicht mehr im Dienst. Da müsste schon längst die Ablösung vor der Tür stehen.«

Aufgrund der zurückliegenden Ereignisse hatte Ines ein mulmiges Gefühl im Magen.

»Warum rufst du ihn nicht an? Er hat sicher nichts dagegen, wenn du ihn weckst, falls er schlafen sollte. Ihm ist doch auch wichtig, dass du dich nicht beunruhigst.«

»Okay, ich glaube, du hast recht.«

Entschlossen wählte sie Thomas Nummer, doch auch hier bekam sie nur die Stimme der Mailbox zu hören. Mittlerweile war der Punkt erreicht, an dem sich Ines nicht mehr mit Einwänden beruhigen ließ. Da stimmte definitiv etwas nicht. Und genau das musste sie herausfinden. Blieb also nur eines: Sie rief in der Dienststelle an, um nachzufragen, wer für Thomas den Dienst übernahm. Doch als sie hörte, dass überhaupt noch keine Ablösung beantragt wurde, schrillten bei ihr alle Alarmglocken.

Es roch nach altem Holz und abgestandener Luft. Staub kitzelte in Monikas Nase. Höllische Kopfschmerzen pochten rhythmisch hinter ihrer Stirn. Dunkelheit umfing sie, was eine Orientierung unmöglich machte. In dem Augenblick, als sie sich erheben wollte, lähmte sie die Gewissheit, dass sie an Händen und Füßen gefesselt worden war. Sie atmete tief ein. Das ging nur durch die Nase, denn den Mund verschloss ein breiter Streifen Klebeband. Sie bewegte den Kopf, zwinkerte mit den Augen. Inzwischen an die Dunkelheit gewöhnt, bemerkte sie ein schwaches Schimmern. Langsam begriff sie auch den Grund dafür. Irgendetwas aus grobem Stoff bedeckte ihren Kopf. Was war geschehen? Thomas wollte mit ihnen nach Hause fahren, daran konnte sie sich noch erinnern. Und dann? Daniela! Panik übermannte sie.

Wo steckte das Kind? Angestrengt hob sie den Kopf, um verdächtige Geräusche zu hören. Vielleicht befand sich ihre Enkelin ja auch hier. Aber wo war ›hier‹?

Sie hob die zusammengebundenen Beine leicht an und tastete mit ihnen umher. Schnell traten sie ins Leere. Eine Bank. Sie lag auf einer Bank, die direkt an einer Wand zu stehen schien. Behutsam ließ sie die Beine herunterbaumeln, richtete den Körper an der Wand auf. Wieder einmal zahlte sich ihre regelmäßige Gymnastik aus, die ihren Körper fit hielt. Sitzend schaffte sie es, sich von dem stinkenden Jutesack über ihrem Kopf zu befreien. Sie war davon überzeugt, sich in einer Hütte zu befinden. Die Läden waren geschlossen, sodass nur durch einzelne Ritzen im Holz etwas Licht eindrang. Suchend ließ sie ihren Blick schweifen und blieb an einem Kleiderbündel am Boden hängen: Daniela. Dannys Augen waren geschlossen. Ebenfalls gefesselt und mit Klebeband ruhiggestellt, lag sie am Boden. Auf einen Sack über dem Kopf hatte man bei ihr jedoch verzichtet. Monika stellte beruhigt fest, dass Daniela gleichmäßig atmete. Sie schien zu schlafen oder bewusstlos zu sein. Fieberhaft kramte Monika in ihren Erinnerungen. Vielleicht fand sich ja doch etwas in den Tiefen der Hirnwindungen, was Aufschluss über diese Situation gab. Doch wie schon vorher, fiel ihr beim besten Willen nichts Brauchbares ein.

Und Thomas? Wo steckte der? Hatte ihm der Unbekannte womöglich etwas angetan? Schließlich stand Thomas als Mitbeschützer der Familie dem unbekannten Täter klar im Weg. Hätte er doch bloß einen zweiten Mann dazu geholt, als er Anita und Konrad heimschickte. Ob es wirklich geholfen hätte, wusste Monika nicht zu beurteilen. Sie musste sich eingestehen, dass sie eigentlich überhaupt nichts wusste.

Doch sich darüber jetzt den Kopf zu zerbrechen, brachte rein gar nichts. Sie musste vielmehr dafür sorgen, dass sie beide hier rauskamen. Mühsam begann sie, das Klebeband wegzuknibbeln. Anscheinend handelte es sich um ein älteres Exemplar, denn der Klebefilm hielt nicht besonders fest, sodass sie recht schnell zum Ziel kam. Sie ließ sich auf den Boden gleiten, setzte sich auf den Po und rutschte Stück für Stück mit angezogenen Beinen zu ihrer Enkelin. Vorsichtig streichelte sie ihr über den Oberarm und rief ihren Namen. Nach kurzer Zeit erwachte Daniela, zeigte erste Lebenszeichen. Beruhigend redete Monika auf das Kind ein, während sie ihr das Klebeband entfernte.

»Bist du in Ordnung, mein Kind? Hast du Verletzungen?«

Besorgt schaute sie Danny ins Gesicht. Doch diese schien kein bisschen ängstlich zu sein. Mit zusammengezogenen Augenbrauen registrierte sie die Fesseln. Ihre Augen funkelten vor Wut.

»Hey, das glaub ich jetzt einfach nicht, Mann. Was ist überhaupt los? Weißt du, wo wir sind?«

»Absolut keinen Schimmer. Scheint irgendeine Hütte oder so was zu sein.«

»Wie sind wir hierhergekommen? Und wo ist Kommissar Klausmann?«

»Tut mir leid mein Schatz, ich habe keine Antworten auf deine Fragen. Aber ich weiß nur so viel, wir sollten versuchen, hier so schnell wie möglich zu verschwinden.«

»Stimmt, aber das ist ein bisschen schwierig mit den Dingern hier, nicht wahr?«

Dabei schwenkte sie die Arme in Richtung Monika und heftete den Blick auf die weißen Kabelbinder, die die Gelenke umschlossen.

»Vielleicht finden wir eine Säge oder eine Gartenschere oder sonst irgendetwas Brauchbares.«

Ohne Worte bewegten sich die beiden aufeinander zu und

halfen sich gegenseitig auf. Durch den Raum hüpfend, begannen sie in Ecken und Schränken tastend zu suchen. Gar nicht so einfach, in dem schummrigen Licht. Schließlich fanden sie eine Axt.

»Na also.« Voller Enthusiasmus zog Monika sie aus einer Ecke hervor. Sie setzte sich hin und klemmte das gute Stück fest zwischen ihre Beine, die Schneide nach vorne, während die Hände den Stiel umklammerten. Daniela wusste sofort, was Monika von ihr erwartete. Zuerst scheuerte sie die Kabelbinder an den Handgelenken an der Schneide entlang. Der Rest war ein Kinderspiel.

Natürlich ließ sich die schwere Holztür nicht öffnen, dafür aber die Fenster. Auch die Holzläden stellten kein Problem dar. In Nullkommanichts kletterten die beiden durch den Fensterrahmen. Um sie herum nur dichter Wald, ohne eine blasseste Ahnung, in welche Richtung sie sich nun begeben sollten. Aber egal, erst einmal einfach weg. Wenn sie doch bloß ihre Handys gehabt hätten! Doch Handtasche und Telefon hatten sie in der Hütte natürlich nicht vorgefunden. Deshalb beschlossen sie für den Augenblick, einfach immer dem Weg, der von der Hütte wegführte, zu folgen. Solange sie den Verantwortlichen für ihre Entführung nicht kannten, mussten sie höllisch aufpassen, diesem Menschen nicht aus Versehen in die Arme zu laufen. Da die Dämmerung inzwischen schon sehr weit fortgeschritten war, konnten sie es nicht riskieren, einfach quer durch den Wald zu stolpern. Monika fröstelte. Zum Glück trugen beide noch die warme Kleidung. Entschlossen streckte sie sich und gab das Kommando.

»Auf geht's Danny. Wir müssen uns beeilen, damit wir so schnell wie möglich aus dem Wald herauskommen. Bald ist es zappenduster und dann sehen wir den Weg nicht mehr. Außerdem wird uns warm, wenn wir uns schneller bewegen.«

Daniela nickte. Entschlossen ergriff sie die Hand ihrer Großmutter. Ohne noch ein weiteres Wort zu verlieren, marschierten sie in die Dunkelheit des Waldes. Jedes Geräusch, jedes Knacken der Äste ließ sie zusammenfahren. Die Angst niederkämpfend stapften sie, immer mal wieder lauschend, einer hoffentlich baldigen Freiheit entgegen.

Ines verkörperte normalerweise nicht den Typ, der sich so schnell erschüttern ließ. Doch nun spürte sie eine Unruhe in sich, die kaum auszuhalten war. Was konnte passiert sein? Die Vorkommnisse der letzten Wochen zeigten, dass der Täter auch vor Mord nicht zurückschreckte. Sollte er tatsächlich der Grund dafür sein, dass sich weder Monika, Daniela, noch Thomas erreichen ließen? Oder reagierte sie über, weil sie persönlich in die Sache verwickelt war? Gab es eine ganz einfache Erklärung dafür? Fieberhaft überlegte sie, was zu tun sei. Tatenlos rumsitzen und warten, nebenbei noch ihrer Arbeit nachgehen? Nein, bestimmt nicht. Das erschien ihr ganz unmöglich! Sie fasste einen Entschluss. Sie zog die Winterjacke über, schnappte sich den Autoschlüssel ihres Dienstfahrzeuges und verließ den Raum. Auf dem Weg durch den Flur schaute sie bei Peter vorbei.

»Woran arbeitest du gerade?«

»Ich versuche, etwas über den abgebrannten Bauernhof herauszubekommen. Warum fragst du?«

»Kann das vielleicht jemand anderes machen? Ich muss fort und hätte dich gern dabei!«

Die Chefin wollte ihn dabeihaben? Klar, warum nicht? Das gehörte schließlich zum Job.

»Kein Problem. Ich sag schnell einer Kollegin Bescheid. Die soll das hier weiter übernehmen. Wohin fahren wir?«

»Zu meiner Mutter.«

Sie erläuterte ihm während der Fahrt die Lage, um ihm dann ihre Pläne mitzuteilen.

»Ich will mich persönlich vergewissern, ob meine Mutter und Danny nicht doch zu Hause sind. Die Handys können schließlich aus allen möglichen Gründen nicht funktionieren.«

Peters Gesichtsausdruck nahm ernste Züge an. Er hielt es für sehr unwahrscheinlich, die beiden anzutreffen. Ines hatte, seiner Meinung nach, allen Grund dazu, besorgt zu sein. Doch er machte sich nicht annähernd eine Vorstellung davon, wie es tatsächlich in ihrem Innersten aussah. Nur jahrelange Erfahrung sorgte dafür, dass sie trotz der bösen Vorahnung nicht in Panik verfiel. Rationelles Denken war nun gefordert. Ihr Kopf spulte automatisch die Vorgehensweise ab: Das Nahe liegendste kontrollieren, dann erst weitere Schritte einleiten. Professionelle Schritte, wohlgemerkt. Was für ein Glück, dass sie dank ihres Jobs nicht zum tatenlosen Herumsitzen und Abwarten verdammt war.

»Willst du nicht den Chef informieren?«

Sie blickte angespannt durch die Windschutzscheibe, was nicht nur am Verkehr lag.

»Zuerst schaue ich bei meiner Mutter vorbei, dann bei Thomas. Wenn wir niemanden vorfinden, schalte ich Willimsky ein.«

»Versprochen?«

»Versprochen.«

Sie klingelte bei Monika Sturm. Erfolglos. Ines hatte für Notfälle einen Schlüssel an ihrem Schlüsselbund. Den setzte sie nun ein. Mit dem Fuß stieß sie die Tür einen Spalt auf, lauschte. Alles blieb ruhig. Ines Ruf schallte durch die verlassenen Räume.

»Mutter? Bist du da? Daniela? Wo seid ihr? Alles in Ordnung?«

Dabei lief sie durch den Flur, dicht gefolgt von Peter. Sie schaute in jedes Zimmer. Keine Menschenseele. Die Küche war picobello aufgeräumt, die Betten gemacht, die Garderobe leer. Zumindest hätten hier die Jacken der beiden hängen müssen.

»Ich glaube, die waren überhaupt noch nicht hier.«

Ines Angst wuchs, überzog ihre Haut mit einem Kribbeln, als säße sie in einem Ameisenhaufen. Peter suchte vorsichtshalber noch im oberen Stock. Doch vergebens. In diesem Haus befand sich niemand. Beim Blick in Ines angespanntem Gesicht, ahnte Peter sofort, was nun folgen würde.

»Thomas?«, fragte er.

»Ja, zu Thomas.«

Schnellen Schrittes stürzten sie aus dem Haus. Kaum saßen sie im Auto, klingelte Peters Handy. Er schaute aufs Display.

»Ah, das ist Mandy.«

»Deine Freundin?«

»Nein. Das ist die Kollegin, die vorhin für mich eingesprungen ist. Sicher hat sie Neuigkeiten wegen des Bauernhofes.«

»Worauf wartest du dann? Geh ran. Es ist bestimmt wichtig, wenn sie nicht warten kann, bis du wieder in der Dienststelle bist.«

Ines ließ den Motor nicht an, damit Peter sein Gespräch besser verstehen konnte. Aus seinem Gesichtsausdruck konnte sie die ernste Bedeutung des Anrufs ablesen. Hin und wieder warf er ein kurzes ›*aha*‹ oder auch ›*mhm*‹ ein, dann hörte sie ihn wieder ›*verstehe*‹ sagen. Ines saß wie auf Kohlen. Endlich endete die Verbindung. Peter schaute nach vorne. Er knetete die ineinander verschränkten Finger, die Lippen zusammengepresst, schien sich zu sammeln, bevor er ihr die Neuigkeiten mitteilte. Schließlich drehte er sich in ihre Richtung. Seine sonst so strahlenden Augen wirkten besorgt. Zögernd informierte er seine Chefin.

»Wir wissen jetzt, wem das Haus gehört. Es wird dir nicht gefallen.«

Er holte tief Luft. Ines hielt es fast nicht mehr aus.

»Ja und? Nun rede schon. Schweigen macht es auch nicht besser.«

»Das ist der Burgerhof.«

»Okay, das lässt wohl darauf schließen, dass eine Familie Burger die Besitzer sind, beziehungsweise waren, oder? Das erwähnte Thomas mir gegenüber bereits. Stand auch auf dem Schild, als ich dort hinfuhr. Aber der Name Burger sagt mir persönlich eigentlich gar nichts.«

»Nun, Burger hießen die früheren Besitzer. Eine waschechte Bauernfamilie. Nach deren Tod erbte die Tochter, eine gewisse Cornelia Burger den Hof. Die Eltern starben recht früh, sodass sie den Hof schon in sehr jungen Jahren übernehmen musste. Aber das ist eine andere Geschichte.«

»Ja, ja, schon gut. Los weiter, erzähl die für uns wichtigen Dinge und lass dir doch nicht alles aus der Nase ziehen. Wir haben keine Zeit für Spielchen. Wir müssen nach meiner Mutter und Danny suchen!«

Die Finger der linken Hand trommelten ungeduldig auf den Oberschenkeln, während sie einen gehetzten Blick auf ihre Armbanduhr warf.

»Dann pass auf! Cornelia Burgers Nachnamen änderte sich, als sie heiratete. Sogar zweimal. Zum Schluss hieß sie Klausmann.«

Ines erstarrte, war zu keiner Bewegung fähig. Die Gedanken rasten durch ihren Kopf.

»Sagtest du Klausmann?«, vergewisserte sie sich. Peter nickte.

»Und bevor du weiter nachdenkst, ja, Cornelia Klausmann, ehemals Burger, war Thomas Mutter.«

»War? Heißt das, sie ist tot?«

Peter bestätigte das. In Ines Kopf überschlugen sich die Gedanken.

»Das bedeutet, der Bauernhof gehört inzwischen vermutlich Thomas, nicht wahr?«

Warum hatte Thomas mit keiner Silbe auf diesen Sachverhalt hingewiesen? Dabei handelte es sich doch um eine Sache von größter Wichtigkeit. Oder gab es einen Grund, warum das für die Ermittlungen nicht relevant sein sollte? Es konnte doch nicht sein, dass Thomas … dieser Brand vor einigen Tagen … oder etwa doch?

Ines traute ihm das eigentlich nicht zu, andererseits kannte sie ihn erst ein halbes Jahr beziehungsweise acht Monate, um genau zu sein. Peter riss sie aus ihren Gedanken.

»Aber der Hof gehört ihm nicht allein. Er hat noch einen Bruder.«

»Einen Bruder? Kennen wir den?«

»Nein, Jochen Klausmann ist sein Name. Aber aktenkundig ist er nicht. Scheint ein ganz unauffälliger Typ zu sein.«

»Weiß man, wo er wohnt?«

»Wir sind dran.«

»In Ordnung. Ich fasse es nicht. Warum ließ Thomas mich nicht wissen, dass der Hof ursprünglich seinen Großeltern gehörte? Er tat so, als wüsste er genau so wenig wie wir.«

»Da gibt es noch eine Sache.«

Ines hielt mitten in der Bewegung inne, starrte wortlos auf ihren Praktikanten, der ihr eine unangenehme Nachricht nach der anderen servierte. Ungeduldig stieß sie ihn gegen den Arm.

»Los, raus damit.«

»Wie ich schon sagte. Klausmann war Cornelia Burgers zweiter Ehemann. Der Erste hieß Sandner. Dieter Sandner.« So, nun war es draußen. Peter hielt die Luft an, während er auf Ines Reaktion wartete. Diese bekam große Augen.

»Dieter Sandner? Du meinst doch nicht etwa meinen Vater?«

Ihr Gesicht glich einer Maske, als sie die Fakten Revue passieren ließ. Der Bauernhof, zu dem sie bestellt worden war, in Flammen; Thomas entpuppte sich als Besitzer; ihr Vater, Ehemann von Thomas Mutter: All das hing irgendwie zusammen. Hatte das alles tatsächlich mit den Geschehnissen der letzten Zeit zu tun? Oder doch nur Zufall? Und noch etwas schwirrte in ihrem Kopf herum. Aber Peter gab ihr die Antwort, bevor sie fragen konnte.

»Klausmann hat Thomas und seine Schwester adoptiert. Der richtige Vater der beiden ist Dieter Sandner. Die beiden sind deine Halbgeschwister. Jochen ist der leibliche Sohn von Klausmann und Cornelia Burger.«

Sie konnte es nicht fassen. Diese Neuigkeiten mussten erst einmal verdaut werden. *Sie hatte zwei Halbgeschwister und ihre Eltern fanden es nicht für nötig, sie darüber in Kenntnis zu setzen?*

»Was geschah damals? Hat Cornelia diesen Klausmann kennengelernt und meinen Vater verlassen?«

Peter schüttelte den Kopf.

»Umgekehrt. Dieter hat deine Mutter kennengelernt und seine kleine Familie für sie verlassen. Cornelia Klausmann verkraftete das nie, ist depressiv geworden und nahm sich später das Leben.«

Genau wie Jans Mutter, dachte Ines. *In welcher Welt leben wir eigentlich? Mussten Menschen sich das Leben immer so schwer machen? Und was war mit ihrer Mutter?* Ihr wurde klar, dass Monika ihr möglicherweise nicht die ganze Wahrheit erzählt hatte. Das durfte doch nicht wahr sein! Hatte diese ganze Sache etwas mit dem Verschwinden von Monika und Danny zu tun? Sie wusste nicht, was größer war: Die Sorge um ihre Lieben oder die Wut in ihr, dass Monika so lange geschwiegen hatte. Wütend richtete sie den Blick für einen Moment durch die Autoscheibe. Dann fasste sie einen Entschluss.

»Wir fahren jetzt zu Thomas und sehen dort noch einmal nach, ob wir jemanden finden. Du rufst Willimsky an. Er soll die Truppe zusammentrommeln. Wir brauchen einen Plan für das weitere Vorgehen, und zwar schnell!«

Energisch startete sie den Wagen und schoss aus der Parklücke, einen leicht ängstlichen Peter neben sich, angesichts der wütend dreinblickenden Frau am Steuer. Doch darauf konnte sie jetzt keine Rücksicht nehmen, auch nicht auf den wild hupenden Autofahrer, dem sie gerade die Vorfahrt genommen hatte.

Oma, mir ist so fürchterlich kalt!«

Danielas Stimme zitterte beim Sprechen und kleine Wölkchen entwichen ihrem Mund. Monika ließ Dannys Hand los. Stattdessen legte sie den Arm um sie. Dabei zog sie das Kind dicht an sich heran. Sie hoffte, dem Mädchen auf diese Weise mehr Wärme geben zu können. Gleichzeitig rubbelte sie Danielas Rücken, um die Blutzirkulation in Gang zu halten. Inzwischen war die Nacht hereingebrochen. Jeder Schritt musste vorsichtig vor den anderen gesetzt werden, da beide kaum etwas sahen. Der wolkenverhangene Himmel ließ es leider nicht zu, dass ihnen der Mond den Weg beleuchtete. Schon zum dritten Mal erreichten sie eine neue Weggabelung. Langsam verlor Monika die Orientierung. Welche Seite sollten sie nun wählen? Rechts oder vielleicht doch lieber links? Seit der letzten Abzweigung schlängelte sich der Weg mal in diese, dann wieder in die andere Richtung, dass sie beim besten Willen nicht mehr einschätzen konnte, in welche Richtung sie nun liefen. Sie entschied sich aus dem Bauch heraus für rechts.

Plötzlich flatterte etwas über ihren Köpfen und flog in den nächsten Baum. Voller Schreck duckten sich Monika und Daniela ins nahe Unterholz. Doch am darauffolgenden Rufen erkannten sie, dass es sich nur um einen Uhu handelte. Immer noch zitternd setzten sie ihren Weg fort. Daniela hielt sich sehr tapfer. Nicht ein einziges Mal kam ein Murren über ihre Lippen. Obwohl beide nicht wussten, warum sie in dieser Hütte aufwachten, mussten sie ohne Frage versuchen, zu entkommen. Das ›*Warum*‹ konnte später noch geklärt werden. Monika machte sich Sorgen um Kommissar Klausmann.

Wo steckte er? Hatte der Entführer ihm etwas angetan?

Sie schickte ein Stoßgebet zum Himmel, dass dies nicht der Fall sein mochte. Daniela hustete.

Hoffentlich erkältete sich das Kind nicht.

Ein Rascheln im Dickicht des Waldes ließ sie erneut zusammenfahren.

Was war das?

Jetzt, in der Nacht, steckte der Wald voller Leben. Man konnte es an jeder Ecke hören. Aber leider nicht sehen. Monika richtete den Blick ins Gebüsch und versuchte krampfhaft, etwas zu erkennen. Schemenhaft erfassten ihre Augen ein größeres Tier. Abwartend blieb sie stehen, drückte Daniela noch fester an sich. Aber das Tier schien genauso viel Angst wie die beiden Menschen zu haben. Und nun erkannte Monika, was da aus dem Geäst stolperte. Ein Reh! Auf dem Weg angelangt, hob es den Kopf witternd in die Luft, um mit einem gewaltigen Satz nach vorne wieder in die undurchdringlichen Tiefen des Waldes zu verschwinden. Ein immer leiser werdendes Knacken zeigte, dass es sich recht schnell entfernte.

»Ich glaube, Tierforscher wäre kein Beruf für mich«, meinte Monika. Sie hoffte, das Kind durch ein paar Worte abzulenken. »Ich bin dafür viel zu ängstlich.«

»In der Zeitung stand, im Südwesten Deutschlands hätten sie einen Wolf entdeckt. Südwesten, das ist doch genau hier, oder?«

»Schon, aber du brauchst keine Angst zu haben. Wölfe sind in der Regel recht scheu.«

»Hoffentlich wissen das auch die Wölfe. Ach Omi, wenn wir nur schon aus diesem blöden Wald raus wären.«

»Ja mein Schatz, dagegen hätte ich auch nichts einzuwenden. Irgendwann wird es schon soweit sein. Süddeutschland ist doch eigentlich ein relativ dicht besiedeltes Gebiet. Da muss der Wald über kurz oder lang doch einen Ausgang haben!«

Sie liefen um die nächste Wegbiegung. Beide hörten gleichzeitig die Schritte. Abrupt blieben sie stehen, mit nahezu angehaltenem Atem in die Dunkelheit horchend. Ob sich der Entführer in ihrer Nähe aufhielt? Es erschien ihnen doch sehr unwahrscheinlich, dass mitten in der Nacht Spaziergänger unterwegs sein sollten. Aber vielleicht handelte es sich ja um einen Jäger. Andererseits, wo steckte dann der obligatorische Hund? Monikas Gedanken rasten. Man durfte schließlich ihr Alter nicht vergessen. Dementsprechend müde und mitgenommen spürte sie den Körper jetzt. Langsam entglitt ihr die Konzentration. Vorsichtshalber nahm sie Daniela bei der Hand und entfernte sich mit ihr vom Weg in Richtung Unterholz. Am Rand blieben sie stehen. Dabei trat sie auf einen kleinen Zweig. Das Knacken schallte weithin hörbar durch die Stille des Waldes. Die Schritte, die sie zuvor hörten, stoppten schlagartig. Monika hielt den Atem an. Das Herz schlug ihr bis zum Hals. Sie bückte sich und tastete den Boden ab, in der Hoffnung etwas Brauchbares als Waffe zu finden.

»Frau Sandner? Daniela?«

Ein verzweifelter Ruf ertönte in einiger Entfernung. Genau aus der Richtung kommend, aus der sie die Schritte hörten. Sofort erkannte Monika die Stimme. Thomas Klausmann! Gott sei Dank, er lebte. Ein Schluchzen entrann sich ihrer Kehle. Voller Erleichterung drückte sie fest die Hand ihrer Enkelin.

»Du wirst sehen, mein Kind. Jetzt wird alles gut. Kommissar Klausmann, wir sind hier.«

Sie zog Daniela mit sich und lief in Richtung Stimme. Thomas rannte auf sie zu. Das zuckende Licht seiner Taschenlampe beleuchtete den Weg.

»Sie glauben gar nicht, wie froh wir sind, Sie zu sehen. Geht es Ihnen gut? Wie haben Sie uns gefunden?«

Thomas winkte ab.

»Später. Jetzt müssen wir erst einmal schauen, dass Sie beide in die Wärme kommen. Sie sehen ja halb erfroren aus. Folgen Sie mir am besten.«

Ohne ihr Einverständnis abzuwarten, drehte er sich um und lief voraus. Monika und Danny folgten ihm, froh darüber, bald in Sicherheit zu sein. Es dauerte nicht lange, da erreichten sie eine Hütte.

»Wir wärmen uns erst einmal hier drinnen auf«, erklärte Thomas, während er einen Schlüssel aus der Jackentasche kramte, mit dem er die schwere Holztür aufsperrte. Erschöpft folgten sie ihm ins Innere. Sofort nach ihrem Eintreten schloss er die Tür wieder. Danny merkte es als Erste.

»Omi, das ist doch die Hütte, in der wir gefangen waren!«

Monika schluckte. Sie ließ den Blick schweifen. Richtig. Da lag die Axt. Selbst die aufgeschnittenen Kabelbinder ruhten noch am Boden. Und Thomas hatte den Schlüssel für diese Unterkunft! Angstvoll weiteten sich ihre Augen, als sie begriff, was das bedeutete. Doch bevor sie reagieren konnte, hatte sich Thomas Daniela gegriffen. Er hielt ein Messer in seiner Hand, ein Jagdmesser, um genau zu sein. Ein wütendes Funkeln in seinen Augen ließ keinen Zweifel daran, dass er dieses Messer, wenn nötig, auch einsetzen würde. Obwohl

Monika sich keinen Reim auf die Geschehnisse machen konnte, zwang sie sich zur Ruhe. Nur die konnte jetzt helfen.

»Was um Himmels Willen ist denn los?«

»Später. Alles zu seiner Zeit.«

»Aber ich dachte, sie zählen zu Ines Freunden?«

»Freunde! Pah! Die Welt ist böse, das wissen Sie doch. Sie sind auch böse, Monika. Aber manchmal muss man für seine Taten auch büßen.«

Er sprach in Rätseln.

»Wer muss büßen? Ich?«

»Nicht nur Sie, sondern Ihre ganze verfluchte Familie. Für den Anfang fang ich mit euch beiden an.«

Um seinen Worten Nachdruck zu verleihen, riss er Daniela heftig nach oben und schubste sie mit einem kräftigen Stoß auf die Bank. Doch Monika ließ sich nicht einschüchtern. Das Kind war für Thomas Klausmann viel zu wichtig, als dass er ihr ernsthaft wehtun würde, hoffte sie jedenfalls. Deshalb gab sie sich auch weiterhin resolut, um ihm ihre wahren Gefühle nicht zu zeigen.

»Sagen Sie, Herr Klausmann, wie haben sie es eigentlich fertiggebracht, uns zu betäuben? Ein Schlafmittel in die letzte Limo? Klar, so muss es gewesen sein, es gibt gar keine andere Möglichkeit. Und ich Hornochse dachte doch tatsächlich, Sie erklärten sich aus Freundschaft bereit, für uns zum Getränkestand zu gehen.«

Verächtlich musterte sie ihn, wartete gespannt auf seine Reaktion.

»So ist das eben im Leben, Muttchen. Man kann in die Köpfe anderer Leute nicht hineinschauen. Kristallkugeln, die dir die Zukunft vorhersagen, gibt es nur auf dem Jahrmarkt. Allerdings blöd von mir, dass ich die KO-Tropfen wohl zu niedrig dosierte. Ich wollte der Kleinen nicht unnötig schaden. Normalerweise hättet ihr bis zu meiner Rückkehr schlafen sollen. Und dabei hat das Zeug so phänomenal schnell gewirkt. Aber schnell wegdämmern bedeutet scheinbar nicht automatisch, lange zu schlafen. Das muss ich mir für die Zukunft merken. So, und jetzt halt endlich die Klappe. Ich habe genug von deiner Fragerei.«

Monika musste hilflos mit ansehen, wie er dem Mädchen wieder jeweils Arme und Beine zusammenband. Ihr Herz flatterte rasend schnell, sodass sie sich inzwischen wie bei einem Marathon kurz vor der Zielgeraden fühlte. Für solche Spielchen war sie einfach definitiv zu alt. Nach den Anstrengungen des Tages wollte ihr Körper nur noch ausruhen, denn allmählich verließen sie die Kräfte. Deshalb traute sie sich auch nicht, ihn an seinem Tun zu hindern. Sie hätte es sich nie verziehen, wenn Daniela durch ihre Schuld verletzt würde. Schließlich kam er auf sie zu. Auch sie wurde bewegungsunfähig gemacht. Um ihn nicht zu reizen, ließ sie die Prozedur geduldig über sich ergehen. Thomas sprach bei der ganzen Aktion kein Wort mehr. Grimmig starrte er vor sich hin. Obwohl Monika seine Beweggründe nicht verstand, stellte sie ihm keine weiteren Fragen. Die Erschöpfung war einfach zu groß. Schließlich mussten sich Großmutter und Enkelin auf sein Geheiß hin nebeneinandersetzen. Thomas ging zum großen Schrank hinüber und holte ein dickes Bündel Wäsche heraus. Es entpuppte sich als Isomatten und dicke Schlafsäcke. Er legte alles auf dem Boden aus. Schließlich befahl er ihnen, sich darauf zu legen. Seine Mimik duldete keinen Widerspruch.

»Ihr schlaft jetzt erst einmal ein paar Stunden. Anschließend bringe ich euch hier weg. Wir wollen doch nicht riskieren, dass ungebetene Gäste auftauchen, nicht wahr? Und macht keine Dummheiten. Ich habe euch die ganze Zeit im Blick. Glaubt mir, ihr hättet nicht einmal Zeit, eure Dummheit zu bereuen.«

Mit quietschenden Reifen hielt Ines vor Thomas Haus. Sie klingelte, doch niemand öffnete. Auch brannte in der Wohnung kein Licht, was allerdings nicht unbedingt etwas heißen musste.

»Komm wieder ins Auto. Lass uns ins Kommissariat fahren. Wir vergeuden hier nur unsere Zeit!« Hektisch winkte Peter durch das heruntergelassene Seitenfenster, ein Ohr bereits am Handy. Ines lief die Treppe hinab, immer gleich zwei Stufen auf einmal nehmend, und sprang ins Auto. Da der Motor noch lief, fuhren sie sofort los.

Aufgrund Peters Anruf waren bei ihrem Eintreffen im Konferenzraum bereits alle versammelt. Selbst Willimsky ließ es sich nicht nehmen, anwesend zu sein.

»Ines, tut mir leid. Wir tun, was wir können. Aber Sie müssen die Leitung dieses Falles abgeben.«

Sie öffnete den Mund, um zu protestieren, doch ihr Chef ließ sie erst gar nicht zu Wort kommen.

»Sie wissen ganz genau, dass die Vorschriften so sind. Sie sind befangen. Es war bisher schon grenzwertig, dass ich Sie nicht von dem Fall abgezogen habe. Es muss absolut ausgeschlossen werden, dass Entscheidungen aufgrund von persönlichen Emotionen getroffen werden. Deshalb leite ich ab sofort die Ermittlungen persönlich. Und …«, er fuhr nach einer kurzen Pause fort »mir kann keiner Vorschriften machen, ob Sie mir trotzdem zuarbeiten. Schließlich habe ich alles im Blick.«

Lächelnd schaute er sie an. Sie verstand, weshalb sie ihm dankbar die Hand drückte. »Außerdem ist es mir lieber, Sie unter Kontrolle zu haben. Gleichzeitig möchte ich aber auch nicht auf Ihren messerscharfen Verstand verzichten. Deshalb dient diese Lösung uns beiden. Aber nun genug geredet und weiter mit unserem Fall. Also, was haben wir?«

Damit wandte er sich an das gesamte anwesende Team. Das Briefing begann.

Ines zeigte den gestrigen Tagesablauf der Vermissten auf. Konrad Obermeier berichtete, wie Thomas ihn und seine Kollegin nach Hause geschickt hatte. Erst nachdem Ines vergeblich versuchte, die beiden telefonisch zu erreichen und in diesem Zuge gezielt nach Thomas Ablösung gefragt wurde, stellte sich heraus, dass auch er abkömmlich war.

Mandys Bericht über den Burgerhof ließ allgemein aufhorchen. Zudem waren inzwischen die Daten des Netzbetreibers der Handys von Thomas, Monika und Daniela eingetroffen. Die Mobiltelefone loggten sich zuletzt am späten Samstagnachmittag in den Funkmast eines Schweizer Mobilbetreibers ein, was in der Nähe der Schweizer Grenze ständig vorkam und somit nichts Ungewöhnliches darstellte. Doch kurz darauf waren sie wohl ausgeschaltet, eventuell auch zerstört worden. Auf jeden Fall blieben die Handys unerreichbar. Also musste zu diesem Zeitpunkt bereits irgendetwas passiert sein. Aber was? Hatte Thomas etwas damit zu tun oder war er zusammen mit Monika und Daniela zum Opfer geworden? Möglich schien beides zu sein. Und dann gab es da noch die Sache mit dem Bauernhof. Ines glaubte nicht mehr länger an einen Zufall. Willimsky schien ähnlich zu denken, denn er traf eine Entscheidung.

»Nun, wir machen Folgendes: Mandy, Sie graben noch ein weiteres Mal, aber tiefer in der Geschichte der Bauersleute. Vielleicht kommt dabei etwas Neues an die Oberfläche. Ich werde umgehend den Staatsanwalt kontaktieren. Wäre doch gelacht, wenn er uns bei diesem Sachverhalt keine Genehmigung erteilen würde, um Klausmanns Personalakte etwas genauer unter die Lupe nehmen zu können. Sobald wir das Okay haben, stochern wir ein bisschen in seiner Vorgeschichte herum. Peter, da Sie sich in letzter Zeit als sehr zuverlässig und durchaus flexibel zeigten, übernehmen das dann bitte Sie. Vielleicht lässt sich irgendein Anhaltspunkt finden, um weiterzukommen.«

Allgemeines, zustimmendes Gemurmel.

»Was halten Sie davon, wenn ich mich mal in Thomas Gartenlaube umschaue?«

Diese Frage ging an Willimsky, gestellt von seiner Hauptkommissarin. Stirnrunzelnd nahm er sie entgegen.

»Wieso, hat das denn noch keiner gemacht?«

»Soviel ich weiß, nein.«

»Und was ist, wenn sich die drei dort aufhalten?«

»Eher unwahrscheinlich, Chef. Das wäre aufgefallen. Schließlich sind alle drei bereits über vierundzwanzig Stunden verschwunden«, meldete sich Obermeier zu Wort.

»Ja und? Ich will zwar nicht den Teufel an die Wand malen, aber es könnte doch sein, dass die drei bewusstlos in der Laube liegen. Das würde kein Mensch merken.«

Er sagte zwar bewusstlos, aber jeder im Raum wusste, dass es auch *tot* heißen könnte. Ines erschrak. Doch er beruhigte sie gleich wieder.

»Ich glaube nicht, dass dem so ist. Aber wir wollen ganz auf Nummer sicher gehen. Das ist doch auch in Ihrem Interesse, oder? Also dann ab mit Ihnen. Und nehmen Sie sich jemanden mit! Keine Alleingänge mehr, Ines!«

Dem Blick auf die Uhr folgte Willimskys Anordnung.

»Leute, wir haben bereits nach Mitternacht. Wir sollten unsere Kräfte einteilen. Ines, sie schauen wie besprochen noch zur Sicherheit in der Laube vorbei. Und die anderen gehen jetzt nach Hause und nehmen eine Mütze voll Schlaf. Die nächsten Tage könnten sehr anstrengend werden. Das gilt auch für Sie, Frau Sandner! Ich will sofort über die Erkenntnisse in der Gartenkolonie informiert werden, danach ruhen auch Sie sich aus.«

Sie wollte etwas dazu sagen, doch Willimsky ließ sie nicht zu Wort kommen.

»Keine Widerrede, das ist eine Anordnung!«

Und ehe sie sich versah, verließ er den Raum. Der Rest

des Teams folgte. Man sah ihnen die Müdigkeit an und Willimskys Anordnung in Bezug auf etwas Schlaf war absolut notwendig. Beim Hinausgehen langte Ines nach Peters Handgelenk und hinderte ihn so daran, den Raum zu verlassen. Fragend schaute er ihr ins Gesicht.

»Ja?«

»Kannst du mir Adresse und Route von dem Schrebergarten raussuchen?«

»Habe ich schon. Ich weiß sogar, welche Parzelle er gemietet hat. War ein Kinderspiel für mich, das herauszufinden!«

Er grinste triumphierend breit übers ganze Gesicht. Ines boxte ihm freundschaftlich in die Seite, versuchte damit, den Ausdruck von Sorge in ihrem Gesicht zu überspielen.

»Fein. Dann mal her mit den Daten.«

Mit leicht zusammengezogenen Augen beobachtete Peter, wie sie voller Anspannung die Hände in den Zettel krallte, den er ihr übergab. Natürlich entging ihr sein Verhalten nicht. Weil sie nicht wollte, dass er sich sorgte, gab sie sich betont enthusiastisch.

»Also, worauf warten wir noch? Lass uns nachschauen, was uns dort erwartet!«

Los, aufwachen, wir wollen los!«

Unsanft wurde an den Schlafsäcken gerüttelt. Im ersten Moment wusste Monika gar nicht, wo sie sich befand. Doch dann fiel es ihr wieder ein. Stöhnend setzte sie sich auf, mit den gebundenen Händen und Beinen gar nicht so einfach zu bewerkstelligen. Ihre Glieder schmerzten. Sie fühlte sich nicht wirklich ausgeruht. Es war immer noch dunkel draußen, zumindest schien es so, denn kein Lichtstrahl drang durch die Ritzen der Holzläden. *Oh Gott, wo ist Danny?*

Suchend ließ sie ihren Blick schweifen. Doch Danny saß ruhig und aufrecht da, was Monika erstaunte. *Ob sie unter Schock stand?* Thomas kam näher, unterbrach dadurch ihre Gedanken.

»Wenn ihr beide versprecht, keine Dummheiten zu machen, löse ich eure Fesseln. Dann könnt ihr euch waschen und etwas essen.«

Ruhig, ja fast schon gefährlich ruhig, sprach Thomas diese Worte aus.

»Ich muss mal!« Dannys erste Worte seit Stunden.

Thomas kratzte sich am Kinn. Er wog ab, kam zu einem Entschluss.

»Okay. Aber kannst du es noch ein bisschen aushalten? Nach dem Frühstück bekommt ihr die Möglichkeit.«

Sie wollte ihn nicht verärgern und stimmte in der Hoffnung zu, dass sie es bis dahin schaffen würde. Thomas löste mithilfe eines Seitenschneiders die Fesseln. Dabei ließ er beide nicht aus den Augen. Er führte sie an den Tisch, wo ein Eimer mit Wasser stand. Sie wuschen sich das Gesicht und die Hände. Das musste fürs Erste genügen.

»Setzt euch.«

Gehorsam nahmen sie auf der Bank Platz, auf der Thomas gestern noch schlief. Er holte einen Rucksack unter dem Tisch hervor und öffnete ihn. Obwohl diverse Päckchen mit Brot und Landjäger zum Vorschein kamen, betrachtete Danny skeptisch das Frühstück.

»Gibt's keine Marmelade?«

»Vielleicht auch noch Kaffee und Kuchen?«

Daniela zuckte zurück, als sie den aufsteigenden Zorn im Gesicht des Entführers sah. Doch Monika tätschelte beruhigend den Arm des Kindes.

»Ich bin mir sicher, Brot und Wurst tun's auch.«

Erst jetzt, während sie aßen, merkten sie, wie der Magen vor Hunger rumorte. Thomas stellte noch zwei Blechtassen dampfenden Tees dazu. Sicher eine gute Idee bei der Kälte, denn ein Feuer hatte er nicht gemacht. Das erschien Monika logisch, den Rauch hätte man sicher weit sehen oder riechen können. Da sie nicht wusste, wie weit entfernt sie sich von bewohnten Häusern befanden, konnte sie auch nicht einschätzen, wie groß die Gefahr für Thomas war, durch ein Kaminfeuer entdeckt zu werden. Vielleicht war ihm aber auch einfach nur der Aufwand zu groß.

Nach dem Essen packte er die Reste wieder ein. Mit geweiteten Augen blickte Danny auf die Kabelbinder, die ihre Hände wieder fesseln sollten.

»Aber wir wollten doch noch ins Gebüsch!«

Mit blitzenden Augen gebot er ihnen, zu schweigen.

»Keine Sorge, ihr werdet schon noch pinkeln können. Aber so habe ich euch besser im Griff. Und wehe ihr versucht, irgendein linkes Ding abzuziehen. Dann ist es sofort aus mit euch.«

Das ›*sofort*‹ betonte er besonders, was Monika erschauern ließ. Die Hand, die sich auf sein Messer legte, unterstrich, was er damit gemeint haben könnte. Ängstlich schaute sie zu ihm herüber und entdeckte, dass sich seine Jackentasche stark ausbeulte. Etwas Großes, Schweres musste darin stecken. Vermutlich handelte es sich dabei um seine Dienstwaffe.

Ihre Notdurft mussten die zwei direkt hinter der Hütte verrichten. Mit den gefesselten Händen wollte Thomas die beiden in der Dunkelheit anscheinend nicht hinter irgendeinem Busch wissen, wo vielleicht plötzlich ein Tier auftauchte. Deshalb entschied er sich dafür, sie gemeinsam an die Rückseite der Hütte zu schaffen. Sie halfen sich gegenseitig, während er, den Blick abgewandt, an der Ecke wartete. Monika rechnete es ihm hoch an, dass er ihnen wenigstens hierbei ihre Privatsphäre ließ. Die ganze Sache machte Daniela schon genug zu schaffen, was Monika an deren zusammengezogenen Schultern erkannte. Nach dem Toilettengang schnallte er sich einen anderen Rucksack um. Den, mit dem Essen ließ er in der Hütte zurück. Bevor sie losmarschierten, nahm er noch eine dicke Rolle Klebeband aus der Jackentasche. Deshalb war sie vorher also so ausgebeult gewesen. Monika atmete auf. Er zog das Band von der Rolle, riss es mit den Zähnen ab und klebte jedem von ihnen einen Streifen über den Mund. Vermutlich wollte er verhindern, dass sie unterwegs auf sich aufmerksam machten. Zum Glück handelte es sich um schmales Klebeband. So blieb die Nase zum Atmen absolut frei.

»Nur zur Sicherheit«, erklärte er. »Aber hier ist sowieso keiner, der euch hören könnte, weil der Wald zurzeit wegen Baumfällarbeiten im hinteren Teil gesperrt ist.«

Bevor sie losmarschierten, band er einen Strick an die Handfesseln. Wie Vieh zog er seine Gefangenen hinter sich her. Dabei achtete er penibel darauf, genug Abstand zwischen sich und den beiden zu lassen. Gleichzeitig sorgte er dafür, dass die Seile immer straff blieben, damit in seinem Rücken nichts Unvorhergesehenes passierte. Schließlich sollten die zwei ihn nicht doch noch überrumpeln. Dazu war sein Plan schon viel zu weit vorangeschritten. Er freute sich schon sehr auf das Finale. Allein bei dem Gedanken daran überzog ein gehässiges Grinsen sein Gesicht, was den beiden jedoch verborgen blieb.

Durch ein schmiedeeisernes Eingangstor gelangten Peter und Ines auf den geteerten Hauptweg der Schrebergartenanlage, von dem wiederum kiesbelegte Seitenwege zu den einzelnen Parzellen führten. Alles sah sehr gepflegt und ordentlich aus. Schließlich fanden sie, was sie suchten: Parzelle

Nummer 26. Peter leuchtete mit einer recht ansehnlichen Stabtaschenlampe den Weg aus, da es hier mitten in der Nacht keine Beleuchtung gab. Während Ines nach allen Seiten sicherte, drückte sie Peter die Stablampe in die Hand. Zusammen schlichen sie auf die Laube zu. Ines drückte die Klinke herunter, doch die Tür blieb zu. Abgeschlossen. Einer Eingebung folgend, tastete sie über den Balken des Vordachs. Volltreffer! Triumphierend hielt sie ihm den Schlüssel vor die Nase. Ein muffiger Geruch schlug ihnen entgegen, als sie die Laube betraten. Demnach war schon längere Zeit niemand mehr hier gewesen. Der Lichtfinger der Stablampe erfasste jeden Winkel der Hütte. Die Einrichtung war eher praktisch wie schön. Ein Funktionssofa, zwei Stühle, ein Tisch, ein Schrank, eine Anrichte und ein Regal, das war im Hauptraum auch schon alles.

»Ach du heilige Scheiße!«

Peter hatte die Tür zu einer kleinen Abstellkammer geöffnet. Ines hielt abrupt die Luft an. Da stand ein mobiles Whiteboard, über und über mit Bildern und Briefen bestückt. Als Erstes erfasste Ines Blickfeld einen Artikel über die weiße Lilie. Sie hatte das Gefühl, ihr Herzschlag setze für einen kurzen Moment aus. Vorsichtig nahm sie das Blatt vom Board und las, was dort stand:

Die Lilie
Steht für Trauer, tiefe Verbundenheit, auch nach dem Tod. Gerade die weiße Lilie sollte mit viel Herz weitergegeben werden. Sie steht für Licht und damit auch für die echte Liebe! Sie ist Symbol für Reinheit, Unschuld und Jungfräulichkeit.

Ines erschauerte: Liebe und Tod, beides Sinnbild dieser Blume, wie sie inzwischen zur Genüge wusste.

»Das Bild kenne ich!«

Ines tippte mit dem Finger auf ein Foto. Es handelte sich

um genau dasselbe, das bei Jan auf dem Nachttisch stand. Fotos gab es an diesem Board sowieso reichlich. Auf einem spielten zwei Jungen Fußball mit einem Mann. Auf einem anderen saß eine Frau, von der Ines inzwischen wusste, dass es sich um Jans Mutter handelte, mit angezogenen Knien auf einer Wiese, den Blick verträumt in die Ferne gerichtet. Ines stutzte, traute plötzlich ihren Augen nicht. Groß und breitschultrig stand er da, mit einem breiten Lächeln im Gesicht, den Arm um Jans Mutter gelegt. Natürlich war er auf diesem Bild einige Jahre jünger, als Ines ihn von alten Fotos im Gedächtnis hatte. Aber das Verstörende war, dass es sich bei diesem Mann tatsächlich um Ines Vater handelte! Offensichtlich hatte er auch Jans Familie gekannt. Doch wieso hingen diese Bilder in Thomas Laube? Sie schaute sich die restlichen Bilder an. Da gab es Bilder von ihr, direkt beim Einzug in ihr neues Heim in Villingen. Bilder von Monika beim Einkaufen, Danny auf dem Weg zur Schule. Bilder von Antonio und Susi, einschließlich Baby. Aber auch alte Fotos, auf denen Monika mit ihren beiden Kindern Adam und Ines im Zoo spazieren ging. Die Zwillinge waren damals höchstens zehn Jahre alt. Und dazwischen immer wieder andere alte Fotos. Am häufigsten zeigten sie zwei Jungs und ein Mädchen. Und daneben ein Foto von Sven Molanders Unfallwagen! Ein Foto! Nicht etwa ein Zeitungsausschnitt, nein, tatsächlich ein längliches Foto, was auf einen Ausdruck einer Handykamera hindeutete. Gänsehaut kroch Ines über Rücken und Arme. Dieses Bild stammte direkt vom Tatort, da gab es keinerlei Zweifel! Sie erklärte Peter die einzelnen Personen auf den Bildern.

»Tja, Ines. Ich glaube, auch wenn wir noch nicht wissen, was hier los ist, so scheinen diese Bilder und die Tatsache, dass Daniela, deine Mutter und Hauptkommissar Klausmann verschwunden sind, auf jeden Fall zusammen zu hängen!«

Seine Stimme hörte sich sehr rau an. Kein Wunder, denn irgendwie schien Thomas in Schwierigkeiten zu stecken.

»Die Wahrscheinlichkeit, dass dein Kollege lediglich auf eigene Faust in diesem Fall ermittelt, erscheint mir doch sehr gering. Trotzdem dürfen wir das natürlich nicht ganz ausschließen.«

Ines sah das ähnlich. Allerdings deuteten die Kinderfotos von ihr und ihrem Bruder eher auf etwas Persönliches hin. Und wie verhielt sich das alles in Bezug auf Jan? Das Bild seiner Mutter musste aus einem ganz bestimmten Grund hier sein. Aber wie hing alles mit Thomas Klausmann zusammen? Eine Ahnung stieg in ihr auf. Die Erklärung dazu würde sie jetzt, und zwar genau jetzt von Jan verlangen. Egal wie spät, beziehungsweise früh es war. Und wehe, er hatte etwas mit dem Verschwinden ihrer Lieben zu tun, dann würde er sein blaues Wunder erleben. Sie nahm das Handy aus ihrer Jackentasche und schoss ein paar Bilder von dem an dem Whiteboard angehefteten Material.

»Peter, gib Willimsky Bescheid und ruf die Spurensicherung. Vielleicht finden die noch etwas Auswertbares. Während du hier wartest, werde ich ins Krankenhaus fahren. Mal hören, was Jan zu erzählen hat. Auf die Erklärung bin ich wirklich gespannt!«

»Aber der Chef meint, dass du nichts alleine unternehmen darfst, schon vergessen?«

»Quatsch, ich befrage doch nur meinen Lebensgefährten. Mach dir da mal keine Sorgen.«

Kurze Zeit später, stapfte Ines mit gemischten Gefühlen auf die gläserne Eingangstür des Schwarzwald-Baar-Klinikums zu. Sie zog am Griff und nichts passierte. Abgeschlossen. Das lag an der Uhrzeit, wie sie auf einem Schild lesen konnte. Also blieb ihr nichts anderes übrig, als die Nachtglocke zu betätigen. Nachdem sie sich als Polizistin ausgewiesen hatte, wurde sie umgehend eingelassen.

Vor Jans Zimmer angekommen, zögerte sie. Die Angst vor einer Wahrheit, die sie vielleicht gar nicht hören wollte, schnürte ihr die Kehle zu.

»Hallo Frau Sandner!« Plötzlich stand die Stationsschwester neben ihr und schaute auf die Uhr im Flur. »So früh schon zu Besuch?«

»Ich bin leider dienstlich hier und muss mit Jan dringend über einen Fall sprechen. Glauben Sie, das geht?«

»Sicher. Er ist psychisch absolut wieder in der Lage auch schlimme Nachrichten zu verkraften. Ich hoffe aber, dass Sie keine für ihn haben.«

»Tut mir leid, Dienstgeheimnis.«

»Verstehe. Also, dann lass ich Sie mal wieder alleine. Wenn Sie mich brauchen, Sie wissen ja, wo sie mich finden!«

Mit einem freundlichen Lächeln im Gesicht wandte sich die Schwester wieder ihrer Arbeit zu. Der Beamte, der vor Jans Zimmer auf einem Stuhl saß und sich mit einer Zeitung die Zeit vertrieb, begrüßte Ines durch ein Nicken und wandte sich dann wieder seiner Lektüre zu.

Es dauerte noch ein paar Minuten, bis Ines endlich den Mut fand, Jans Zimmer zu betreten. In diesem Augenblick war sie ausgesprochen froh über die Tatsache, dass Jan sein Zimmer für sich alleine hatte und nicht mit einem Zimmergenossen teilen musste. Ein Hoch auf die private Zusatzversicherung!

Jan schlief tief und fest. Völlig ruhig lag er da. Vorsichtig näherte sie sich dem Bett. Es widerstrebte ihr, ihn zu wecken, teils, weil er ihr leidtat, teils, weil sie Angst davor hatte, was nun zur Sprache kommen würde. Aber es musste sein.

Sie setzte sich auf den Bettrand, nahm seine Hand. Lange

betrachtete sie sein Gesicht, bis sie ihm schließlich einen Kuss auf die Wange hauchte. Er spürte im Schlaf ihre Nähe. Das merkte sie, weil er sich leicht bewegte. Aber er erwachte nicht. Sie nahm all ihren Mut zusammen und streichelte ihm sanft über die Wange.

»Jan, bitte wach auf.«

Ihre Worte klangen eher nach einem Flüstern als nach einer Forderung.

»Mmh?«

Seine Augenlider flatterten.

»Bitte, Jan. Öffne die Augen. Ich muss mit dir reden. Es ist sehr wichtig!«

Ihre flehend ausgesprochenen Worte verfehlten die Wirkung nicht. Jan blinzelte. Erstaunt schaute er sie an.

»Ines, du hier? Wie spät ist es?«

»Halb fünf.«

»Halb fünf? So früh? Ist etwas passiert?«

Erst jetzt registrierte er, wie blass und abgespannt sie wirkte. Sie nickte.

»Daniela und meine Mutter sind verschwunden!«

»Seit wann?«

Er setzte sich auf. Ines gab es einen Stich ins Herz, als sie merkte, dass Jan scheinbar erschrocken, aber keinesfalls überrascht zu sein schien.

»Seit Samstagabend.«

Sie wartete auf seine Reaktion. Er schien zu überlegen.

»Erzähl, was ist passiert? Du kommst sicher nicht ohne Grund um diese Zeit zu mir, um mir das zu mitzuteilen.«

Und sie berichtete ihm alles: Von dem Besuch der Kirmes, Thomas Verschwinden, dem *Burgerhof* und den Bildern. Jan hörte aufmerksam zu. Dabei entging Ines sein trauriger Blick nicht.

»Jan, wie kommt es, dass wir in Thomas Laube dasselbe Foto fanden, das bei dir hier auf dem Nachttisch steht? Und die vielen anderen Bilder? Bilder, auf denen auch mein Vater auftaucht? Wo ist die Verbindung zwischen dir und Thomas? Eigentlich dachte ich immer, du lerntest Thomas erst durch meinen Job hier kennen.«

Ratlos schaute sie ihn an. Ein tiefer Seufzer entrang sich seiner Brust.

»Jan, sag mir die Wahrheit, hast du etwas mit dem Verschwinden meiner Mutter und Tochter zu tun?«

Hoffnung und mittlerweile auch Wut vermischte sich in ihrer Stimme. Ines hoffte darauf, dass er Nein sagen würde. Doch in ihrem tiefsten Inneren wusste sie schon, dass das nicht der Fall sein würde.

»Wie du dich selbst überzeugen kannst, bin ich momentan nicht in der Lage, irgendwen zu entführen. Aber ich wusste, dass Thomas diesen Plan hat.«

Ungläubig starrte sie ihn an, während die Hände sich zu Fäusten ballten. Es fiel ihr äußerst schwer, die Beherrschung nicht zu verlieren, auf ihn loszugehen und all ihre Wut herauszulassen.

»Du hast davon gewusst?«

»Das ist eine lange Geschichte. Ich werde sie dir nun erzählen. Aber versprich mir, erst bis zum Ende zuzuhören und mich ausreden zu lassen. Danach kannst du tun, was du tun musst. Ich hoffe nur, du hasst mich hinterher nicht.«

»Ausgerechnet du willst mir vorschreiben, wie ich mich verhalten soll? Du bist doch mit schuld an dem ganzen Dilemma. Nur ein einziges Wort von dir hätte uns allen viel Leid erspart. Ich habe dir vertraut. Und was machst du? Bringst mein Kind in Gefahr, das ist das allerletzte.«

»Bitte, Ines. Ich weiß, dass ich Mist gebaut habe, aber das können wir alles später ausdiskutieren. Du willst doch, dass man Daniela findet, oder? Dann hör jetzt verdammt noch mal zu!«

»Gut, ich höre. Wehe dir, du kommst nicht ganz schnell auf den Punkt.«

Sie verschränkte die Arme vor der Brust. Die malmenden Kieferknochen verrieten deutlich ihre tiefe innere Anspannung. Mit vor Wut blitzenden Augen wartete sie mehr als gespannt auf seine Erklärung.

»Also, zuerst mal zu dem Bild auf dem Nachttisch. Dass Elisabeth meine Schwester ist, stimmt nicht ganz. Sie ist, beziehungsweise sie war, meine Halbschwester. Aber Thomas ist ihr richtiger Bruder.«

Langsam erfasste Ines die Situation. Und plötzlich fiel es ihr wie Schuppen von den Augen.

»Das bedeutet also vermutlich, auch du bist ein Halbbruder von Thomas, richtig?«

Mit gesenktem Kopf nickte er. Ein äußerst beklemmender Druck legte sich auf Ines Brust. Wut, Ärger, tiefste Verletztheit. Alles auf einmal vermischte sich in ihrem Geist.

»Das kann aber nach unseren Ermittlungen nur bedeuten, dass Jan Westermann nicht dein richtiger Name ist. Du bist Jochen Klausmann, über dessen Verbleib wir nichts finden konnten. Wie auch, wenn du hier unter falschem Namen lebst!«

Jetzt bebte sie vor Zorn. Angelogen ohne Ende hatte er sie. Sie fühlte sich benutzt und betrogen. Sie spürte, dass das dicke Ende noch kam, sah Jan fragend an.

»Das ist aber noch nicht alles, oder?«

»Nein, ist es nicht. Denk dran, du hattest mir versprochen, mich nicht zu unterbrechen. Also bitte, sei jetzt still und höre einfach zu. Schließlich müssen wir uns beeilen, denn wir wollen doch Danny finden, oder etwa nicht?«

»Wenn den beiden etwas passiert, mache ich dich persönlich dafür verantwortlich!«

»Ist ja gut. Aber jetzt hör endlich zu! Wie du inzwischen sicher weißt, oder dir zumindest denken kannst, schließlich hast du die Fotos gesehen, war dein Vater mit unserer Mutter verheiratet. Sie litt unter Depressionen, hatte es aber mithilfe unseres Hausarztes einigermaßen im Griff. Als Elisabeth und Thomas noch ganz klein waren, begegnete Dieter, dein späterer Vater, deiner Mutter. Sie war wohl sehr lebenslustig und brachte wieder Freude in sein Leben. Er brauchte bei ihr nicht dauernd aufzupassen, was er sagte, sie war lustig und aufgeschlossen, brachte Verständnis für seine Probleme auf. Sie begegneten sich zufällig in einem Café. Zuerst empfanden sie nur Freundschaft füreinander, doch dann wurde daraus Liebe. Und eines Tages beschloss er, seine kleine Familie zu verlassen und den Rest seines Lebens mit Monika zu verbringen.«

Jan beziehungsweise Jochen stockte. Traurig schauten ihn Ines braune Augen mit wässrigem Blick an.

»Wusste meine Mutter, dass mein Vater eine Familie hatte?«

»Ich weiß es nicht. Mich gab es damals ja noch nicht. Aber laut Thomas wusste sie Bescheid. Für unsere Mutter brach eine Welt zusammen. Sie zog dann mit den Kindern für einige Monate zu einer Tante. Ihre Eltern hatte sie ja nicht mehr. Alleine hätte sie es wohl nicht geschafft, sich um die Kinder zu kümmern. Elisabeth war damals noch ein Säugling.«

Sie wusste nicht, was sie denken sollte. Ihre Eltern, die sich beide immer so liebevoll um sie und ihren Bruder kümmerten, sollten eine kleine Familie ins Unglück gestürzt haben? Wie war es möglich, dass ihr Vater keine Skrupel kannte, Frau und Kinder zurückzulassen? Man stelle sich vor, eine Frau, verlassen von ihrem Mann, musste plötzlich zwei kleine Kinder alleine großziehen. Und dann handelte es sich bei einem der Kinder auch noch um ein Baby! Wie verantwortungslos war das denn? Plötzlich begann sie, ihren Vater mit anderen Augen zu sehen. Sie verstand das Dilemma, in dem sich Cornelia Burger, damals eigentlich Cornelia Sandner, befand. Ines musste sich zusammenreißen, um nicht in einen Schreikrampf zu verfallen.

»Du sagst, sie suchte Hilfe bei einer Tante. Wohnte die in Brandenburg?«

»Ja. Sie war damals der einzige Mensch, zu dem sie gehen konnte. Die ganze Situation kostete sie unheimlich viel Kraft, schließlich liebte sie Dieter abgöttisch. Nur schwer konnten ihre wieder aufgeflammten starken Depressionen behandelt werden. Ich glaube, zeitweise musste sie sogar stationär betreut werden. Schließlich fing sie sich wieder. Dann lernte sie Emil Klausmann kennen. Er verliebte sich in sie und die beiden heirateten. Er adoptierte ihre Kinder, ich wurde geboren. Sie gab sich alle Mühe, um wieder glücklich zu sein. Mein Vater verwöhnte sie, wo er nur konnte. Er betete sie an, egal wie schwierig sie war. Doch das alles nützte nichts, immer wieder traten diese blöden Depressionen auf. Mit nur neunundzwanzig Jahren nahm sie sich schließlich das Leben.«

Energisch wischte er eine Träne aus dem Augenwinkel.

»Wie alt seid ihr damals gewesen?«

»Thomas elf, Elisabeth zehn und ich acht. Aber das weißt du ja schon. Wir alle drei sahen sie tot auf dem Bett liegen. Was glaubst du, wie furchtbar das für uns war? Außerhalb ihrer depressiven Phasen ist sie uns immer eine gute Mutter gewesen. Wir Kinder liebten sie sehr. Wir verstanden die Welt damals einfach nicht mehr.«

In Ines Kopf schwirrten die Zahlen durcheinander. Sie rechnete und kam zu dem Schluss, dass sie damals bereits vier Jahre alt gewesen sein musste.

»Kam mein Vater zur Beerdigung?«

Jan schüttelte den Kopf.

»Das gab Thomas auch den Rest. Am Anfang holte Dieter Thomas und Elisabeth wohl noch regelmäßig ab, um Zeit mit ihnen zu verbringen. Aber irgendwann hörte das fast schlagartig auf. Ich vermute, es war einfach zu umständlich, nachdem er mit Monika ein neues Leben in Stuttgart aufgebaut hatte. Mit den Jahren bekam Thomas einen immer größer werdenden Hass auf seinen Vater. Dabei litt er wie ein Hund. Er gab Dieter die Schuld am Tod unserer Mutter. Und schließlich hatte er nur einen Wunsch: Er wollte ihn genauso leiden sehen, wie sie es getan hatte.«

Jan wischte sich mit dem Ärmel über das Gesicht, das vor Schweiß glänzte. Diese emotionale Beichte strengte ihn unheimlich an. Doch Ines fühlte kein Mitleid. Immer noch steckte sie voller Zorn und Groll. Und langsam wurde sie ungeduldig.

»Erzähl weiter, aber bitte nur das Nötigste. Uns läuft die Zeit davon.«

Jan änderte seine Sitzposition, denn seine Seite schmerzte, doch er erwähnte es Ines gegenüber mit keinem Wort. Wie von ihr gewünscht, fuhr er fort.

»Nach einigen Jahren beschloss Thomas, Dieter zur Rede zu stellen. Er machte seinen Aufenthaltsort ausfindig und fuhr nach Stuttgart. Ich hatte ihn dazu überredet, denn ich glaubte damals, wenn er sich mit seinem Vater aussprach, würden beide vielleicht einen Weg finden, sich wieder anzunähern. Doch dazu kam es nicht mehr. Dieter wurde in Ausübung seiner Arbeit als Polizist bei einem Einsatz tödlich von einer Kugel getroffen. Ich sehe Thomas noch genau vor mir, wie er an diesem Tag kalkweiß zurückkam. Er war bereit gewesen, seinem Vater die Hand zur Versöhnung zu reichen, doch diese Chance wurde ihm genommen. Er fühlte sich um die Liebe seines Vaters betrogen. Als dann auch noch Elisabeth, die die Anlage zu Depressionen von ihrer Mutter geerbt zu haben schien, Selbstmord beging, kannte sein Hass keine Grenzen mehr. So reifte ein Plan in ihm, den Rest der Familie zu zerstören.«

Jan hustete. Ein Schluck Wasser, Ines reichte ihm das Glas mit der Flüssigkeit, brachte Linderung. Er lehnte sich zurück und sank in das Kissen. Voller Anspannung verschränkte Ines die Finger ineinander. Sie wollte warten, bis er bereit war, weiter zu sprechen. Doch eine Frage brannte noch in ihr, eine Frage, deren Antwort die Zukunft entscheiden konnte.

»Hast du von all dem etwas gewusst?«

»Ja. Am Anfang war ich auf seiner Seite. Schließlich kannte ich deine Eltern nur aus seinen Erzählungen. Ich glaubte ihm jedes Wort seiner Anschuldigungen. Und deshalb wollte ich ihm helfen.«

Eine Träne kullerte Ines Wange hinab, doch sie bemerkte es nicht. Es tat so weh, zu erkennen, dass sich hier ein Mensch befand, dem man vertraut und geliebt hatte. Und nun musste sie feststellen, dass keinerlei Basis dazu mehr vorhanden war. Stockend berichtete er weiter.

»Thomas beobachtete euch auf Schritt und Tritt. Als du in den Polizeidienst eingetreten bist, tat er dasselbe. Natürlich nicht in Stuttgart, er wollte schließlich nicht, dass du auf ihn aufmerksam wirst. So versah er unter der Woche seinen Dienst und an den Wochenenden verfolgte er, was in eurem Leben geschah. Und langsam reifte ein Plan in ihm. Doch Stuttgart schien ihm dafür einfach nicht der richtige Ort zu sein. Kurz nach deiner Scheidung kamen wir auf die Idee, ich könnte versuchen, dein Herz zu gewinnen. Dann wären wir besser über deine Aktivitäten informiert.«

Wieder machte er eine Pause und schaute Ines ängstlich an. Doch sie tat so, als mache ihr dieses Geständnis nichts aus. Dabei wäre sie am liebsten einfach in Ohnmacht gefallen, um nur nicht diese schlimmen Dinge weiter hören zu müssen. Die Vernunft musste in diesem Moment siegen, das Leben ihrer Familie stand auf dem Spiel. Die beiden zu finden hatte oberste Priorität. Über ihre Beziehung nachdenken, eventuell Konsequenzen ziehen, das musste auf später verschoben werden.

»Bravo«, bemerkte sie deshalb nur. »Ich habe den Braten nicht gerochen, sondern dir jedes Wort, jede Liebesbeteuerung, jede Umarmung bedingungslos geglaubt. Das war wohl ein Fehler.«

Eigentlich wollte sie zynisch klingen, doch Jan, der ja in Wirklichkeit Jochen hieß, konnte sie nichts vormachen.

»Es tut mir leid, aber ich denke, du solltest die ganze Wahrheit erfahren, mit allen Folgen daraus. Folgen für dich und für mich.«

»Ganz deiner Meinung. Also los, weiter!«

»Du hast mir einen gewaltigen Strich durch unsere Pläne gemacht.«

»Wieso das denn?«

»Ich kannte dich nur durch Thomas Erzählungen und dachte deshalb, du wärst eine verwöhnte Göre, die alles auf dem Silbertablett serviert bekommt. Doch dann lernte ich dich kennen und verliebte mich sofort in dich. Vom ersten Augenblick an war mir klar, dass du die Frau bist, mit der ich mein Leben teilen will. Ich versuchte, Thomas den Plan auszureden. Aber er wollte nichts davon hören. Er drohte, dir sofort etwas anzutun, würde ich dir gegenüber auch nur ein Sterbenswörtchen verraten. Also tat ich erst einmal so, als wäre ich zerknirscht und würde mich ihm gezwungener Maßen unterordnen. Ich hoffte, dass er mir das abnahm und mir weiter vertrauen würde. Nur so hatte ich eine Chance, seine genauen Pläne zu erfahren und auf dich aufzupassen. Er war es auch, der dafür sorgte, dass du den Job hier bekommen hast. Er meinte, außerhalb der Großstadt könnte er besser gegen euch agieren.«

»Das ist schon klar. Schließlich stammt ihr ja ursprünglich aus dieser Gegend, zumindest eure Mutter. Er kennt sich hier sicher aus.«

Inzwischen erfuhr sie schon ziemlich viel von den Vorgängen. Aber eine Sache machte ihr Kopfzerbrechen.

»Lebte deine Mutter mit meinem Vater auf dem Burgerhof?«

Jan bestätigte das mit einem Nicken.

»Wieso ist sie dann in Brandenburg begraben? Weil ihre Tante dort wohnte?«

Schuldbewusst blickte er auf.

Was kommt jetzt wieder? Noch eine Lüge?

»Das Grab meiner Mutter befindet sich nicht dort. Und nein, bevor du wieder dazwischenredest, ich log dich wegen des Alibis nicht an. In Brandenburg liegt das Grab meiner Schwester.«

»Aha, in Ordnung fürs Erste, aber darüber unterhalten wir uns später noch genauer. Nachdem du mir dies alles nun erzählt hast, kann ich wohl davon ausgehen, dass es keinen Zusammenhang zwischen den ganzen Vorfällen und deinem, wie soll ich das jetzt nennen, sagen wir mal Unfall gibt, nicht wahr? Denn warum sollte dein eigener Bruder dir etwas antun?«

»Oh doch. Thomas konnte es nicht akzeptieren, dass ich dich liebte. Ich wollte, dass er die Sache ruhen lässt. Schließlich macht seine Aktion niemanden wieder lebendig. Ich sagte ihm, ich mache da nicht mehr mit.«

»Wann sagtest du, du steigst aus? Vor oder nach Svens Unfall? Und was ist mit dem Brand, bei dem es mich beinahe erwischt hätte? Und warum plötzlich dein Rückzieher? Ich dachte, das ist zu gefährlich. Schließlich wollte er mir ja etwas antun, laut deiner Aussage von gerade eben. Oder plötzlich doch nicht mehr? Und warum hast du nicht wenigstens nach dem Überfall gesagt, was los ist? Vielleicht befänden sich dann Daniela und meine Mutter jetzt nicht in dieser Lage!«

Sie schleuderte ihm die Fragen entgegen. Die Augen blitzten. Jan wischte mit der Hand über die zitternden Lippen und schaute hilfesuchend an die Decke. Doch es gab niemand, der ihm beistehen konnte.

»Ines, Thomas ist gefährlich. Ich hätte niemals für möglich gehalten, dass er sogar über Leichen geht, um sein Ziel zu erreichen. Lass uns die Details alle später klären. Nun müsst ihr erst einmal Daniela und Monika finden. Ich bin sicher, Thomas hat sie in seiner Gewalt.«

»Was du nicht sagst. Soweit sind wir auch schon.«

»Wir?«

»Ja klar, Willimskys Sonderkommission leistet ganze Arbeit. Oder glaubst du, er hat nicht längst erkannt, dass Thomas mit drinsteckt? Wenn du weißt, wo er die beiden verstecken könnte, dann ist es jetzt höchste Zeit, um mit der Sprache herauszurücken! Schließlich kannst du ein paar Pluspunkte gebrauchen. Entschuldige meine Ausdrucksweise, aber du steckst absolut tief in der Scheiße.«

Innerlich aufgewühlt, hielt sie nichts mehr auf dem Stuhl. Sie hatte das Gefühl, eine Hochspannungsleitung in sich zu tragen, so kribbelte alles in ihr. Rastlos, wie ein eingesperrtes Tier lief sie durch das Zimmer, wirbelte jedoch herum, als sie seine Worte vernahm.

»Thomas Onkel besitzt eine Jagdhütte. Die zwei sind oft zusammen dort gewesen. Scheinbar liegt sie sehr einsam mitten in einem Waldstück im Hegau. Ich könnte mir gut vorstellen, dass er sich dort aufhält. Der Onkel heißt Braun. Gerald Braun.«

Ines kam ein Foto in den Sinn, das mit den anderen am Whiteboard in Thomas Laube hing. Thomas mit einem älteren Herrn im Jägeroutfit, beide breit lächelnd vor einer Holzhütte stehend.

»In Ordnung, wir werden das sofort nachprüfen. Ich schicke einen Kollegen, der deine Aussage aufnehmen wird. Vermutlich wirst du in dieser Geschichte nicht nur mit einem blauen Auge davonkommen. «

»Das ist mir doch völlig egal. Kümmere dich jetzt um Danny. Es könnte jede Minute zählen.«

Das brauchte er ihr nicht sagen. Schließlich waren Monika und Danny überhaupt der Grund, warum Ines sich um diese Zeit im Krankenhaus befand. Ohne ein weiteres Wort verließ sie das Krankenzimmer, gab dem Beamten vor der Tür die Anweisung, außer dem Personal und den Kollegen niemanden zu Jan zu lassen. Jan stand vorläufig unter Arrest.

Obwohl völlig durcheinander, handelte Ines instinktiv. Sie rief Willimsky an und informierte ihn. Der orderte sofort das Spezialeinsatzkommando, nachdem sie die Lage der Hütte in Erfahrung gebracht hatten. Trotz akuten Schlafmangels fühlte sich Ines voller Energie. Ihre Hoffnung, Mutter und Tochter bald in die Arme schließen zu können, stieg. Das Adrenalin, das ihr Blut schneller durch die Adern pumpte, zeigte nun seine volle Wirkung.

Als sie schließlich in der Dienststelle ankam, warteten die Kollegen schon auf sie. Sie zog die dunkelgraue Kevlar-Weste über, schnallte sie fest, kontrollierte ihre Waffe und schloss sich dem Tross an, der eilig das Gebäude verließ und im Konvoi in Richtung Hegau fuhr. Örtliche Kräfte hatten bereits das Waldgebiet umstellt.

Machtlos folgten inzwischen Monika und Danny ihrem Entführer. In Monikas Kopf schwirrten die Gedanken in alle Richtungen. Trotzdem wollte ihr einfach kein plausibler

Grund für Thomas Verhalten einfallen. Durch einen Ruck am Seil stolperte sie fast.

»Los, nicht trödeln. Wir sind gleich am Ziel.«

Ungeduldig zog Thomas seine Gefangenen hinter sich her. Danny verhielt sich immer noch ungewöhnlich ruhig. Allerdings verhinderte das Klebeband auch jegliche Konversation. Trotzdem schien im Augenblick aller Kampfgeist aus Daniela entwichen zu sein. Monika vermutete einen Schock bei dem Mädchen. Schließlich war dem Kind bisher nichts Vergleichbares passiert.

Plötzlich blieb Thomas stehen. Sie erreichten den Fuß eines Abhanges, zugewuchert mit Büschen und Sträuchern. In stoischer Ruhe wurden die Seile von ihm an einem Baum befestigt. Er zog ein paar Arbeitshandschuhe aus der Jackentasche, stülpte sich diese über die Hände. Schließlich steuerte er, zu Monikas Erstaunen, auf eine Stelle mit losem Gestrüpp zu, das er auf die Seite zog, sodass ein Eisengitter zum Vorschein kam. Das Quietschen des Gitters erzeugte bei ihr Gänsehaut. Dannys Augen waren angstvoll auf die Öffnung gerichtet, die sich plötzlich zeigte. Lag dahinter eine Höhle? Nachdem er den Rucksack im Inneren hinter einem Felsblock verstaut hatte, führte er die beiden ebenfalls hinein. Monika schaute sich um. Tatsächlich, eine Höhle, ziemlich niedrig, sodass Thomas seinen Kopf einziehen musste, um sich nicht zu verletzen. Die Wände schimmerten dunkel, was Monika vermuten ließ, dass es sich um altes Lavagestein handelte. Sie las erst kürzlich, dass die Hegauer Landschaft vor mehr als zehn Millionen Jahren von starkem Vulkanismus geprägt war. Klausmann schubste seine beiden Gefangenen weiter, bis sie an einer Nische ankamen. Eisenringe an der Wand erinnerten Monika an Befestigungen in Kerkern, um Gefangene dort anzuketten. Genau dazu dienten sie auch. Thomas löste die Fesseln der beiden und ersetzte sie durch einen handschellenähnlichen Metallring mit Kette. Dazu benötigte er nur jeweils eine Hand.

»Wenn ihr auf dumme Gedanken kommt, verschnüre ich euch wieder wie ein Paket.« Mit einem kräftigen Ruck riss er ihnen das Klebeband vom Mund, was Daniela aufschreien ließ. Ein Stück Haut war am Streifen klebengeblieben und ließ nun eine blutende Lippe zurück. Doch Thomas kümmerte sich nicht darum.

Monikas Blicke folgten ihm in den hinteren Teil der Höhle. Sie erkannte einen Stapel aus mehreren Holzkisten. Kisten, wie man sie beim Verschiffen von Waren benötigte. Was sie wohl enthielten? Schließlich näherte er sich mit zwei großen Wasserflaschen, die er ihnen in die Hand drückte.

»Danke!«

Gierig nahmen sie die Flaschen entgegen. Monika trank in großen Schlucken. Als sie den Kopf drehte, sah sie, dass es ihr Daniela gleichtat.

»Habt ihr Hunger?«

»Nein danke. Auf eine Henkersmahlzeit können wir verzichten.«

»Wie ihr meint.« Mit den Schultern zuckend, ging er noch einmal nach hinten. Als er zurückkam, hielt er ein paar Decken in den Armen, die er ihnen hinlegte. Monika deckte den Höhlenboden damit ab. Sie setzten sich darauf, zwei weitere Decken legte sie wärmend um sich und ihre Enkelin.

»Ich will jetzt endlich wissen, was das Ganze soll!«, forderte sie mit entschlossener Stimme.

Thomas kniff die Augen zusammen. Er setzte sich auf einen Schemel, den Monika bisher gar nicht bemerkt hatte.

»Hat die verwitwete Frau Sandner wirklich keine Ahnung?«

»Nein, ich verstehe das einfach nicht.«

»Nun, dann helfe ich den grauen Zellen in Ihrem Kopf mal auf die Sprünge. Sagt Ihnen der Name Cornelia Sandner etwas? Da müsste es doch bei Ihnen richtig Alarm klingeln«, meinte er zynisch.

Monika erstarrte, was Daniela natürlich nicht entging.

»Omi, wer ist Cornelia Sandner? Eine Tante von mir, die ich nicht kenne?«

»Ja, Omi, erklär deinem Enkelkind mal, wer diese Cornelia ist.«

An seinem Hals trat eine dicke Ader hervor, in der das Blut sichtbar pulsierte. Beruhigend legte Monika ihre Hand auf Danielas Arm.

»Ach Schatz, die Frau kennst du nicht. Das ist schon sehr lange her.«

»Stimmt«, schnaubte Thomas. »Sehr lange her. Für mich ist es aber wie gestern. Deine Oma ist mit schuld, dass diese Frau tot ist!«

»Aber Herr Klausmann, das stimmt doch gar nicht«, entrüstete sich Monika.

»Oh doch. Wenn du deine Finger von meinem Vater gelassen hättest, dann würde sie noch leben.«

»Deinem Vater?«

Allmählich begriff sie den Zusammenhang. Ohne es zu merken, tat sie es ihm gleich und ging wie selbstverständlich in ein vertrautes *Du* über. »Aber …, aber du heißt doch Klausmann, oder nicht?«

»Adoptiert.«

»Bedeutet das, dass deine Mutter wieder geheiratet hat? Also ist sie über die Trennung von Dieter doch hinweggekommen!«

»Nein, sie hat es zwar versucht, aber es nicht wirklich geschafft. Emil Klausmann liebte sie über alles. Er tat alles für sie, doch seine Liebe reichte nicht aus. Am Ende schluckte sie doch diese verdammten Tabletten.«

Er wandte seinen Blick ab, doch Monika war sein schmerzvoller Blick nicht entgangen.

»Wenn Jochen sich nicht plötzlich verhalten hätte wie ein verliebter Pfau, dann wäre die Sache anders abgelaufen.«

»Wieso, welcher Jochen?« Monika verstand nur Bahnhof, was Thomas sichtlich amüsierte.

»Stell dir vor, Jan Westermann heißt überhaupt nicht so. Das ist nämlich in Wahrheit mein Halbbruder Jochen. Jochen Klausmann. Hast du dich nicht gewundert, warum plötzlich das alte Foto in seinem Krankenzimmer war? Darauf sind unsere Mutter und unsere Schwester zu sehen.«

Natürlich, das erklärte einiges. Deshalb ist ihr die Frau darauf auch so bekannt vorgekommen. Trotzdem gab es immer noch jede Menge offener Fragen.

»Was hast du vor? Was passiert denn nun mit uns?«

Ängstlich schaute sie ihn an. Doch Thomas wollte nicht mehr reden. Zu sehr schmerzte die Erinnerung. Er straffte die Schultern und erhob sich.

»Das werdet ihr noch früh genug merken. Ihr bleibt jetzt erst einmal hier. Ich werde nun gehen. Ich habe noch einiges vorzubereiten. An eurer Stelle würde ich meine Kräfte aber nicht mit Schreien vergeuden. Euch hört hier sowieso keiner. Spart die Kraft lieber für das, was noch kommen wird.«

Seine letzten Worte hallten in der Höhle nach. Daniela erbleichte und drängte sich Schutz suchend an ihre Großmutter. Diese nahm sie tröstend in den Arm. Fieberhaft versuchte sie, einen Ausweg zu finden, wie sie aus diesem Versteck entkommen könnten, während Thomas die Höhle verließ und den Eingang wieder mit den Ästen verbarg. Das Quietschen des Gitters ließ sie in der Dunkelheit zurück.

Der Konvoi hielt an einer Weggabelung, ungefähr fünfhundert Meter vor Gerald Brauns Hütte. Wortlos stiegen die Männer und Frauen aus. Trotz der einsetzenden Morgendämmerung hörte man nicht einen einzigen Vogel zwitschern. Das Böse schien alle Geräusche verschluckt zu haben. Mit einstudierten Gesten lenkte der Leiter des SEKs ohne Worte seine Leute in die richtigen Positionen. Die wussten ganz genau, was von ihnen erwartet wurde. Nahezu lautlos, und immer Deckung suchend, näherten sie sich schattengleich der Hütte. Willimsky hielt sich mit Ines und einigen anderen seiner Leute im Hintergrund. Ihr Einsatz sollte erst nach Sicherung der Hütte erfolgen. Dafür waren die Spezialeinsatzkräfte schließlich ausgebildet worden. Außerdem gehörte zu deren Schutz eine besondere Ausrüstung.

Es dauerte nicht lange, bis die Beamten die Hütte eingekreist hatten. Ines hielt den Atem an. Ihre Hände schwitzten trotz des kalten Wetters. Auch sie zog nun ihre Waffe. Mit beiden Händen umschließend hielt sie die inzwischen entsicherte P2000 vor sich, den Lauf nach unten gerichtet. Ihre Nerven waren zum Zerreißen angespannt. Niemand wusste, was sie in der Hütte erwartete.

Zwei Beamte in voller Schutzmontur postierten sich links und rechts der schweren Holztür. Auf ein Zeichen des Einsatzleiters hin öffneten sie die Tür mit brachialer Gewalt. Dann ging alles ganz schnell. Einer warf eine Blendgranate hinein, zwei andere stürmten in das Innere, riefen laut ›*Polizei!*‹. Dann Stille. Nebelartiger Rauch quoll aus der Hütte. Kurz darauf kamen die beiden Beamten mit gesenkten Gewehren wieder heraus. Sie schüttelten den Kopf in Richtung des Einsatzleiters. Der sprach in ein am Kampfanzug befestigtes Mikrofon.

»Einsatz beendet! Zielpersonen nicht vor Ort.«

Die Enttäuschung stand Ines ins Gesicht geschrieben. Schon wieder kamen sie zu spät. Ob Thomas damit gerechnet hatte? Schließlich war er ja nicht dumm.

Sigmund Willimsky koordinierte sofort das weitere Vorgehen. Er rief seine Leute zusammen.

»Alarmiert die Spurensicherung. Die sollen hier alles auf den Kopf stellen. Vielleicht gibt es einen Hinweis, der uns auf Klausmanns Spur führt. Ines, Sie schauen sich kurz um, ob Sie irgendetwas sehen, dass uns zeigt, dass sich Ihre Tochter und Mutter hier vor Kurzem aufhielten. Ben und Saskia, Sie beide sperren das Areal großräumig um diese Hütte ab. Wir wollen doch nicht, dass uns vielleicht ein Jäger, Jogger oder Spaziergänger eventuelle Spuren versaut.«

»Aber Chef«, warf einer der jüngeren Beamten ein. »Hier ist doch angeblich sowieso das Betreten des Waldstücks verboten. Wegen Baumfällarbeiten.«

»Ich will die Absperrung auf jeden Fall. Sicher ist sicher. Stellt ein paar Leute ab, die niemand Unbefugten durchlassen.«

Ines Kollegen machten sich daran, die Anweisungen Willimskys in die Tat umzusetzen. Sie selbst ging mit gemischten Gefühlen auf die Hütte zu. Willimsky folgte ihr. Zum Glück war der Rauch in der Zwischenzeit abgezogen. Ines Chef zog sich ein paar Einweghandschuhe, die er aus seiner Manteltasche fischte, über und öffnete einen der Fensterläden. So kam etwas Licht in das Innere der Hütte. Ines, die ihre Waffe wieder eingesteckt hatte, schaute sich um. Am Boden lagen noch die Reste der Kabelbinder. Ein gutes Indiz für die Spurensicherung. Daran ließen sich sicher DNA-Spuren von Täter und Opfer nachweisen. Ein Rucksack stand ebenfalls herum. Ein weiteres Zeichen dafür, dass sich hier jemand vor noch nicht allzu langer Zeit aufhielt. Sie ließ ihren Blick weiter umherschweifen, erfasste jeden Millimeter des Innenraumes. Am Boden glitzerte etwas. Ein Armband. Sie bückte sich und wollte es aufheben. Doch Willimsky hinderte sie daran. Beschämend zuckte sie zusammen. Beinahe hätte sie einen Anfängerfehler gemacht und ein eventuelles Beweisstück mit ihrer DNA verunreinigt. Sie führte das auf ihre enorme Müdigkeit zurück.

»Tut mir leid«, entschuldigte sie sich bei Sigmund.

»Schon gut. Ist ja nichts passiert. Sie sollten sich unbedingt ausruhen.«

»Das geht nicht. Dieses Armband gehört meiner Mutter! Sie waren also tatsächlich hier. Die können nicht weit sein. Wir müssen uns beeilen.«

»Ich bin zwar auch der Meinung, dass es seit ihrem Aufenthalt hier noch nicht lange her sein kann. Trotzdem müssen wir gezielt vorgehen. Klausmann kann die beiden überallhin gebracht haben.«

In diesem Moment betrat einer der Beamten, die Willimsky zum Absuchen des Geländes eingeteilt hatte, den Raum.

»Chef, wir haben Klausmanns Auto gefunden. Es steht hier ganz in der Nähe.«

Willimsky kratzte sich nachdenklich am Kinn.

»Das bedeutet, er ist zu Fuß unterwegs. Dann kann er wirklich noch nicht weit sein. Oder gibt es Hinweise, dass ein zweites Fahrzeug im Spiel ist?«

»Also bisher gibt es keine Anzeichen dafür.«

»In Ordnung. Es besteht also die Möglichkeit, dass ihm ein zweites Versteck hier irgendwo im Wald zur Verfügung steht. Das gilt es zu finden.«

»Und wenn nicht? Vielleicht holte ihn ein Komplize mit einem anderen Wagen ab.«

»Sicher Ines, auch möglich. Wir machen uns jetzt erst mal auf die Suche nach ihm, denn irgendwie muss er ja von hier weggekommen sein. Wenn wir erst einmal eine Spur von ihm aufstöbern, wird sich alles Weitere ergeben.«

»Gut. Ich ordere dann mal eine Hundertschaft an, die das Gelände durchkämmt.«

Ines kramte das Handy aus der Hosentasche und wollte bereits die entsprechende Kurzwahl eintippen. Doch Willimsky hielt sie ab.

»Eine Hundertschaft können wir hier nicht gebrauchen. Die zertrampeln uns nur wertvolle Spuren.«

»Verstehe, aber was machen wir stattdessen?«

»Na ist doch ganz klar. Zuerst warten wir ab, bis die SpuSi hier eintrifft. Außerdem fordere ich die Hundestaffel an.«

»Hundestaffel? Aber bis die Polizeihundestaffel aus Stuttgart eintrifft, ist es für meine Mutter und Daniela vielleicht zu spät!«

Panik mischte sich in Ines Stimme. Am Rande der Erschöpfung angelangt, war von der sonst so toughen Beamtin nicht mehr viel übrig.

»Wir leben hier zwar mehr oder weniger auf dem Land, aber weg vom Schuss sind wir hier noch lange nicht.« Deutlich schwang ein bisschen Stolz in Willimskys Stimme mit.

»Zum einen untersteht dem Polizeipräsidium Tuttlingen auch eine Hundestaffel, die sich zurzeit allerdings bereits woanders im Einsatz befindet. Aber das ist noch nicht alles. In Villingen-Schwenningen, ganz in der Nähe des Schwarzwald-Baar-Klinikums, sowie auch in Donaueschingen ist eine Rettungshundestaffel des Deutschen Roten Kreuzes stationiert. Ich kann Ihnen sagen, die stehen ihren polizeilichen Kollegen aus Stuttgart und Tuttlingen in nichts nach. So, und während ich jetzt telefoniere, begeben Sie sich in meinen Dienstwagen und legen sich hin. Sie können ja schon gar nicht mehr klar denken. Ich wecke Sie, wenn die Hundeführer eintreffen.«

»Aber, das geht doch nicht, ich …«

»Keine Widerrede. Das ist eine dienstliche Anweisung, der sofort Folge geleistet werden muss. Entweder Sie tun, was ich sage oder Sie sind mit sofortiger Wirkung aus dem Spiel raus. Das meine ich ernst!«

Sein Blick ließ keinen Zweifel an seinen Worten. Ines musste sich wohl oder übel fügen. Also ergab sie sich ihrem Schicksal und legte sich aufs Ohr. Willimsky schaute ihr zufrieden nach. Dann wurde er wieder ernst. Er nahm das Handy zur Hand und orderte die Hunde. Als er das Gespräch beendete, blickte er grimmig aber entschlossen in die Runde.

›Fühl dich nur nicht zu sicher, Thomas Klausmann! Die Schlinge zieht sich zu. Schon sehr bald wirst du uns ins Netz gehen.

Er zog den Reißverschluss seines Parkas bis zum Hals zu. Eigentlich befand er sich auf dem Weg zu seinem Wagen, in dem er noch diverse Dinge lagerte und die er zu holen gedachte. Doch kurz bevor er aus dem Schatten einer alten Buche treten wollte, sah er sie. Es war mehr ein Reflex, als er sich hinter dem Stamm versteckte und seine nähere Umgebung beobachtete. Keine Sekunde zu früh, wie sich herausstellte. Ein Beamter führte gerade Sigmund Willimsky zu seinem Fahrzeug. Er atmete tief ein, überrascht davon, dass sie ihm so schnell auf der Spur waren. Aber eigentlich spielte das keine Rolle. Dann kam die Abrechnung eben schon heute. Vorsichtig schlich er in gebückter Haltung davon. Seine Gedanken kreisten nur um das Eine: endlich Gerechtigkeit für seine verlorene Kindheit. Dabei verschwendete er keinen Gedanken daran, dass ihn das sein Leben kosten könnte. Und wenn schon! Schließlich gab es für ihn nichts, für was es sich zu leben lohnte. Einzig der Gedanke, an Monikas Familie Rache zu nehmen, hatte ihn die letzten Jahre durchhalten lassen.

Ein penetrantes Klopfen riss Ines aus einem tiefen, traumlosen Schlaf. Zuerst wusste sie nicht einzuordnen, wo sie sich befand. Doch dann kam die Erinnerung zurück. Ein junger Kollege klopfte an die Fensterscheibe. Erst als Ines mit einem müden Kopfnicken signalisierte, dass sie verstanden hatte, wendete sich der Mann ab. Ines rieb sich fröstelnd die Augen. Erst jetzt bemerkte sie die Dummheit, sich während des Schlafes nicht zugedeckt zu haben. Die Kälte kroch bis in den letzten Knochen. Sie rieb sich die behandschuhten Hände und stieg aus. Zur selben Zeit trafen drei weitere Fahrzeuge ein. Eines zog einen flachen, geschlossenen Anhänger hinter sich her. Während Ines versuchte, durch leichte, gymnastische Bewegungen wieder warm zu werden, beobachtete sie, wie die Fahrer den Autos entstiegen. Dabei handelte es sich um zwei Frauen und einen Mann. Als eine der beiden Frauen den Anhänger öffnete, entsprang diesem ein riesiger Rottweiler, begleitet von freudigem Gebell. Eine der wenigen Hunderassen, die Ines kannte. Das heißt, kennen war eigentlich zu viel gesagt. Sie wusste, wie ein Rottweiler aussah, das war auch schon alles. Rottweiler lösten bei ihr immer eine gewisse Beklemmung aus. Das lag wohl daran, dass ihr dabei sofort Fernsehbilder einfielen, in denen sie als Wachhunde eingesetzt wurden. Die Größe der Tiere, aber auch der ihrer Ansicht nach wuchtige Kopf, flößten ihr zwar nicht gerade Angst, jedoch einen gewissen Respekt ein. Da sie sich nie großartig mit Hunden befasst hatte, konnte sie ja nicht ahnen, dass Rottweiler besonders für ihren Gehorsam, ihre Einsatzfreudigkeit und Tapferkeit bekannt waren, alles Eigenschaften, die eine große Rolle bei Rettungseinsätzen spielten. In den beiden anderen Autos befanden sich Gitterhundeboxen im Kofferraum, aus denen nun ein mittelgroßer Mischlingshund und ein Border Collie von den anderen beiden Hundeführern herausgeholt wurden, beides wunderschöne Tiere, wie Ines feststellte. Doch ihr Aussehen oder ihre Rasse spielten nur eine untergeordnete Rolle. Einzig und allein in ihren Eigenschaften lag der Grund, warum sie für die Ausbildung zum Rettungshund ausgewählt wurden. Alle drei trugen ein Geschirr, an dem seitlich ein rotes Kreuz auf weißem Grund zu erkennen war.

»So, das ist nun also unsere Hundestaffel«, hörte sie plötzlich Willimsky sagen, der ohne ihr Bemerken neben sie trat. Ines zog die Augenbrauen in die Höhe.

»Sie wollen doch nicht etwa andeuten, dass das die ganze Hundestaffel ist?«

»Natürlich nicht.« Beruhigt atmete sie aus.

»Normalerweise stehen mehr Rettungshunde zur Verfügung. Aber heute ist einer krank, ein anderer auf einem anderen Einsatz und der Rest auf Fortbildung.«

»Sie machen Witze, oder? Nur drei Hunde? Wie sollen die denn die Vermissten finden? Wissen Sie nicht, wie riesig dieses Waldgebiet ist?«

Ohne es zu wollen, schwoll die Lautstärke ihrer Stimme an. Willimsky hörte deutlich ihre aufsteigende Panik heraus.

»Nun beruhigen Sie sich. Sie brauchen mir nicht zu erklären, wie groß diese Waldfläche ist. Schließlich bin ich hier aufgewachsen und kenne die Gegend wie meine Westentasche. Und drei Hunde sind absolut ausreichend. Kommen Sie mal mit.«

Er wartete ihre Antwort gar nicht erst ab. Stattdessen stiefelte er in Richtung der Rettungshunde. Diese wedelten schon ganz aufgeregt mit den Schwänzen. Sie schienen sich auf ihren Einsatz zu freuen. Sigmund stellte Ines einer kleinen, blonden Frau mit Brille vor.

»Darf ich Sie miteinander bekannt machen? Frau Hirling, Leiterin der in Donaueschingen stationierten Hundestaffel des Deutschen Roten Kreuzes, Frau Hauptkommissarin Ines Sandner.«

Ines erstaunte der kräftige Händedruck der relativ kleinen Frau.

»Können Sie uns die Sachlage erklären?«, bat Gerlinde Hirling den leitenden Beamten, nachdem auch ihre beiden Kollegen dazustießen. Willimsky kam dieser Aufforderung unverzüglich nach, was nicht viel Zeit in Anspruch nahm.

»Benötigen Sie nicht ein Kleidungsstück meiner Tochter?«

Gerlinde lächelte umsichtig. Diese Frage wurde ihr öfter gestellt. Das kam daher, dass die Leute Rettungshunde oft nur aus dem Fernsehen kannten. Und dort wurde viel Unsinn gezeigt. Deshalb war es ihr ein persönliches Anliegen, die Tatsachen richtigzustellen.

»Nein, wir brauchen nichts, was nach ihrer Tochter riecht. Unsere Hunde sind ausgebildet, Menschen zu finden. Sie suchen einfach nach Menschen. Und sie zeigen uns jeden, den sie finden. Die Hundenase ist sehr sensibel. Es ist trotzdem auch für den Hund viel schwieriger, den Geruch eines ganz bestimmten Menschen zwischen mehreren Menschen herauszufinden. Trailer oder auch sogenannte Man-Trailer-Hunde sind darauf trainiert. Die kommen dann bei speziellen Suchaufgaben zum Einsatz. Unsere Hunde nehmen den Geruch aller in der weiteren Umgebung befindlichen Menschen über eine große Distanz wahr. Wenn sich ihre Tochter oder der Entführer in der Gegend aufhalten, werden wir sie finden. Hundertprozentig.«

»Ja gut, aber dauert das denn nicht ewig mit nur drei Hunden? Wäre eine Hundertschaft, die das Gebiet durchkämmt, nicht sinnvoller?«

Verzweiflung sprach aus dieser Frage. Frau Hirling verstand ihre Angst, deshalb redete sie beruhigend weiter.

»Ein Rettungsteam, bestehend aus einem Hundeführer und einem Hund, durchsucht in zwanzig Minuten eine Fläche von ungefähr zwanzigtausend Quadratmetern. Wissen Sie, wie viel das ist?«

Ines hatte so auf die Schnelle nichts, mit dem sie das vergleichen konnte, deshalb schüttelte sie den Kopf.

»Zwanzigtausend Quadratmeter entsprechen circa fünf Fußballfeldern. Ohne Hund würde für diese Fläche eine menschliche Suchkette von fünfzig Personen benötigt.«

Tief beeindruckt musste Ines einsehen, dass drei Hunde doch schon eine ganze Menge darstellten.

»Viele Menschen haben ein völlig falsches Bild von unseren Möglichkeiten. Wenn das hier alles überstanden ist, kommen sie vielleicht einmal bei einem unserer Trainingseinsätze vorbei. Dann können Sie sich selbst mal ein Bild machen. Wir üben regelmäßig im freien Gelände. Aber nun entschuldigen Sie uns. Sie sehen ja selber, die Hunde sind schon ganz unruhig, weil sie unbedingt ihre Arbeit tun wollen. Für unsere Vierbeiner ist das ein Spiel, das ihnen großes Vergnügen bereitet.«

Die Hundeführerin lenkte ihren Rottweiler zur Hütte. Ihre Kollegen, Willimsky und der SEK-Einsatzleiter folgten ihr. Sie besprachen sich, in welche Richtung gesucht werden sollte. Dabei kamen sie zu dem Schluss, dass sie die Anfahrtsrichtung der eigenen Fahrzeuge außer acht lassen konnten. Das Risiko, entdeckt zu werden, wäre für Thomas doch relativ hoch gewesen, wenn er sich für diese Richtung entschieden hätte. Natürlich konnte man das nicht ganz ausschließen, aber die Wahrscheinlichkeit sprach dagegen. So teilten sie das Suchgebiet in drei Sektoren auf, einen für jedes Staffelteam. Das Gleiche galt für die Beamten. Sie würden jeweils in einigem Abstand folgen. Da sie nicht wie die Hundeführer über dornenfeste Kleidung und Schuhe verfügten, würden sie sowieso langsamer vorankommen.

Ines staunte nicht schlecht, als sie sah, dass Frau Hirling und ihre Kollegen die Hunde von den Leinen ließen. Auf ein gemeinsam abgegebenes Kommando ging es los. Sofort begannen die Hunde mit der Suche. Hochkonzentriert machten sie sich ans Werk. Ines hoffte inständig, dass sie noch zur rechten Zeit kommen würden.

»Omi, was passiert denn nun mit uns?«

Danielas Stimme fehlte jeglicher, ängstlicher Unterton. Pragmatisch, wie Jugendliche in den meisten Fällen reagieren, erkundigte sie sich nach der aktuellen Lage, so als würde sie das Wetter abfragen. Monika sah sie erst schweigend an, bevor sie ihre Hilflosigkeit eingestand.

»Ich habe keine Ahnung mein Schatz. Ach, wenn wir doch bloß diese Handschellen loswerden könnten.« Demonstrativ hob sie die Hand, schüttelte sie, was lediglich die Ketten zum Klirren brachte.

»Glaubst du, Mami sucht uns schon?«

»Da bin ich mir ganz sicher. Und sie ist nicht alleine. Da helfen jede Menge Leute mit. Pass auf, in Nullkommanichts sind wir hier raus.«

Das klang sehr überzeugend, obwohl Monika natürlich nicht wissen konnte, dass Ines und ihre Kollegen sich tatsächlich schon in der Nähe befanden. Es reichte zumindest dafür aus, dass sich Danny zufrieden an die Wand lehnte. Das Quietschen des Gitters am Eingang ließ beide aufhorchen. Mit einer Mischung aus Verwunderung und Angst sahen sie Thomas vom Höhleneingang herannahen. Schließlich war noch nicht viel Zeit vergangen, seit er die Höhle verlassen hatte.

»So meine Damen«, meinte er zynisch, »gleich wird's ungemütlich.«

Monikas Herzschlag setzte für einen Moment aus, als sie bemerkte, dass er ein Gewehr und eine Packung passender Munition in die Hand nahm. In aller Seelenruhe lud er die Waffe und entsicherte sie. Schon allein dieses Geräusch jagte den beiden einen Schauer über den Rücken. Die restlichen Patronen stopfte er in die Jackentasche. Er griff in seinen Rucksack, aus dem er noch einen zusätzlichen Revolver holte. Auch dieser wurde noch einmal genauestens überprüft, bevor er mit der Waffe in der Hand auf seine zitternden Gefangenen zuging. Sein Gesichtsausdruck ließ keinen Widerspruch zu. Monika und Danny war augenblicklich klar, dass er jedes Wort ernst meinte. Sie rückten näher zusammen und schwiegen.

»Macht mir ja keine Dummheiten! Ich habe nichts mehr zu verlieren. Ihr könnt mir ruhig glauben, dass ich im Notfall auch auf euch schießen werde. Dann wollen wir mal der Hauptkommissarin einen entsprechenden Empfang bereiten.«

Er wandte sich um, schaute Monika mit scharfem Blick direkt an.

»Ich will, dass du siehst, wie deine Tochter vor deinen Augen zugrunde geht. Langsam und qualvoll. Aber vorher soll sie noch die Angst um ihr eigenes Kind spüren.«

Daniela riss ihre Augen weit auf. Was hatte dieser Kerl bloß vor? Sie erkannte den Kollegen ihrer Mutter nicht wieder. Ein absolut anderer Mensch schien hier vor ihnen zu stehen, der sich jetzt auf einen Felsvorsprung setzte.

»Komm her!« Sein Revolver deutete unmissverständlich auf Danny. Monika hielt das Kind fest umklammert.

»Lass sie los. Ich kann auch rüberkommen und sie holen, das wird dann aber Konsequenzen haben.«

Schweren Herzens gab sie ihre Enkelin zögernd frei, da sie befürchtete, dass er es wirklich ernst meinte mit seiner Drohung. Die Kette gab Daniela genau so viel Freiraum, um Thomas erreichen zu können. Sie musste sich neben ihn setzen.

»So, nun wollen wir deiner Mutter mal einen gehörigen Schreck einjagen, wenn sie dich sieht.«

Daniela hatte keine Ahnung, was er damit meinte. Die

Klinge des Messers, das er plötzlich in der Hand hielt, führte Thomas zielsicher über Dannys Wange. Blut tropfte aus dem dünnen Schnitt. Als Monika ein Schrei aus der Kehle fuhr, gab er mit einem strengen Blick zu verstehen, dass sie ruhig sein sollte. Tränen schossen Danny in die Augen, doch sie presste die Lippen zusammen, schluckte tapfer und blieb still.

»Was soll das? Das Kind hat Ihnen doch nichts getan?«

Thomas grinste diabolisch. Er packte Daniela am Kinn und drehte das Gesicht zu sich. Mit seiner Hand verwischte er das Blut. Dadurch gewann man den Eindruck, dass Daniela schwer verletzt sei, was eigentlich nicht stimmte. Monika verstand nun, was er damit gemeint hatte, Dannys Mutter einen Schreck versetzen zu wollen.

Ein Rascheln vor der Höhle, dem Gebell folgte, ließ Thomas aufhorchen. Er umklammerte den Revolver. Hilflos musste Monika mitansehen, wie Thomas seinen Körper hinter Danny schob, sie quasi als Schutzschild benutzte. Der Revolver zeigte auf ihre Schläfe. In Monika reifte ein Plan, als sie das Gewehr in der Nähe erkannte. Doch seine Worte machten ihn zunichte.

»Denk nicht mal dran. Oder willst du schuld sein, wenn ich deiner Enkelin eine Kugel durch den Kopf jage?«

Wieder dieses Bellen. Während Thomas das Gewehr näher heranzog, hörte er das Schnüffeln direkt vor dem Eingang. Sein Körper, sein Geist konzentrierten sich auf jedes weitere Geräusch. Nun wusste er, dass eine Entscheidung kurz bevorstand.

Mit zum Zerreißen angespannten Nerven registrierte Ines die Rückkehr des Rottweilers. Völlig selbstständig, ohne dass ihn Frau Hirling hätte zu sich pfeifen müssen, stoppte er vor seiner Führerin, um sie mit seiner feuchten Nase aufgeregt anzustupsen, während seine Rute freudig hin und her wedelte. Gerlinde Hirling klopfte ihm anerkennend die Seite und kraulte ihn hinter dem Ohr.

»Na, mein Großer, hast du was gefunden?«

Als könnte der Hund sie verstehen, antwortete er mit lautem Gebell. Gerlinde belohnte ihn mit einem Leckerli. Sie winkte dem gesamten Team. Der Hund konnte es kaum erwarten, seine Herrin endlich ans Ziel führen zu dürfen. Vor dem Höhleneingang nahm sie ihn an die Leine und dirigierte ihn zur Seite, damit die Suchteams den Eingang sichern konnten. Die restlichen Trupps wurden darüber informiert, dass man eine konkrete Spur gefunden hatte. Alle gingen davon aus, dass sich die Gesuchten hinter diesem Gitter befinden mussten. Schon der erste Versuch, Kontakt aufzunehmen, war erfolgreich.

»Klausmann, kommen sie raus! Noch ist nichts passiert. Vielleicht kann ich ein gutes Wort für sie einlegen und das Strafmaß fällt nicht so hoch aus!«

Raues Gelächter kam aus der Höhle.

»Nicht viel passiert? Ich habe drei Menschen getötet und einen Mordanschlag auf eine Polizistin und einen kleinen Jungen verübt, zudem zwei Menschen entführt. Das können Sie drehen wie sie wollen, da gibt's nichts, was Sie für mich tun könnten.«

Ines erstarrte. Ein Mordanschlag auf einen kleinen Jungen verübt? Das konnte nur bedeuten, dass Thomas den kleinen Max angefahren hatte. Vermutlich hatte der Junge irgendetwas gesehen, das auf Thomas Spur hätte führen können. Sein Leben hatte er wohl nur dem Umstand zu verdanken, dass er sich nach dem Unfall an nichts mehr erinnern konnte. Nun verstand sie auch, warum Thomas den kleinen Kerl im Krankenhaus besuchte. Von wegen Sorgen machen um das Kind! Er kontrollierte lediglich die Lage, um zu wissen, ob er den kleinen Mann mundtot machen musste. Sie fasste es nicht. Und natürlich fanden die Kollegen es nicht ungewöhnlich, seine Fingerabdrücke in Jans Wagen vorzufinden. Schließlich saß er schon des Öfteren darin.

»Was schlagen Sie also vor? Wir sollten schauen, dass wir die Sache hier schnell hinter uns bringen!«

»Ganz Ihrer Meinung!«, schallte es aus der Höhle zurück. »Ich will, dass Sie Ines herschicken. Ohne Waffe, ohne Schutzweste und alleine.«

Ines zog die Waffe aus dem Holster, drückte sie ihrem Chef in die Hand und zog die Weste aus.

»Mal nicht so schnell junge Frau. Sie gehen auf keinen Fall dort hin!«

»Ich zähle bis zehn. Wenn die Frau Kommissarin bis dahin nicht vor mir steht, muss ich der kleinen Daniela leider ein bisschen wehtun.«

Ines schaute ihren Chef flehend an.

»Ich muss gehen, verstehen Sie? Sonst passiert vermutlich was Schlimmes!«

»Eins!«

»Wir müssen ihn zumindest zu einem Zugeständnis bringen«, versuchte Willimsky, ihr klar zu machen.

»Zwei!«

»Wir verlangen, dass sie nur im Austausch mit ihrer Tochter zu ihm kommen.«

»Drei!«

»Darauf wird er nie eingehen!«

»Vier!«

»Wir müssen es versuchen!«

»Fünf!«

»In Ordnung. Probieren wir es, aber wenn er nicht darauf eingeht, gehe ich trotzdem rüber. Ich will kein Risiko für meine Familie eingehen.«

»Sechs! Leute, die Zeit ist gleich abgelaufen!«

»Klausmann, sie bekommen Ines nur, wenn Sie dafür die Tochter im Austausch gehen lassen.«

Thomas zählte nicht weiter. Ines glaubte, seine Gedanken hören zu können. Sie betete still.

»Na gut. Aber wehe, ihr versucht mich auszutricksen, dann überleben die beiden das hier nicht.«

Willimsky schaute in die Runde. Die Mitglieder des Spezialeinsatzkommandos hatten die ihnen zugewiesenen Positionen eingenommen. Der Einsatzleiter sprach seine Befehle in sein Headset. Ines bekam ein aufmunterndes Schulterklopfen ihres Chefs mit auf den Weg.

»Vergessen Sie trotz dieser schwierigen Situation nicht, was Sie gelernt haben!«

Sie nickte, ohne ihren Chef dabei anzusehen. Ihre Gedanken befanden sich bei Danny. Sie und Monika waren jetzt wichtig, mussten unbedingt aus der Gefahrenzone. Was mit ihr geschah, war absolut bedeutungslos.

Erst als sie den Höhleneingang nahezu erreichte, konnte Ines Thomas sehen. Ines schlug die Hand vor den Mund, als sie Danny im Halbdunkel erkannte, deren Gesicht blutverschmiert war. Zudem hatte der Mistkerl eine Waffe auf das Kind gerichtet. Das Adrenalin begann sich in ihrem Körper bis in das letzte Blutgefäß zu verteilen, bereitete sie darauf vor, Daniela bei der kleinsten Chance aus der Gefahrenzone zu schaffen. Sie registrierte, wie er sie mit Argusaugen taxierte, in geduckter Haltung, scheinbar gewappnet, um auf jede eintretende Eventualität schnell reagieren zu können.

»Was hast du Dreckskerl mit ihr gemacht? Dafür sollst du ewig in der Hölle schmoren. Lass sie sofort frei und vergreife dich lieber an Menschen, die sich wehren können. Oder bist du dafür zu feige?«

»Ach, das ist bisher nur ein Kratzer. Fühlt sich Scheiße an, wenn es der Kleinen nicht gut geht und du nichts, aber auch gar nichts dagegen tun kannst, nicht wahr?«

Sie hatte das Gefühl, ein Fremder stünde vor ihr. Das war nicht der Thomas, den sie kannte. Aber langsam dämmerte ihr, dass genau in diesem Moment doch der echte Thomas zum Vorschein kam und der, den sie kannte, nicht existierte. Am liebsten hätte sie ihn angeschrien, ihn geschlagen, doch sie riss sich zusammen.

»Lass sie gehen. Du hast ja nun mich. Und dann sag, was du willst.«

Mit zu Schlitzen geformten Augen, die den tiefen Hass in ihm deutlich zeigten, starrte er sie an, während er den Schlüssel wortlos aus der Tasche zog, um Danny von den Handschellen zu befreien. Dabei ließ er weder Monika noch Ines aus den Augen. Den Revolver richtete er weiterhin auf den Rücken des Mädchens, als er sie aufforderte zum Ausgang zu gehen. Vor dem Gitter musste sie stehen bleiben.

»Mach das Tor auf«, wies er Ines an. »Es ist nur angelehnt.«

Sie packte es und schob es quietschend zur Seite, stets bereit, sich und Danny mit einem letzten Sprung in Sicherheit zu bringen. Notfalls würde sie sich vor ihre Tochter werfen, sollte er versuchen, auf sie zu schießen. Die Spannung ließ die Luft vibrieren.

»Komm her!«

Ines schüttelte den Kopf.

»Für wie dumm hältst du mich? Glaubst du, ich weiß nicht, was in deinem Kopf vorgeht? Am liebsten hättest du uns beide. Aber daraus wird nichts. Erst lässt du Daniela bis zu mir laufen. Dabei kannst du ja den Revolver weiter auf sie richten, wenn du Angst hast, dass wir dich austricksen wollen. Wenn sie hier neben mir angekommen ist, werden wir den Wechsel vollziehen. Ich will einfach nicht glauben, dass du einem Kind in den Rücken schießen würdest.«

Seinem satanischen Grinsen war nicht zu entnehmen, wie seine Antwort lauten könnte. Er stieß Danny mit dem Lauf der Waffe in den Rücken, die sich zögernd auf den Weg zu ihrer Mutter machte. Starr war ihr Blick auf Ines gerichtet, tapfer setzte sie einen Schritt vor den anderen. Durch das Blut auf der Wange fiel ihre kreidebleiche Gesichtsfarbe besonders auf. Angst sprach aus ihren Augen. Trotzdem nahm Ines sie nicht in den Arm, als sie ihre Höhe erreichte. Sie fürchtete einen Zusammenbruch des Kindes, wenn sie erst einmal die liebenden Arme ihrer Mutter um sich spürte. Stattdessen nickte sie ihr aufmunternd zu und ließ sie weiter voranschreiten. Ines setzte sich nun ebenfalls in Bewegung.

Feindselig verfolgten Thomas Augen jede von Ines Bewegungen, wollten ihr keine Chance für eine Finte lassen. Er übersah dabei, dass sich bereits ein SEK-Mann von der Seite genähert hatte und sich über Danny warf, sie förmlich aus der Gefahrenzone riss. Plötzlich überschlugen sich die Ereignisse, von denen selbst der erfahrene Thomas komplett überrascht wurde. In dem Augenblick, als er die Waffe hochriss, warf sich Ines flach auf den Boden und machte den Raum frei für die Blendgranate, die nun ungehindert in die Höhle geworfen werden konnte. Routiniert sprangen die Einsatzkräfte hinterher und überwältigten den Kripomann, noch während er die Hände schützend vor die Augen presste.

Monika tauchte, immer noch benommen von der Blendgranate, schwankend am Höhleneingang auf. Zwei kräftige Männerarme stützten sie. Als sie sah, dass ihren Liebsten nichts geschehen war, stahl sich ein Lächeln auf ihr Gesicht. Thomas stolperte währenddessen mit auf den Rücken gedrehten Armen den Hang hinab. Die SEK-Leute hielten ihn unerbittlich fest. Seinem hasserfüllten Blick begegnete Ines mit einer Mischung aus Glücksgefühl und Traurigkeit. Sie wusste schließlich, welche Motive diesen Mann zu solchen unsäglichen Untaten gezwungen hatten. Nur Mitleid konnte sie nicht spüren, obwohl er schlimme seelische Wunden davongetragen haben musste.

EPILOG

Ines und Monika hatten verabredet, ein für alle Mal reinen Tisch zu machen. Heute war der Tag gekommen, um das Geschehene aus der Vergangenheit aufzuarbeiten. Damit Daniela sich ein bisschen ablenken konnte, hatte Ines sie mit einer Sondergenehmigung für ein paar Tage aus der Schule befreit und zu Antonio geschickt. Ihr kleines Schwesterchen würde ihre Aufmerksamkeit in andere Bahnen lenken.

Sie redeten lange und ausführlich. Und am Ende brachte Ines sogar Verständnis für das Verhalten ihrer Mutter auf. Monika wusste damals bei ihrer Begegnung mit Dieter tatsächlich nichts von den Depressionen seiner Frau. Bestürzt erfuhr sie davon, als ihre Beziehung schon fast ein Jahr andauerte. Doch Dieter versicherte ihr glaubhaft, seine Ehe bestünde nur auf dem Papier. Dieter zeigte ihr einmal ein Foto seiner Frau, doch seine Kinder hatte sie nie zu Gesicht bekommen. Deshalb kannte sie auch Thomas und Jochen nicht. Das Einzige, was Ines ihr übel nahm, war die Tatsache, dass Monika ihr nicht reinen Wein einschenkte, als sie das Foto auf Jochens Nachttisch sah. Vielleicht hätte da einiges verhindert werden können. Sie einigten sich darauf, in Zukunft ehrlicher miteinander umzugehen.

Jochen befand sich momentan in einer Rehaklinik am Bodensee. Die Staatsanwaltschaft hielt ihm zugute, dass er voll und ganz geständig war. Er verschwieg nichts und schien wirklich bereit zu sein, die Konsequenzen für sein Handeln zu tragen. So wurde auch nicht von einer Verdunkelungsgefahr ausgegangen, weshalb er sich bis zu seiner Verhandlung auf freiem Fuß befand. Ines wollte es immer noch nicht in den Kopf, dass die Kollegen trotz Überprüfung seiner

Papiere nicht auf die falsche Identität aufmerksam geworden waren. Allerdings musste sie einsehen, dass Thomas Kontakte für verdammt gut gefälschte Papiere sorgten. Zudem besaß er Zugang zu bestimmten Computerprogrammen, was eine Manipulation von Daten erleichterte.

Eine Fortsetzung ihrer Beziehung schloss Ines aus. Für sie beruhte eine Partnerschaft auf Ehrlichkeit und Vertrauen. Davon konnte bei Jochen und ihr nicht die Rede sein. Auch wenn er seine Ansicht ihr gegenüber geändert hatte, so beruhte seine Bekanntschaft mit ihr doch ursächlich darauf, ihr zu schaden. Natürlich konnte er nicht ahnen, dass Thomas auch vor Mord nicht zurückschrecken würde. Doch spätestens als Jochen merkte, wie die Sache aus dem Ruder lief, hätte er Thomas nicht mehr decken dürfen, Bruderliebe hin oder her. So machte er sich mitschuldig an dem, was dann noch alles passierte.

Für Thomas sah alles sehr düster aus. Um Ines nach und nach in Angst und Schrecken zu versetzen, hatte er die Bremsen an Molanders Auto manipuliert. Er wusste, dass es sich bei Sven Molander um einen ehemaligen Schwarm aus Ines Schulzeit handelte. Deshalb rechnete er auch damit, dass Svens Unfall Ines schockieren würde. Dass er dabei gleich ums Leben kam, war zwar tatsächlich nicht eingeplant gewesen, machte Thomas aber auch nichts weiter aus. Manche Dinge passierten eben, geplant oder nicht geplant. Der kleine Ganove Harry Klein hingegen sollte nur die Bilder für Thomas in Antonios Wagen deponieren. Wer hätte denn gedacht, dass der Scheißer den Umschlag öffnet und die Fotos anschaut? Und dann meinte er, Thomas auch noch damit erpressen zu müssen! Als Stuttgarter Einwohner erkannte er nämlich den Künstler Antonio Gomez. Ein paar Recherchen förderten dann einen Zusammenhang zwischen Antonio, Ines und Thomas zutage. Darin sah Harry seine Chance. Das ging gar nicht. Was blieb Thomas denn dann anderes übrig, als dem Kerl das Maul für immer zu stopfen? Aber die Sache mit dem kleinen Max tat ihm schon leid. Warum musste der Junge aber auch sehen, wie er einen Strauß Lilien ins Auto legte. Die Blumen, die später in Sven Molanders Kofferraum wanderten. Ach ja, nicht zu vergessen den Inhaber des Internetcafés, aus dem Thomas seine Drohung an Ines Mailadresse abschickte. Zwar hatte er einen Kapuzenpulli getragen und zudem geglaubt, seine Anonymität sei durch die vielen Kunden, die dort ein- und ausgingen gewährleistet, doch dann meinte dieser Typ, er könne ihn beschreiben. Und damit sprach er sein eigenes Todesurteil. Darauf konnte Thomas es einfach nicht ankommen lassen. So hatte er damals, als Ines zu Jochen ins Krankenhaus fuhr, die Dienststelle kurz nach ihr verlassen und sich um Kolzewski gekümmert.

Den Brandanschlag auf Ines fand er besonders gelungen. Zu keiner Zeit schwebte sie in Gefahr, da Thomas jederzeit hätte eingreifen können. Seine Rechnung war aufgegangen. Sie kam nicht auf die Idee, ihn für den Absender der SMS zu halten. Die Technik machte es ihm möglich, diese SMS im Voraus zu schreiben und einen Zeitpunkt festzulegen, bei dem sie automatisch abgeschickt wurde. Und dass er so schnell vor Ort erschien, machte sie auch nicht misstrauisch, schließlich befanden sich die anderen Kollegen in der Zwischenzeit auch auf dem Gelände. Ines genau zu diesem Hof zu bestellen, wo es nur eine Frage der Zeit war, bis er damit in Zusammenhang gebracht wurde, lag genau in seiner Absicht. Irgendwann musste das Katz-und-Mausspiel ein Ende haben und die Sache zum Abschluss gebracht werden. Eigentlich wollte er Ines vor den Augen ihrer Mutter qualvoll töten. Schließlich war in seinen Augen Monika für den Tod seiner Mutter verantwortlich. Dass es sich bei der Depression seiner Mutter um eine Erbkrankheit handelte, die man nur mithilfe eines Therapeuten halbwegs in den Griff bekommen hätte, daran wollte er nicht glauben. Am Ende ging der Zugriff des SEKs doch relativ problemlos über die Bühne. Ines fragte sich, ob Thomas nicht insgeheim ein Ende der ganzen Sache herbeisehnte und deshalb keine wirkliche Gegenwehr leistete. Wie auch immer, nun musste er sich auf jeden Fall vor einem Gericht verantworten. Mord, Entführung, Körperverletzung, Vertuschung, da kam einiges zusammen. Vermutlich musste er nach der Verbüßung einer langjährigen Haftstrafe sogar mit anschließender Sicherungsverwahrung rechnen.

Zum Schluss gab es also nur Verlierer. Thomas hatte sein Ziel, sich zu rächen, nicht erreicht. Stattdessen wartete das Gefängnis auf ihn. Jochen musste sich eingestehen, dass er die Liebe der Frau seines Lebens verspielte und keinerlei Chance auf einen Neubeginn bestand. Auch Ines stand vor den Scherben dieser Partnerschaft. Daniela musste die Entführung, und alles was damit zusammenhing, noch verarbeiten. Willimsky empfahl Ines einen guten Psychologen. Mit seiner Hilfe und all der Liebe von Ines, Monika und natürlich auch Antonio und seiner Familie, bestand Hoffnung, dass kein seelischer Schaden zurückblieb.

Die Ereignisse der letzten Monate würden sicher noch lange in ihrem Gedächtnis bleiben. Zu viele Menschen erlitten aufgrund des Hasses eines Einzelnen unsagbares Leid. Dass sie und ihre Familie dabei mit einem blauen Auge davongekommen waren, grenzte schon an unverschämtes Glück. Und dieses Glück wollte sie um nichts in der Welt wieder verlieren.

DANKSAGUNG

Was wäre eine Autorin ohne die Hilfe und Unterstützung der vielen großartigen Menschen im Hintergrund? Auch ich konnte auf solch liebe Freunde und Bekannte, aber ebenso auf professionelle Hilfe zurückgreifen. Deshalb gilt mein besonderer Dank Ursula V., deren phänomenale Grammatik- und Rechtschreibkenntnisse mich in absolutes Erstaunen versetzten. Eigentlich war ich bisher der Meinung, selbst recht versiert in diesen Dingen zu sein, doch ganz schnell wurde ich auf den Boden der Tatsachen zurückgebracht.

Ein herzliches Dankeschön auch an Christine Schütz, die sich bereit erklärte, als Testleser zu fungieren. So erhielt ich einen ersten Eindruck, wie mein Werk wahrgenommen wird. Liebe Christine, ich habe immer ein offenes Ohr für deine konstruktive Kritik.

Und auch Wolfgang Hansel, Kriminaloberrat und Leiter des Kriminalkommissariates Villingen-Schwenningen, hat zusammen mit seinem Team ein dickes Dankeschön verdient. Er ließ es sich nicht nehmen, mir unzählige Fragen zur Struktur und Arbeitsweise eines Kriminalkommissariates und dessen Umfeld, soweit es im erlaubten Rahmen zulässig ist, zu beantworten.

Vielen Dank zudem an Frau Häring, der ich regelrecht Löcher in den Bauch fragte, um alles über die Arbeitsweise der Donaueschinger Rettungshundestaffel zu erfahren.

Aber mein ganz spezieller Dank geht an den bekannten Autor H.C. Scherf. Mit seinen Tipps und Anmerkungen wurde das Buch erst zu dem, was es jetzt ist. Harald, noch einmal vielen Dank dafür. Du hast es geschafft, mich wieder neu zu motivieren, sodass ich das Beste aus mir herausholen konnte.

Meine Schriftstellerkollegin K. J. Weiss zeigte mir am Ende noch ein paar kleinere Logikfehler auf. Liebe Karin, auch dir ein von Herzen kommendes »Dankeschön«.

Doch was wären wir Schreiberlinge ohne unsere Familien. Meine umarme ich noch einmal ganz fest. Danke. Danke. Danke. Dafür, dass sie alle mir den Freiraum geben, diesem geliebten Hobby des Schreibens nachgehen zu können. Und dafür, dass kein Murren über ihre Lippen kam, wenn ich wieder einmal stundenlang am Computer saß. Leute, ihr seid spitze. Ich liebe euch.

Sonja Kindler

wurde 1963 in Recklinghausen geboren, wuchs aber in Blumberg, einem Ort nahe der Schweizer Grenze auf, wo sie mit ihrer Familie lebt. Sie arbeitet als Schadensanalytikerin in einem metallverarbeitenden Betrieb. Das Bücherschreiben ist ein berufsausgleichendes Hobby für sie geworden. Bücher begleiteten sie bereits ihr Leben lang, was lag da näher, als sich die Geschichten selbst auszudenken? In ihren Romanen zeigt sie glaubwürdig auf, welche Motivationen letztendlich zu einem Verbrechen führen können.

Dieser Kriminalroman spielt an realen Schauplätzen. Alle Personen und Handlungen sind frei erfunden. Sollten sich dennoch Ähnlichkeiten mit lebenden oder verstorbenen Personen ergeben, so sind diese rein zufällig und nicht beabsichtigt.

Postfach 16 42 · 72706 Reutlingen

Titelbild: © Fotolia
Gestaltung: PMP Agentur für Kommunikation, Reutlingen
Lektorat: Bernd Weiler
Korrektorat: Sabine Tochtermann
Satz: Uhl + Massopust, Aalen
Druck und Bindung: CPI books GmbH, Leck
Printed in Germany
ISBN 978-3-96555-023-0